O Clube P.S. Eu te amo

O Clube P.S. Eu te amo

CECELIA AHERN

Tradução
Giu Alonso

Rio de Janeiro, 2024

Copyright © 2019 by Cecelia Ahern. Todos os direitos reservados.
Copyright da tradução © Giu Alonso por Casa dos Livros Editora LTDA.
Todos os direitos reservados.

Título original: *Postscript*

Todos os direitos desta publicação são reservados à Casa dos Livros Editora
LTDA. Nenhuma parte desta obra pode ser apropriada e estocada em sistema de banco de dados ou processo similar, em qualquer forma ou meio, seja eletrônico, de fotocópia, gravação etc., sem a permissão dos detentores do copyright.

COPIDESQUE	Thaís Carvas
REVISÃO	Thaís Lima
CAPA	Holly Macdonald
	© HarperCollins*Publishers* Ltd 2019
ILUSTRAÇÕES DE CAPA	Shutterstock
ADAPTAÇÃO DE CAPA	Guilherme Peres
DIAGRAMAÇÃO	Abreu's System

Dados Internacionais de Catalogação na Publicação (CIP)
(Câmara Brasileira do Livro, SP, Brasil)

Ahern, Cecelia
    O clube P.S. eu te amo / Cecelia Ahern ; tradução Giu Alonso.
– 1. ed. – Rio de Janeiro : Harper Collins, 2024.

    Título original: Postscript.
    ISBN 978-65-5511-036-4

    1. Ficção irlandesa. I. Alonso, Giu. II. Título.

20-64885   CDD: 823.9915
                                 CDU: 82-3(417)

Índice para catálogo sistemático:
1. Literatura irlandesa – Ficção   823
Bibliotecária responsável: Camila Donis Hartmann – Bibliotecária – CRB-7/6472

HarperCollins Brasil é uma marca licenciada à Casa dos Livros Editora Ltda.
Todos os direitos reservados à Casa dos Livros Editora LTDA.

Rua da Quitanda, 86, sala 601A – Centro,
Rio de Janeiro/RJ – CEP 20091-005
Tel.: (21) 3175-1030
www.harpercollins.com.br

Para os fãs de *P.S. Eu te amo* do mundo inteiro,
com toda a minha gratidão.

PRÓLOGO

Mire na lua, porque, mesmo se errar, vai acertar as estrelas.

Essa frase está escrita na lápide do meu marido. Era algo que ele falava muito. Seu tom de voz, sempre otimista e animado, transbordava frases positivas de autoajuda como se elas fossem o combustível da vida. Palavras de apoio como aquelas não tinham efeito em mim até ele morrer. Foi só quando ele me disse aquilo bem ali, na lápide, que eu realmente ouvi, senti, acreditei nas palavras. Me agarrei a elas.

Por um ano inteiro depois da sua morte, meu marido, Gerry, continuou vivo ao me dar o presente das suas palavras em cartas que vinham de surpresa todo mês. Suas palavras eram tudo que eu tinha; não mais faladas, mas ainda assim *palavras*, escritas a partir dos seus pensamentos, da sua mente, de um cérebro que controlava um corpo com um coração batendo. Palavras significavam vida. E me agarrei a elas, segurando com força aquelas cartas até as mãos ficarem brancas e as unhas marcarem as minhas palmas. Eu me agarrei a elas como se fossem um colete salva-vidas.

São sete da noite do dia 1º de abril, e estou aproveitando o clima mais ameno dos últimos tempos. As noites estão mais curtas, e o vento frio e cortante do inverno está se transformando na brisa da primavera. Antigamente eu temia essa época do ano; preferia o inverno, quando tudo era um esconderijo. A escuridão me fazia sentir como se estivesse protegida atrás de uma gaze, fora de foco, quase invisível. Eu gostava daquilo, celebrava os dias curtos, as noites longas; o céu escuro, minha contagem regressiva para uma hibernação aceitável. Agora eu encaro a luz, preciso dela para evitar ser sugada de novo.

Minha metamorfose foi similar ao choque repentino que o corpo sente ao mergulhar em água fria. Após o impacto, há a vontade incontrolável de gritar e pular, mas, quanto mais tempo você permanece submerso, mais se acostuma. O frio, como a escuridão, pode se transformar em um enganoso conforto do qual você nunca quer sair. Mas foi o que fiz; bati as pernas e nadei, me lançando para a superfície. Emergindo, com os lábios roxos e os dentes batendo, descongelei e voltei para o mundo.

Fazendo a transição do dia para a noite durante a transição do inverno para a primavera em um lugar de transição. O cemitério, considerado um local de descanso final, é menos pacífico sob a superfície. No solo, abraçados por caixões de madeira, corpos são alterados pela natureza, que decompõe os restos mortais. Mesmo em descanso, o corpo está em perpétua transformação. A risada animada das crianças por perto quebra o silêncio, sem perceber ou se importar com o mundo intermediário em que pisam. Os enlutados são silenciosos, mas a dor deles, não. A ferida pode ser interna, mas é possível ouvi-la, vê-la, senti-la. O coração partido é carregado por corpos como uma capa invisível; faz pesar os ombros, escurecer os olhos, diminuir os passos.

Nos dias e meses após a morte do meu marido, procurei alguma conexão transcendental e arredia com ele, desesperada para me sentir inteira de novo, como uma sede insuportável que precisava ser saciada. Nos momentos em que eu conseguia existir, a presença dele surgia pelas minhas costas e me tocava o ombro, e, de repente, eu sentia um vazio insuportável. Um coração seco. O luto é imensamente incontrolável.

Ele escolheu ser cremado. Suas cinzas estão em uma urna em um nicho atrás da parede de um columbário. Os pais dele reservaram um dos espaços ao lado, enquanto o outro espaço vazio é para mim. Sinto que estou encarando a morte, o que é algo que teria aceitado quando ele morreu. Qualquer coisa para me juntar a Gerry. Eu teria entrado naquele nicho sem relutar, me encolhido como uma contorcionista, abraçado a urna com o meu corpo.

Ele está atrás da parede. Mas não está lá nem aqui. Ele se foi. Energia em algum outro lugar. Partículas de matéria dissolvendo-se e espalhando-se ao meu redor. Se pudesse, eu ordenaria um exército inteiro para caçar cada uma dessa moléculas e montá-lo de novo, mas nem todos os cavalos do rei, nem todos os homens do rei... Aprendemos isso desde o início, mas só percebemos o que significa no fim.

Fomos privilegiados de não ter só uma, mas duas despedidas; um longo período com o câncer, seguido por um ano das cartas. Ele se foi sabendo, em segredo, que haveria mais de si para eu me agarrar, mais do que lembranças; mesmo depois da morte, Gerry deu um jeito de criarmos novas lembranças juntos. Magia. Adeus, meu amor, adeus de novo. As despedidas deveriam ser suficientes. Achei que fossem. Talvez seja por isso que pessoas visitam cemitérios. Para mais despedidas. Talvez não seja um olá, afinal — é o conforto da partida, uma despedida calma e tranquila, sem culpa. Nem sempre nos lembramos de como nos conhecemos, mas, em geral, lembramos de como dizemos adeus.

É surpreendente para mim estar aqui de novo, tanto neste local quanto neste estado de espírito. Fazem sete anos desde a morte dele. Seis desde que li a última carta. Eu tinha superado — *superei* —, mas eventos recentes mudaram tudo e me deixaram estremecida. Eu deveria seguir em frente, mas sinto uma corrente rítmica e hipnótica, como se as mãos dele estivessem me buscando e me puxando de volta.

Examino a lápide e leio a frase mais uma vez.

Mire na lua, porque, mesmo se errar, vai acertar as estrelas.

Então deve ser assim. Porque foi o que fizemos, eu e ele. Nós miramos na lua. E erramos. Isso aqui, tudo que tenho, tudo que sou, essa nova vida que construí nos últimos sete anos, sem Gerry, deve ser como acertar as estrelas.

CAPÍTULO 1

Três meses antes

— A paciente Penélope. Esposa de Odisseu, rei de Ítaca. Uma personagem séria e diligente, uma esposa e mãe dedicada, que alguns críticos reduzem a um simples símbolo da fidelidade matrimonial. Mas Penélope é uma mulher complexa, que tece as suas artimanhas de forma tão sagaz quanto tece o seu manto. — O guia turístico faz uma pausa misteriosa enquanto passa os olhos pelo público intrigado.

Estou com Gabriel em uma exposição no Museu Nacional. Estamos no final do grupo, ligeiramente afastados, como se não pertencêssemos ou não quiséssemos fazer parte do grupo, mas também não estivéssemos dispostos a perder o que está sendo dito. Ouço as informações do guia turístico enquanto Gabriel folheia o livreto ao meu lado. Ele vai conseguir repetir o que o guia falou depois, palavra por palavra. Ele adora essas coisas. E eu adoro que ele adore essas coisas, mais do que adoro essas coisas em si. É alguém que sabe como passar o tempo, e, quando eu o conheci, essa era uma das suas características mais agradáveis, porque eu tinha um encontro com o destino. Em sessenta anos, no máximo, eu tinha um encontro marcado com alguém do outro lado.

— O marido de Penélope, Odisseu, vai lutar na Guerra de Troia, que dura dez anos, e leva outros dez anos para voltar. Penélope está em uma situação perigosa, em que 108 pretendentes começam a exigir a mão dela em casamento. No entanto, Penélope é inteligente, e cria maneiras de fazer os seus pretendentes esperarem, atrasando-os com promessas de possibilidade, mas sem nunca se dobrar a ninguém.

De repente, me sinto envergonhada. O braço que repousa nos meus ombros parece pesado demais.

— A história do tear de Penélope, que vemos aqui, simboliza um dos truques da rainha. Ela tecia uma mortalha para o funeral do sogro, Laerte, dizendo que escolheria um novo marido assim que a mortalha estivesse pronta. Durante o dia, ela trabalhava no tear no salão real e, à noite, desfazia os pontos que fizera durante o dia. Penélope fez isso por três anos, esperando o marido retornar, enganando os pretendentes até que estivessem juntos de novo.

Aquilo me irrita.

— Ele esperou por ela? — pergunto em voz alta.

— Perdão? — diz o guia, procurando com o olhar quem falou. O grupo abre espaço e as pessoas se viram para mim.

— Penélope é a epítome da fidelidade conjugal, mas e o marido dela? Ele se guardou para ela, durante a guerra, por todos esses vinte anos?

Gabriel dá uma risadinha.

O guia turístico sorri e fala sobre os nove filhos que Odisseu teve com outras cinco mulheres durante a sua longa jornada voltando da Guerra de Troia para Ítaca.

— Então a resposta é não, né? — resmungo para Gabriel quando o grupo segue em frente. — Como ela foi boba.

— Você fez uma pergunta excelente — diz ele, com divertimento na voz.

Eu me viro de novo para a pintura de Penélope enquanto Gabriel folheia o livreto. Será que sou como a paciente Penélope? Será que estou tecendo durante o dia e desfazendo os nós à noite, enganando este belo e leal pretendente enquanto espero reencontrar o meu marido? Observo Gabriel. Os olhos azuis dele estão brincalhões, sem ler os meus pensamentos. Completamente enganado.

— Ela podia ter transado com todos os pretendentes enquanto esperava — falou ele. — Nada divertido, Penélope puritana.

Dou uma risada, apoiando a cabeça no peito dele. Gabriel passa o braço ao meu redor, me abraçando com força e beijando o topo da minha cabeça. Ele é forte como um touro; eu poderia viver dentro daqueles abraços; é forte, alto e grandalhão, e passa os dias subindo em árvores no seu trabalho de cirurgião de árvores, ou arborista, para usar o título que ele prefere. Está acostumado a viver nas alturas, ama a chuva e o vento, todos os elementos; é um aventureiro, um explorador, e, quando não está no topo de uma árvore, está embaixo dela, a cabeça mergulhada em um livro. De noite, depois do trabalho, ele cheira a folhagens e pimenta.

A gente se conheceu há dois anos, em um festival de asinhas de frango em Bray. Ele estava ao meu lado no balcão, empacando a fila por ter pedido um hambúrguer. Ele me pegou em um dia bom: achei aquilo engraçado, o que era a intenção dele; Gabriel estava tentando chamar a minha atenção. A sua cantada da sorte, por assim dizer.

Meu colega quer saber se você topa sair com ele.

Vou querer um cheeseburger, por favor.

Eu amo uma péssima cantada, mas tenho bom gosto para homens. Bons homens, ótimos homens.

Ele começa a andar, e eu o puxo na outra direção, para longe do olhar da paciente Penélope. Ela me vê e acha que me reconhece como uma igual. Mas não somos iguais, não sou como ela e não quero ser. Não vou parar a minha vida como ela fez à espera de um futuro incerto.

— Gabriel.

— Holly — responde ele com o mesmo tom sério da minha voz.

— Sobre a sua proposta...

— De marchar contra a decoração de Natal que o governo coloca nas ruas antes da hora? A gente acabou de tirar aquelas coisas, mas com certeza vão voltar em breve.

Tenho que arquear as costas e esticar o pescoço para encará-lo, de tão alto que é. Ele sorri com os olhos.

— Não, a outra proposta. A de ir morar com você.

— Ah.

— Vamos fazer isso.

Ele dá um soco no ar e imita baixinho a comemoração da torcida em um estádio.

— Mas só se você me prometer que a gente vai comprar uma TV e que vou acordar todos os dias e você vai estar assim.

Eu fico na ponta dos pés para me aproximar do seu rosto. Coloco as mãos nas bochechas dele, sentindo o sorriso por baixo da barba curta que ele mantém e apara como um profissional; o selvagem que cultiva o próprio rosto.

— É um requisito para ser a minha companheira de quarto.

— Companheira de cama — digo, e nós dois rimos.

— Você sempre foi tão romântica assim? — pergunta ele, me abraçando.

Eu era. Já fui bem diferente. Inocente, talvez. Não mais, no entanto. Eu o abraço com força e apoio a cabeça no seu peito. Encontro o olhar julgador de Penélope. Ergo o nariz, desafiadora. Ela acha que me conhece. Mas não.

CAPÍTULO 2

— Está pronta? — pergunta, baixinho, a minha irmã Ciara enquanto nos acomodamos nos pufes em frente à loja. O público sussurra, esperando o evento começar. Estamos sentadas à janela do antiquário de Ciara, chamado Magpie, onde trabalho com a minha irmã há três anos. De vez em quando, transformamos a loja em um espaço de eventos em que o podcast dela, *Como falar sobre...*, é gravado com plateia. Hoje, porém, não estou no meu lugar de sempre, servindo vinho e arrumando cupcakes na mesa. Em vez disso, me dobrei aos persistentes pedidos da minha torturante porém destemida irmã mais nova para que participasse como convidada do episódio desta semana: "Como falar sobre a morte." Eu me arrependi de dizer "sim" na mesma hora em que a palavra saiu dos meus lábios, e esse arrependimento alcançou níveis estratosféricos quando chegou a hora de sentar e enfrentar o pequeno grupo de pessoas assistindo.

As araras e os manequins de roupas e acessórios foram afastados em direção às paredes, e cinco fileiras de seis cadeiras dobráveis ocupam o salão da loja. Tiramos as coisas da vitrine para que eu e Ciara ficássemos na parte mais alta; do lado de fora, os passantes apressados saindo do trabalho e voltando para casa lançam olhares desconfiados para os manequins vivos sentados em pufes perto da vitrine.

— Obrigada por participar. — Ciara estende o braço e aperta a minha mão suada.

Dou um sorriso fraco, tentando prever o que poderia dar errado se eu resolvesse desistir no último segundo, mas sei que não vale a pena. Tenho que cumprir a minha promessa.

Ela tira os sapatos e coloca os pés descalços no pufe, totalmente à vontade naquele espaço. Dou um pigarro, o som reverberando pelos alto-falantes na loja em que trinta rostos ansiosos e curiosos me encaram. Aperto as mãos suadas e pouso as anotações que preparei furiosamente como uma estudante nervosa antes de uma prova desde que Ciara me pediu para fazer aquilo. São pensamentos fragmentados rabiscados quando a inspiração surgia, mas nenhum faz sentido agora. Não consigo identificar o começo ou o fim das frases.

Minha mãe está sentada na primeira fileira, algumas cadeiras de distância da minha amiga Sharon, que se posicionou perto do corredor, onde tem espaço para encostar o carrinho com espaço para dois bebês. Um par de pezinhos, com uma meia prestes a cair, a outra já desaparecida, surge por baixo de um cobertor, e Sharon está segurando o outro bebê de seis meses. Gerard, de 6 anos, está sentado ao seu lado, os olhos grudados no iPad, os ouvidos preenchidos por fones, e seu irmão de 4 anos declara dramaticamente que está entediado, tão deitado na cadeira que só a cabeça se apoia no encosto. Quatro meninos em seis anos; agradeço muito por ela ter vindo hoje. Sei que Sharon acordou com o nascer do sol. Sei quanto tempo ela levou para conseguir sair de casa, indo e voltando três vezes por ter esquecido alguma coisa. Mas está aqui, minha amiga, tão guerreira. Ela sorri para mim, o rosto uma máscara de exaustão, mas sempre do meu lado.

— Bem-vindos, todos, ao quarto episódio do podcast do Magpie — fala Ciara. — Alguns de vocês já são conhecidos... Betty, obrigada por trazer os seus deliciosos cupcakes, e Christian, obrigada pelos queijos e vinhos.

Procuro Gabriel entre o público. Tenho quase certeza de que ele não está aqui, porque pedi para que não viesse, embora nem fosse necessário. Ele é bastante reservado com a sua vida pessoal e não deixa as emoções à mostra, então a ideia de discutir a minha vida com estranhos o deixa confuso. A gente pode ter discutido muito sobre essa questão, mas, no momento, eu não poderia concordar mais com ele.

— Meu nome é Ciara Kennedy e sou a dona do Magpie. Recentemente, decidi que seria uma boa ideia fazer uma série de podcasts chamada "Como falar sobre...", convidando instituições de caridade que recebem uma porcentagem dos lucros da loja. Esta semana vamos falar sobre a morte, mais especificamente sobre luto e superação, e temos Claire Byrne conosco, da Bereave Ireland, e também algumas das pessoas que se beneficiam do trabalho incrível que a Bereave faz. Os lucros das vendas dos ingressos e das suas generosas doações vão direto para eles. Mais tarde, vou falar com Claire sobre o trabalho incansável e tão importante que eles fazem ajudando aqueles que perderam entes queridos, mas antes gostaria de apresentar a minha convidada especial, Holly Kennedy, que, por acaso, é a minha irmã. Você finalmente veio! — exclama Ciara, animada, e o público aplaude.

— É, vim mesmo — respondo, com uma risada nervosa.

— Desde que comecei o podcast no ano passado, venho pentelhando a minha irmã para participar. Estou tão feliz por ter aceitado! — Ela estende o braço e segura a minha mão. — Sua história tocou a minha vida profundamente, e tenho certeza de que muita gente vai se beneficiar por ouvir a sua jornada.

— Obrigada. Tomara que sim.

Percebo que as anotações estão tremendo na minha mão, então solto a mão de Ciara para apoiá-las.

— Como falar sobre morte? Esse não é um assunto fácil. Ficamos tão confortáveis falando das nossas vidas, sobre como vivemos, sobre como melhorar a nossa existência, que muitas vezes falar sobre morte é algo estranho, que preferimos evitar. Não consigo pensar em outra pessoa com quem quero mais ter essa conversa sobre luto. *Holly*, por favor, conte para a gente como a morte afetou você.

Eu limpo a garganta.

— Sete anos atrás, eu perdi o meu marido, Gerry, para o câncer. Ele teve um tumor cerebral aos 30 anos.

Não importa quantas vezes eu fale isso, sempre sinto um nó na garganta. Essa parte da história ainda é real, ainda queima forte dentro de mim. Olho para Sharon em busca de apoio, e ela revira os olhos dramaticamente e força um bocejo. Eu sorrio. Vou conseguir.

— Estamos aqui para falar sobre o luto, então o que posso dizer? Não sou especial. A morte afeta todos nós, e, como muitos aqui hoje sabem bem, o luto é uma caminhada complexa. Não dá para controlar o luto; na maior parte do tempo, parece que é ele que controla você. A única coisa que se pode controlar é a maneira de lidar com tudo isso.

— Você diz que não é especial — comenta Ciara —, mas as experiências pessoais de cada indivíduo são, sim, únicas, e sempre podemos aprender uns com os outros. Nenhuma perda é fácil, mas você acha que o fato de você e Gerry terem crescido juntos tornou a sua mais intensa? Desde que eu era criança, não conseguia pensar em Holly sem Gerry.

Assinto e, enquanto explico a história de quando conheci Gerry, evito olhar para o público, para facilitar, como se estivesse falando comigo mesma, do jeito que ensaiei no chuveiro.

— Conheci Gerry na escola, quando tinha 14 anos. A partir daquele dia era Gerry *e* Holly. Namorada do Gerry. Esposa do Gerry. Crescemos juntos, aprendemos tudo juntos. Eu tinha 29 anos quando o perdi e me tornei a viúva do Gerry. Não só o perdi, não só perdi parte de mim, eu realmente senti que tinha *me perdido*. Não tinha ideia de quem eu era. Tive que me redescobrir.

Algumas pessoas assentem. Elas sabem. Todas sabem, e se ainda não sabem, vão saber agora.

— *Cocô* — diz uma voz de dentro do carrinho, e uma risadinha. Sharon aquieta o bebê. Ela enfia a mão em uma bolsa gigante e tira um bolinho de morango. O bolinho some lá dentro. As risadas param.

— E como você se redescobriu? — pergunta Ciara.

Parece estranho contar para Ciara algo que ela viveu junto comigo, então me viro para o público, para as pessoas que não estavam lá. Ao ver os rostos, sinto algo mudar dentro de mim. Isso não é sobre mim. Gerry fez algo especial, e vou compartilhar a história por ele, com pessoas que querem saber.

— Gerry me ajudou. Antes de morrer, ele criou um plano secreto.

— *Tcham-tcham-tcharám!* — exclama Ciara, tirando risadas do público. Eu sorrio, olhando para as faces ansiosas.

Sinto a animação da revelação, a lembrança mais uma vez de como o ano após a morte dele foi único, embora o tempo tenha feito a importância desbotar na minha memória.

— Ele me deixou dez cartas, para serem abertas nos meses após a sua morte, assinando cada uma delas com: "P.S. Eu te amo".

Dá para ver que o público fica tocado e surpreso. As pessoas trocam olhares e sussurros, o silêncio é destruído. O bebê de Sharon começa a chorar. Ela o acalma, balançando-o e dando tapinhas no bumbum de leve, com um olhar distante.

Ciara ergueu a voz para ser ouvida por cima do choro.

— Quando eu pedi para você participar do podcast, você foi muito enfática ao dizer que não queria se concentrar na doença de Gerry. Queria falar sobre o presente que ele lhe deu.

Assinto com firmeza.

— Isso. Não quero falar sobre o câncer, sobre o que ele precisou enfrentar. Meu conselho, se alguém estiver interessado, é: tente não se concentrar na escuridão. Já temos muito disso na vida. Prefiro falar para as pessoas sobre esperança.

Ciara me encara com os olhos brilhando de orgulho. Minha mãe aperta as mãos com força.

— O caminho que escolhi foi me concentrar no presente que Gerry me deu, o presente que a *morte* dele me deu: o de me reencontrar. Não me sinto menor, nem tenho vergonha por dizer que a morte de Gerry me destruiu. Suas cartas me ajudaram a me reencontrar. Precisei perdê-lo para descobrir uma parte de mim que eu nem sabia que existia. — Estou perdida nas minhas palavras e não consigo parar. Eu *preciso* que eles saibam. Se eu mesma estivesse sentada aqui sete anos atrás, *precisaria* ouvir isso. — Encontrei uma força surpreendente dentro de mim, no fundo de um poço escuro e solitário, mas encontrei. Infelizmente, é aí que encontramos a maioria dos tesouros da vida. Depois de muito lutar e cavar na escuridão, enfim encontramos algo concreto. Aprendi que, no fundo do poço, tem uma mola.

Incentivado por uma Ciara entusiasmada, o público aplaude.

O bebê de Sharon começa a gritar, um som agudo que faz parecer que alguém está arrancando as perninhas dele. O mais velho joga o resto do bolinho de morango no bebê. Sharon fica de pé e me encara com um olhar de desculpas, então se levanta e sai pelo corredor, empurrando o carrinho com uma das mãos e segurando o bebê com o outro braço, deixando os dois meninos mais velhos com a minha mãe. Enquanto ela manobra desajeitadamente o carrinho até a saída, bate em uma cadeira, esbarra nas bolsas penduradas no corredor, as alças se prendendo nas rodinhas, e não para de se desculpar baixinho.

Ciara está esperando Sharon sair para fazer a próxima pergunta.

Sharon empurra o carrinho contra a porta para abri-la. Matthew, meu cunhado, corre para ajudar, segurando a porta aberta, mas o carrinho duplo é largo demais. Em pânico, Sharon tenta empurrar várias vezes, se esforçando para passar pelo vão. O bebê grita, o carrinho bate na lateral da porta, e Matthew pede para ela parar enquanto solta a parte de baixo da porta. Sharon olha para a gente com uma expressão envergonhada, então eu imito o que ela fez antes: reviro os olhos e bocejo. Ela dá um sorriso agradecido antes de sair correndo.

— A gente pode editar essa parte depois — diz Ciara, brincando. — Holly, além das cartas que Gerry deixou para você depois da morte, você sentiu a presença dele de outra forma?

— Está me perguntando se eu vi o fantasma dele?

Algumas pessoas na plateia riem, outras parecem desesperadas por uma confirmação.

— A energia — explica Ciara. — Como preferir chamar.

Paro e penso, tentando me conectar com os meus sentimentos.

— É estranho, mas a morte tem uma presença física, quase como se desse para sentir a outra pessoa ao seu lado. O vazio que os entes queridos deixam, a *falta* da presença, é perceptível, então, às vezes, houve momentos em que Gerry parecia mais vivo do que as pessoas ao meu redor. — Eu me lembro dos dias e das noites solitários em que ficava presa entre o mundo real e a minha mente. — Memórias podem ser poderosas. Podem ser uma fuga deliciosa e um ótimo lugar para explorar, porque elas o traziam de volta para mim. Mas é preciso cuidado, porque também podem ser uma prisão. Fico feliz que Gerry tenha me deixado as cartas, porque ele me tirou daqueles buracos negros e me fez voltar à vida, permitindo que construíssemos novas memórias juntos.

— E agora? Sete anos depois? Gerry ainda está com você?

Eu paro. Olho para ela, surpresa, os olhos arregalados como um coelho sob os faróis de um carro. Engasgo. Não consigo pensar em nada. Está?

— Tenho certeza de que Gerry sempre fará parte de você — diz Ciara baixinho, percebendo o meu estado. — Ele sempre vai estar com você — fala, como se me acalmando, como se eu tivesse esquecido.

Do pó ao pó, das cinzas às cinzas. Partículas de matéria dissolvendo-se e espalhando-se ao meu redor.

— Com certeza. — Dou um sorriso tenso. — Gerry sempre vai estar comigo.

O corpo morre, a alma, o espírito permanece. Depois da morte de Gerry, houve dias em que senti como se a energia dele estivesse dentro de mim, me dando força, me ajudando, me transformando em uma fortaleza. Eu podia fazer qualquer coisa. Era intocável. Em outros, sentia a energia dele, e isso me destruía em mil pedacinhos. Era um lembrete do que eu havia perdido. Não posso. Não vou. O universo tirou a melhor parte da minha vida, e por isso fiquei com medo de que pudesse me tirar todo o restante também. E percebo como todos aqueles dias foram preciosos, porque, sete anos depois, não sinto Gerry comigo, nem um pouco.

Perdida na mentira que acabei de contar, me pergunto se as minhas palavras pareceram tão vazias quanto me sinto. De qualquer forma, já estou acabando. Ciara convida o público para fazer perguntas, e relaxo um pouco, percebendo que o fim está próximo. Uma moça na terceira fileira, quinta cadeira, um lenço amassado na palma da mão, rímel borrado em volta dos olhos.

— Oi, Holly, meu nome é Joanna. Perdi o meu marido alguns meses atrás e gostaria que ele tivesse deixado cartas para mim, como o seu fez. Você pode contar para a gente o que a última carta dizia?

— Eu quero saber o que todas as cartas diziam — fala alguém no público, e várias pessoas murmuram, concordando.

— Temos tempo, se Holly se sentir confortável com isso — diz Ciara, olhando para mim.

Eu respiro fundo e solto o ar devagar. Não penso nas cartas faz tanto tempo. Ao menos não individualmente, não em ordem.

Por onde começar? Um novo abajur, uma roupa nova, uma noitada no karaokê, sementes de girassol, uma viagem de aniversário com amigos... Como essas pessoas poderiam entender o que todas essas coisas, aparentemente sem importância alguma, significaram para mim? Mas a última carta... Eu sorrio. É fácil.

— A última carta dele dizia: não tenha medo de se apaixonar de novo.

A plateia se agarra àquilo, àquela bela mensagem, um término bonito e bondoso da parte de Gerry. Joanna não fica tão emocionada quanto os outros. Vejo a decepção e a confusão no seu olhar. O desespero. Tão mergulhada no luto que não é isso que queria ouvir. Ela ainda está se agarrando ao marido, por que sequer pensaria em abrir mão disso?

Sei o que ela está pensando. De jeito nenhum ela vai amar de novo. Não da mesma forma.

CAPÍTULO 3

Sharon reaparece quando a loja começa a esvaziar, nervosa, o bebê dormindo no carrinho e Alex, o garotinho, segurando a mão dela, corado.

— Oi, rapaz — falo, me inclinando para ele.

Ele me ignora.

— Diga oi para Holly — diz Sharon gentilmente.

Ele a ignora.

— Alex, diga oi para a Holly! — rosna ela, canalizando uma voz demoníaca tão de repente que tanto Alex quanto eu nos assustamos.

— Oi.

— Bom menino — fala ela, doce.

Eu a encaro, de olhos arregalados, sempre impressionada e assustada pela dupla personalidade que a maternidade traz à tona na minha amiga.

— Estou tão envergonhada — diz ela, baixinho. — Desculpa. Eu sou péssima.

— Para com isso. Estou tão feliz por ter vindo. E você é incrível. Você mesma diz que o primeiro ano é sempre o mais difícil. Mais alguns meses e esse garotinho vai fazer um ano. Falta pouco.

— Tem outro vindo por aí.

— O quê?

Ela ergue os olhos, cheios de lágrimas.

— Estou grávida de novo. Eu sei. Sou uma idiota.

Ela se ajeita, tentando ser forte, mas parece derrotada. Está cansada, exausta. Sinto pena, uma emoção que só aumentou a cada gravidez conforme as comemorações foram ficando cada vez menores.

A gente se abraça, e falamos ao mesmo tempo:

— Não diga nada para Denise.

Fico estressada só de ver Sharon sair com os quatro meninos. Também estou exausta depois da tensão do dia, a falta de sono da noite passada e por discutir uma história pessoal a fundo por uma hora. Estou morta, mas tenho que ficar para ajudar Ciara a arrumar a loja depois que todos forem embora e trancar tudo.

— Foi completamente incrível — diz Angela Carberry, interrompendo os meus devaneios.

Angela é uma grande cliente da loja, que sempre doa roupas, bolsas e joias de grife, e é uma das principais razões pelas quais Ciara consegue manter o Magpie aberto. Minha irmã brinca dizendo que acha que Angela compra coisas só para poder doá-las. Ela está muito bem vestida, como sempre, o cabelo curto em um corte reto com franja, magra como um passarinho, um colar de pérolas ao redor do pescoço, o vestido de seda arrematado por um laço no decote.

— Angela, muito obrigada por ter vindo.

Fico surpresa quando ela se aproxima e me abraça.

Por cima do ombro dela, vejo Ciara arregalar os olhos com a surpreendente demonstração de intimidade da mulher, que, em geral, é bastante austera. Sinto os ossos de Angela por baixo das roupas quando ela me abraça forte. Ela nunca foi muito impulsiva ou carinhosa, e sempre pareceu distante nas ocasiões em que vinha deixar na loja as suas roupas, os sapatos nunca usados, as bolsas nas sacolas originais, dizendo exatamente como arrumar as coisas e por quanto vendê-las sem esperar um centavo de volta.

Seus olhos estão úmidos quando ela se afasta de mim.

— Você precisa fazer isso mais vezes. Contar a sua história para as pessoas.

— Ah, não. — Dou uma risada. — Isso foi uma ocasião especial, mais para calar a boca da minha irmã do que qualquer outra coisa.

— Mas você não percebeu? — pergunta ela, surpresa.

— O quê?

— O poder da sua história. O que você fez para as pessoas, como se conectou e tocou o coração de cada uma delas hoje.

Envergonhada, vejo a fila de pessoas que se formou atrás de Angela, todas querendo falar comigo.

Ela aperta o meu braço, forte demais para o meu gosto.

— Você precisa contar a sua história de novo.

— Agradeço o entusiasmo, Angela, mas já passei por isso uma vez, e já falei sobre isso uma vez, e para mim é o suficiente.

Minhas palavras não são duras, mas há uma seriedade inesperada em mim. Uma camada exterior áspera que surge de repente. Como se os meus espinhos tivessem furado a mão dela, Angela solta o meu braço na mesma hora, e então, lembrando onde está e que outras pessoas querem falar comigo, ela se afasta, relutante.

O aperto acabou, meus espinhos desaparecem, mas algo naquele momento desconfortável permanece comigo, como um hematoma.

Eu me encolho na cama ao lado de Gabriel, o quarto girando depois de beber demais com a minha mãe e Ciara no apartamento dela em cima da loja até tarde.

Ele desperta e abre os olhos, me observando por um segundo, então sorri ao ver o meu estado.

— Foi bom?

— Se eu algum dia chegar a pensar em fazer qualquer coisa do tipo de novo... não deixa — murmuro, os olhos se fechando, tentando ignorar a cabeça ainda girando.

— Concordo. Bem, você conseguiu. É a irmã do ano. Talvez até consiga um aumento.

Dou uma risada.

— Já acabou.

Ele se aproxima e me beija.

CAPÍTULO 4

— Holly! — Ciara grita meu nome de novo. O tom passou de paciente para preocupado para puramente raivoso. — Cadê você?

Estou no estoque, atrás de algumas caixas, talvez encolhida atrás delas, talvez com algumas roupas penduradas por cima, tipo uma cabaninha. Talvez me escondendo.

Ergo os olhos e vejo o rosto de Ciara espiando.

— Que merda é essa? Está se escondendo?

— Não. Não seja ridícula.

Ela me lança um olhar de descrença.

— Estou chamando você faz séculos. Angela Carberry quer vê-la, insistindo que precisa falar com você. Disse que achava que você tinha saído para tomar café. Ela esperou por, tipo, uns quinze minutos. Você sabe como ela é. Mas que porra, Holly? Parecia que eu não sabia onde a minha funcionária estava, e era verdade.

— Ah. Bom, agora você sabe. Desculpa por não ter aparecido.

Faz um mês desde que gravamos o podcast, e, para ser sincera, a insistência de Angela Carberry para que eu conte mais da minha história se transformou em uma perseguição. Fico de pé e estico as pernas com um gemido.

— O que está havendo entre você e a Angela? — pergunta Ciara, preocupada. — Tem a ver com a loja?

— Não, não, de jeito nenhum. Nada a ver com a loja, não se preocupe. Ela não acabou de entregar outra bolsa cheia de roupas?

— Chanel, vintage — diz Ciara, relaxando, aliviada. Então fica confusa de novo. — O que está acontecendo? Por que está se escondendo dela? Não pense que não percebi que você fez a mesma coisa quando ela passou aqui semana passada.

— Você sabe lidar melhor com ela. Eu não a conheço tão bem, e ela é muito mandona.

— É verdade, mas tem todo o direito de ser: ela nos dá milhares de euros por mês em produtos. Eu colocaria o colar dela em exposição no meu próprio corpo nu em cima de um touro mecânico se Angela quisesse.

— Ninguém quer isso — falo, passando por ela.

— Eu gostaria de ver! — grita Matthew da outra sala.

— Ela me pediu para entregar isso para você. — Ciara estende um envelope.

Tem algo nessa situação que me deixa desconfortável. Eu tenho uma história com envelopes. Não é a primeira vez nesses seis anos que abri um, mas há uma sensação de peso desta vez. Imagino que seja um convite para falar sobre luto em um almoço de damas da sociedade ou algo assim, algum evento organizado por Angela. Ela já me pediu várias vezes para continuar a minha "palestra" ou para escrever um livro. Cada vez que visita a loja, ela me dá um telefone para falar com agentes de eventos ou literários. Nas primeiras vezes, agradeci educadamente, mas, na última vez, cortei o assunto de forma tão direta que achei que ela não voltaria mais. Pego o envelope, dobro ao meio e enfio no bolso traseiro da calça.

Ciara me olha de cara feia. Estamos em um impasse.

Matthew aparece na porta.

— Boas notícias. Segundo as estatísticas de downloads, "Como falar sobre morte" foi o episódio mais bem-sucedido do podcast até hoje! Tem mais downloads do que todos os outros somados. Parabéns, irmãs.

Ele ergue as mãos, animado, para trocar *high-fives* com nós duas ao mesmo tempo.

Ciara continua me olhando de cara feia; estou irritada porque o podcast dela me fez um alvo da atenção quase obsessiva de Angela, e ela, porque estou sendo grossa com a sua maior doadora por algum motivo misterioso.

— Ah, que isso, não me deixem no vácuo.

Ciara bate na palma da mão erguida dele meio desanimada.

— Não era o que eu estava esperando — diz ele, me olhando com uma expressão preocupada e baixando as mãos. — Desculpa, fui insensível? Eu não estava comemorando que o Gerry, sabe...

— Eu sei — respondo, abrindo um sorriso. — Não é isso.

Não posso comemorar o sucesso do podcast. Na verdade, queria que ninguém tivesse ouvido, queria nunca ter participado. Nunca mais quero ouvir ou falar das cartas de Gerry de novo.

A casa de Gabriel em Glasnevin, uma construção vitoriana com varanda que ele restaurou sozinho com todo o amor e toda a paciência, é um lar eclético e aconchegante que, diferente do meu, é cheio de personalidade. Estamos deitados no chão, em um pufe de veludo gigantesco em cima de um tapete felpudo, bebendo vinho tinto. A sala não tem janelas, então a claridade, apesar de ser aquela luz fraca de fevereiro, nos alcança da claraboia acima. Os móveis de Gabriel são uma mistura de antiguidades e contemporâneos, o que quer que lhe chamasse a atenção. Todo objeto tem uma história, mesmo que não seja impressionante nem valioso, mas tudo veio de algum lugar. A lareira é o ponto focal da sala; ele não tem TV e se entretém com músicas obscuras na vitrola ou lendo na sua extensa biblioteca. A leitura da vez é o livro de arte *Vinte e seis postos de gasolina*, composto de fotografias em preto e branco de postos de gasolina nos Estados Unidos. A música é de Ali Farka Touré, um cantor e guitarrista malinês. Encaro o céu noturno pela claraboia. É mesmo incrível. Ele é o que eu preciso, quando eu preciso.

— Quando vai ser a primeira visita na casa? — pergunta ele, ficando impaciente com a demora do desenrolar das coisas desde que tomamos a decisão, mais de um mês atrás. Minha distração desde o episódio do podcast me tirou do prumo.

Minha casa ainda não foi colocada à venda, mas não consigo me forçar a confessar isso, então, em vez de dizer a verdade, respondo:

— Vou encontrar o corretor lá amanhã. — Ergo a cabeça para bebericar o vinho então volto a me apoiar no seu peito, uma tarefa tão árdua quanto esse dia permite. — Então você será meu, só meu! — E dou uma risada maníaca.

— Mas eu já sou. Aliás, achei isso aqui. — Ele apoia a taça na mesa e tira um envelope amassado da pilha bagunçada de livros perto da lareira.

— Ah, sim, obrigada.

Dobro o envelope de novo e enfio no bolso traseiro.

— O que é isso?

— Um cara viu a minha palestra lá na loja. Ele acha que eu sou uma viúva sexy e me deu o telefone dele — respondo, tomando um gole do vinho, séria.

Ele franze a testa, e eu dou risada.

— Uma mulher que participou da plateia durante a gravação do podcast quer que eu continue a contar a minha história. Ela não para de me encher o saco para fazer mais eventos, escrever um livro. — Eu rio de novo. — Sabe como é, ela é uma ricaça insistente que eu nem conheço direito, e já falei que não estou interessada.

Ele olha para mim, curioso.

— Eu ouvi o podcast no carro um dia desses. As suas palavras foram emocionantes. Tenho certeza de que você ajudou muita gente. — É a primeira vez que ele fala algo positivo sobre o podcast. Imagino que o que falei não foi novidade para ele, afinal os primeiros meses do nosso relacionamento foram um mergulho profundo nas nossas intimidades enquanto nos conhecíamos melhor. Mas quero deixar tudo aquilo para trás.

— Eu só estava ajudando a Ciara — falo para cortar o elogio. — Não se preocupe, não vou começar a ganhar dinheiro falando do meu ex-marido.

— Não estou preocupado com você falando dele, mas com o que ficar revivendo isso pode fazer a você.

— Não vai acontecer.

Ele se remexe no pufe e passa o braço pelas minhas costas. O que eu pensei ser um abraço, na verdade, era uma tentativa de pegar o envelope.

— Você nem abriu. Sabe o que está escrito?

— Não. Porque não ligo.

Ele me encara.

— Você liga, sim.

— Não ligo. Ou teria aberto.

— Você liga, senão teria aberto.

— Não pode ser tão importante, ela me entregou isso faz semanas. Eu esqueci.

— Posso ver, ao menos?

Ele abre o envelope. Eu tento tirá-lo das suas mãos, e acabo derrubando vinho no tapete. Levanto-me do pufe, desajeitada, soltando um gemido, e corro para a cozinha em busca de um pano úmido. Ouço ele remexendo no envelope enquanto abro a torneira. Meu coração está disparado. Sinto arrepios de novo.

— *Sra. Angela Carberry. Clube P.S. Eu te amo* — diz ele, lendo em voz alta.

— O quê?

Ele ergue o cartão e eu me aproximo para ler, o pano úmido pingando no seu ombro.

— Holly — reclama ele, e se mexe, agitado.

Pego o cartão da mão dele. É um cartão de visitas normal, com uma fonte elegante.

— Clube P.S. Eu te amo — falo, lendo, me sentindo curiosa e irritada ao mesmo tempo.

— O que isso significa? — pergunta Gabriel, secando a água do ombro.

— Não faço a menor ideia. Quer dizer, eu sei o que o "P.S. Eu te amo" significa, mas… Tem mais alguma coisa no envelope?

— Não, só esse cartão.

— Chega dessa bobagem. Já é uma perseguição. — Pego o meu celular no sofá e me afasto para um lugar mais privado. — Ou plágio.

Gabriel ri com a minha mudança repentina de humor.

— Você teria que ter escrito isso em algum lugar para chegar a ser plágio. Melhor mandar ela se foder educadamente, Holly.

Ele volta a atenção ao livro de arte.

O telefone toca por um tempo. Tamborilo meus dedos no balcão, imaginando um diálogo firme sobre como ela precisa deixar isso para lá, não insistir mais, me deixar em paz, acabar com essa história agora mesmo. Seja lá o que for esse clube, eu não quero estar envolvida e insisto que ninguém mais esteja. Estava apenas ajudando a minha irmã e fiquei exausta e chateada depois. E aquelas palavras pertencem ao meu marido, nas minhas cartas; ela não pode usá-las assim. Minha raiva só aumenta a cada toque, e estou prestes a desligar quando um homem enfim atende.

— Alô?

— Alô. Posso falar com Angela Carberry, por favor?

Sinto o olhar de Gabriel em mim. Ele fala, sem som: *educação.* Dou as costas para ele.

A voz do homem fica abafada, como se ele tivesse tirado a boca do fone. Ouço vozes no fundo, e não sei se ele está falando comigo ou com outra pessoa.

— Alô? Está ouvindo?

— Sim, sim. Estou ouvindo. Mas ela não está. A Angela. Quer dizer, ela faleceu. Hoje de manhã.

A voz dele treme.

— O pessoal da funerária está aqui comigo. Estamos planejando a cerimônia. Ainda não tenho as informações sobre o velório.

Eu paro de repente, capotando e explodindo. Tento recuperar o fôlego.

— Sinto muito. Nossa, sinto muito — digo, me sentando, e percebo que Gabriel está prestando atenção. — O que houve?

A voz do homem está distante, indo e voltando, trêmula, longe do telefone. Sinto que ele está confuso. Seu mundo está de cabeça para baixo. Nem sei quem é essa pessoa, mas, mesmo assim, sua perda é palpável, como um peso nos meus ombros.

— No final, foi tudo muito repentino, pegou a gente de surpresa. Os médicos achavam que ela teria mais tempo. Mas o tumor se espalhou, e foi isso... É.

— Câncer? — sussurro. — Ela morreu de câncer?

— Sim, sim, achei que soubesse... Desculpa, mas quem é? Você falou o seu nome? Desculpa, não estou pensando direito...

Ele continua, confuso. Penso em Angela, magra e carente, segurando o meu braço, apertando tanto que chega a doer. Achei que ela era estranha, irritante, mas só estava desesperada, desesperada para que eu a visitasse... mas não fiz isso. Eu nem liguei para ela. Mal lhe dei atenção. É claro que ela ficou tocada pelas minhas palavras — estava morrendo de câncer. Ela segurou o meu braço naquele dia como se fosse a própria vida.

Eu devo ter feito algum som, devo ter feito alguma coisa, porque Gabriel se ajoelhou ao meu lado, e o homem do outro lado da linha diz:

— Ah, querida, desculpa... Eu deveria ter sido menos direto. Mas ainda não tinha... Isso tudo é muito novo e...

— Não, não. — Eu tento me segurar. — Sinto muito por incomodá-lo nesse momento difícil. Meus sinceros pêsames para você e para a sua família — respondo.

Desligo a ligação.

Desapareço.

CAPÍTULO 5

Eu não matei Angela, sei disso, mas chorei como se fosse o caso. Eu sabia que uma ligação, uma visita ou uma participação em um dos seus eventos não teria prolongado a vida dela, mas, mesmo assim, chorei como se fosse o caso. Chorei por todas as crenças irracionais que giravam pela minha mente.

Como Angela tinha sido uma doadora generosa da loja, Ciara sentiu que devia ir ao funeral e, apesar de Gabriel discordar, senti que a minha obrigação de aparecer era maior ainda. Eu havia passado as semanas antes da morte de Angela me escondendo dela e cortara tantas das suas tentativas de aproximações. Em geral, a gente não se lembra de como conhece as pessoas, mas lembramos de como nos despedimos. Não passei uma boa impressão ao conhecer Angela, então queria dizer adeus da maneira apropriada.

O funeral dela é na Igreja da Assunção em Dalkey, uma igrejinha pitoresca na rua Principal, em frente ao Castelo de Dalkey. Eu e Ciara passamos pela multidão que permanece do lado de fora, entramos na igreja e nos sentamos nos últimos bancos. Os convidados seguem conforme a família entra com o caixão, e a igreja vai enchendo. Na frente da procissão está um homem solitário, o marido, o homem com quem falei ao telefone. Atrás dele, vários familiares e amigos chorosos. Fico feliz de ver que ele não está sozinho, que outras pessoas estão tristes, que sentirão saudades de Angela, que a vida dela era cheia de amor.

Obviamente o padre não conhecia Angela muito bem, mas ele se esforça. Ele reuniu algumas informações básicas sobre a mulher, como um dragão faz com moedas de ouro, e faz seu discurso com gentileza. Quando chega a hora do discurso dos amigos e familiares, uma mulher sobe ao altar. Uma televisão é levada pela velha igreja adentro, já conectada.

— Olá a todos. Meu nome é Joy. Eu adoraria dizer algumas palavras sobre a minha amiga Angela, mas ela me proibiu de fazer isso. Como de costume, ela queria ter a última palavra.

Todos riem.

— Está pronto, Laurence? — pergunta Joy.

Não consigo ver ou ouvir a resposta dele, mas a tela se acende de qualquer forma, e o rosto de Angela preenche a imagem. Ela está magra, claramente foi filmada nas suas últimas semanas, mas está radiante.

— Oi, pessoal, sou eu!

Isso faz com que as pessoas percam o fôlego de surpresa, e as lágrimas começam a correr.

— Espero que vocês estejam péssimos sem mim. A vida deve estar horrivelmente sem graça. Sinto muito por ter morrido, mas o que posso fazer? Temos que olhar para a frente. Olá, meus queridos. Meu Laurence, meus meninos, Malachy e Liam. Oi, meus pequeninos, espero que a vovó não esteja assustando vocês. Espero tornar isso tudo um pouco mais fácil. Bom, vamos seguir em frente. Aqui estamos, no meu closet de perucas.

Ela segura a câmera e se vira para filmar as perucas. São de todas as cores, formatos e estilos, apoiadas em cabeças de manequim em prateleiras.

— Minha vida tem sido assim faz algum tempo, como sabem. Agradeço a Malachy por trazer esta aqui de um festival de música. — Ela dá zoom em um moicano e depois coloca a peruca na cabeça.

Todo mundo ri em meio às lágrimas, lenços voando de bolsas, sendo passados de banco em banco.

— Então, meus amados meninos — diz ela. — Vocês três são as coisas mais preciosas no mundo inteiro para mim, e não estou preparada para dizer adeus ainda. Debaixo de cada uma dessas perucas deixei envelopes. Todo mês, quero que tirem uma peruca, coloquem na cabeça, abram o envelope, leiam a minha carta e se lembrem de mim. Sempre vou estar com vocês. Amo todos vocês e agradeço pela vida mais feliz e mais abençoada que uma mulher, mãe e avó poderia pedir. Obrigada por tudo.

Ela sopra um beijo para a câmera.

— P.S. Eu te amo.

Ciara agarra o meu braço e se vira para mim devagar.

— Meu Deus... — sussurra ela.

A tela se apaga e todos estão chorando. Não consigo imaginar como a família dela está se sentindo. Não consigo olhar para Ciara. Estou enjoada, tonta. Parece que não consigo respirar. Ninguém está prestando atenção alguma em mim, mas estou envergonhada, como se todos soubessem sobre a minha história, sobre o que Gerry fez. Seria grosseria ir embora? Estou tão perto da porta. Preciso respirar fundo, sentir a luz, sair desta cena claustrofóbica e sufocante. Fico de pé e me apoio nas costas do banco, então vou caminhando para a saída.

— Holly? — sussurra Ciara.

Do lado de fora, respiro fundo, mas não é o suficiente. Preciso sair daqui.

— Holly! — chama a minha irmã, se apressando para me alcançar. — Você está bem?

— Não. Não estou. Definitivamente não estou.

— Merda, isso é tudo culpa minha. Sinto muito, Holly. Pedi para você participar do podcast, você não queria, e eu praticamente forcei você, desculpa, é tudo culpa minha. Não surpreende que você estivesse evitando a Angela. Faz sentido agora. Desculpe mesmo.

De alguma forma, aquelas palavras me acalmam: não é minha culpa eu estar me sentindo assim. Isso aconteceu comigo. Não é minha culpa. Não é justo. Ciara oferece as suas condolências. Ela me abraça, e apoio a cabeça no ombro dela, voltando a me sentir fraca, vulnerável e triste. Não gosto disso. Eu me interrompo, erguendo a cabeça com um estalo.

— Não.

— Não o quê?

Limpo o rosto com força e saio em direção ao carro.

— Eu não sou mais essa pessoa.

— Como assim? Holly, por favor, olha para mim — pede ela, tentando me encarar enquanto olho de um lado para outro, desesperada para colocar as coisas em foco, desesperada para mudar a minha perspectiva.

— Isso não vai acontecer comigo de novo. Vou voltar para a loja. Vou voltar para a minha vida.

A habilidade que descobri quando comecei a trabalhar com a minha irmã, depois que a revista em que eu trabalhava faliu, é que sou boa em organizar as coisas. Se a Ciara brilha quando está lidando com senso estético, arrumando a loja e colocando cada item em um lugar de destaque, eu ficaria feliz passando longos dias no estoque esvaziando caixas e sacos de lixo com as coisas que as pessoas não querem mais, como muitas vezes faço. Eu me perco nesse ritmo. Essas atividades são particularmente terapêuticas nos dias após o funeral de Angela Carberry. Esvazio tudo no chão, sento e começo a avaliar o que há nas bolsas, separando as preciosidades do lixo. Faço polimento nas joias até que elas brilhem, encero os sapatos. Tiro o pó de velhos livros. Descarto qualquer coisa que não é apropriada: roupas de baixo usadas, meias sem par, lenços velhos. Quando não estou ocupada demais, fico xeretando, me perdendo em notas e recibos, tentando identificar a última vez que aquele item foi usado, entender a vida do seu antigo dono. Faço uma lavagem rápida nas roupas, tiro os amassados com um vaporizador. Guardo tudo de valor: dinheiro, fotografias, cartas que podem ser devolvidas ao remetente. Sempre que possível, faço anotações detalhadas sobre os donos desses objetos. Às vezes, eles nunca reencontrarão os donos; quem deixa caixas e sacos sem deixar contato só está feliz de se livrar daquilo. Às vezes, porém, eu consigo fazer a ligação. Se sentimos que não vamos conseguir vender o produto, se ele não combina com a visão de Ciara, então reembalamos e doamos para instituições de caridade.

Eu pego o que é velho e transformo em novo, e sou recompensada pela crença de que há valor no meu trabalho. Hoje é um bom dia para me perder em uma caixa de papelão cheia de pertences que se tornaram apenas objetos quando foram deixadas ali. Tiro uma caixa de livros do estoque e levo para a loja. De novo me sento no chão, limpando capas, desdobrando orelhas nas páginas, folheando os livros em busca de marcadores de páginas de valor. De vez em quando, encontro fotografias velhas usadas como marcadores de páginas; em geral, não acho nada, mas qualquer descoberta é importante. Estou perdida nesse mundo de organização quando a sineta na porta da frente toca.

Ciara está do outro lado da loja, lutando com um manequim sem braço e sem cabeça em que está tentando colocar um vestido de bolinhas.

— Olá — diz ela alegremente para a cliente.

Ela é melhor que eu com os clientes. Quando temos escolha, me concentro nos produtos, e ela, nas pessoas. Ela e Matthew abriram a loja cinco anos atrás, depois que compraram a propriedade na St. George Avenue, em Drumcondra, Dublin. A casa já tinha uma janela imensa na frente, por ter sido uma loja de doces antes. Eles moram no apartamento do segundo andar. Um antiquário em uma rua quieta de casas geminadas não atrai muitos clientes, mas as pessoas vêm para cá de propósito, e a universidade local acaba atraindo muitos jovens em busca de preços baixos e do fator "cool" das roupas vintage. Ciara é a estrela da loja, fazendo eventos, visitando feiras de antiguidades, escrevendo para revistas e até apresentando segmentos de moda na emissora de TV local, mostrando novos produtos do antiquário. Se ela é o coração do lugar, Matthew é o cérebro, lidando com contabilidade, cuidando da visibilidade on-line e dos detalhes técnicos dos podcasts. Eu sou as entranhas.

— Oi — responde a cliente.

Não consigo vê-la enquanto estou sentada escondida atrás de uma estante. Já estou me distraindo, deixando Ciara fazer o que faz de melhor.

— Eu reconheço você — diz Ciara. — Foi você que fez o discurso no funeral de Angela, não?

— Você foi no velório?

— Sim, é claro. Angela era uma grande apoiadora da loja. Fui com a minha irmã. Vamos sentir falta dela, ela era um furacão.

Agora estou prestando atenção.

— Sua irmã também foi?

— Sim. Mas Holly, ela está... ocupada no momento.

Ciara pensa rápido e lembra que não vou querer falar com essa mulher, assim como não quero falar sobre todo o incidente no funeral, duas semanas atrás.

Fiz exatamente o que falei que faria. Voltei para a loja, voltei para a minha vida, tentei não pensar no que tinha acontecido no funeral, nem por um segundo, mas é claro que não consegui. Não consigo parar de pensar nisso. Angela claramente se inspirou na minha experiência com as cartas de Gerry para fazer o mesmo para a família nas suas últimas semanas, e é compreensível. Porém, ainda não entendo o cartão de visitas. O que diabos ela estava querendo fazer com o "Clube P.S. Eu te amo"? Nos últimos tempos, não consigo decidir se quero ou não saber, mas, mesmo assim, aqui estou, sem querer ser vista, mas querendo ouvir também.

— Holly... — A mulher se interrompe. — Meu nome é Joy, prazer em conhecê-la. Angela amava essa loja. Você sabia que ela cresceu aqui nessa casa?

— Não! Ela nunca mencionou isso. Caramba, nem acredito.

— Sim. Bem, é a cara dela não comentar. A gente era amiga na época de escola, e eu morava logo na esquina. Nós nos reencontramos recentemente, mas sei que ela teria gostado de ver as suas coisas na casa em que cresceu. Não que a gente tivesse coisas tão lindas na época! Eu continuo não tendo.

— Nossa! Nem acredito — responde Ciara. Sentindo que essa mulher não está ali para fazer compras, minha irmã faz a sua costumeira, e nesse caso irritante, oferta de hospitalidade. — A senhora gostaria de um chá ou café?

— Ah, um chá seria ótimo, obrigada. Com um pouquinho de leite, por favor.

Ciara vai para os fundos da loja, e ouço Joy caminhar por entre as araras. Rezo para que ela não me encontre, mas sei que isso vai acontecer. Seus passos se aproximam. Ela para. Eu olho para cima.

— Você deve ser Holly — diz ela, que está usando uma bengala.

— Olá — falo, como se não tivesse ouvido uma palavra da conversa dela com Ciara.

— Meu nome é Joy. Sou amiga da Angela Carberry.

— Meus pêsames pela sua perda.

— Obrigada. Ela declinou muito rápido no fim. Fico me perguntando se chegou a falar com você.

Se eu fosse educada, eu me levantaria. Não deixaria essa senhora de bengala se abaixando para falar comigo. Mas não estou me sentindo educada.

— Sobre?

— Sobre o clube dela. — Ela enfia a mão no bolso e tira um cartão de visitas. O mesmo que Gabriel me mostrou.

— Eu recebi o cartão, mas não faço ideia do que se trata.

— Ela reuniu… Bem, nós duas reunimos um grupo de pessoas que são suas fãs.

— Fãs?

— Ouvimos o seu podcast e ficamos muito emocionadas com as suas palavras.

— Obrigada.

— Eu me pergunto se você estaria disposta a nos encontrar? Quero continuar o belo trabalho que Angela começou… — Seus olhos se enchem de lágrimas. — Ah, sinto muito.

Ciara volta com o chá.

— Está tudo bem, Joy? — pergunta ela ao ver a senhora de bengala chorando enquanto estou sentada no chão segurando um livro.

Ela me olha com uma mistura de confusão e horror. Que irmã mais coração gelado.

— Estou bem. Sim, estou, obrigada. Sinto muito pela intromissão. Acho que é melhor só… Me deem licença.

— A senhora não precisa ir embora, pode se sentar aqui. — Ciara leva Joy até uma poltrona perto dos provadores, um canto da loja com um espelho e cortinas dramáticas, ainda no meu campo de visão. — Descanse um pouco. Aqui está o chá. Vou pegar um lenço.

— Você é muito gentil — diz Joy com a voz fraca.

Continuo no chão. Espero Ciara sair antes de perguntar:

— Sobre o que é o clube?

— A Angela não explicou para você?

— Não. Ela deixou o cartão, mas não chegamos a conversar.

— Sinto muito por ela não ter explicado, então, por favor, me permita. Angela ficou exultante depois de participar da sua palestra. Ela veio me contar uma ideia, e, quando Angela Carberry enfiava uma coisa na cabeça, ela ficava determinada a realizá-la. Ela podia ser muito insistente, e nem sempre do jeito certo. Estava acostumada a conseguir o que queria.

Penso em Angela apertando o meu braço, as unhas cortando a minha pele. A urgência que interpretei errado.

— Eu e Angela estudamos juntas, mas acabamos perdendo contato, coisas da vida. Nós nos reencontramos alguns meses atrás, e, por causa da nossa doença, acho que sentimos uma ligação mais forte do que nunca. Depois que ouviu sua palestra, ela me ligou e contou tudo. Fiquei tão inspirada pelas suas palavras quanto ela. Então contei a algumas pessoas que achei que poderiam se beneficiar.

Enquanto Joy para e respira fundo, percebo que eu mesma não estou respirando. Meu coração está apertado, meu corpo, tenso.

— Somos cinco... Bem, quatro, agora. Sua história nos encheu de luz e esperança. Sabe, querida, nós nos reunimos porque algo nos conecta.

Minha mão aperta o livro com tanta força que estou quase dobrando a capa.

— Todos fomos diagnosticados com doenças terminais. Nós nos reunimos não só porque sua história nos deu esperança, mas porque temos um objetivo em comum. Queremos escrever cartas para os nossos entes queridos como o seu marido fez para você. Precisamos desesperadamente da sua ajuda, Holly. Estamos ficando sem ideias e... — Ela respira fundo, tentando reunir forças. — ... estamos ficando sem tempo.

Silêncio enquanto eu paro, congelada, tentando absorver suas palavras. Não consigo dizer nada.

— Coloquei você em uma situação complicada, e sinto muito — diz Joy, envergonhada. Ela tenta se levantar com a xícara em uma das mãos e a bengala na outra. Só consigo olhar; estou chocada demais para sentir qualquer coisa além de dormência frente à tristeza de Joy e dos seus amigos. Se sinto mais alguma coisa, é irritação por ela trazer isso de volta para a minha vida.

— Deixa eu ajudar — diz Ciara, correndo para pegar a xícara e segurar o braço da senhora.

— Talvez eu possa deixar o meu telefone com você, Holly. Assim, se você quiser…

Ela olha para mim, esperando que eu termine a frase, mas não faço isso. Sou cruel, e espero.

— Vou pegar papel e caneta — interrompe Ciara.

Joy deixa seu contato com Ciara e eu grito um tchau quando ela sai.

A sineta toca, a porta fecha, os passos da minha irmã estalam no piso de madeira. Seus saltos vintage dos anos 1940, com meias arrastão, param ao meu lado. Ela me encara, me observa, e tenho quase certeza de que ouviu tudo. Afasto os olhos e guardo o livro na prateleira. Aqui. Sim, acho que fica bem aqui.

CAPÍTULO 6

— Devagar com o molho, Frank — diz a minha mãe, tirando o pote das mãos do meu pai.

Ele tenta segurá-lo, decidido a submergir completamente sua carne assada, e, nesse cabo de guerra, o molho espirra e pinga na mesa. Meu pai olha para a minha mãe, então limpa a poça da toalha com a ponta do dedo e lambe em protesto.

— Não vai ter para todo mundo — reclama ela, estendendo o pote para Declan.

Ele passa o dedo no bico da molheira e lambe o dedo, depois começa a derramar o molho no prato.

— Chega, já foi sua vez — diz Jack, pegando a molheira.

— Mas eu nem consegui nada — reclama Declan, tentando roubar o pote de volta, mas Jack não deixa, servindo o molho por cima da comida.

— Meninos! — grita a mamãe. — Vocês estão se comportando como crianças.

Os filhos de Jack caem na risada.

— Deixe um pouco para mim — reclama Declan, de olho. — Não tem molho em Londres, é?

— Não que nem o da mamãe — responde ele, dando uma piscada para ela.

Ele serve um pouco de molho no prato das crianças, depois passa a molheira para a esposa, Abbey.

— Eu não quero molho — reclama uma das crianças.

— Eu quero! — falam Declan e o meu pai em uníssono.

— Vou fazer mais — diz a minha mãe com um suspiro, e corre de volta para a cozinha.

Todo mundo enfia a cara nos pratos como se não comesse há dias: meu pai, Declan, Matthew, Jack, Abbey e os dois filhos. Meu irmão mais velho, Richard, está preso no ensaio do coral, e Gabriel está passando o dia com Ava, sua filha adolescente. Como ela nunca quis saber muito dele, essas visitas são bastante preciosas para Gabriel. Todos estão ocupados com a comida com a exceção de Ciara, que me observa. Ela afasta os olhos quando a vejo me encarando, e pega a colher de salada no centro da mesa. Mamãe volta com mais dois potes, um deles é colocado no centro, e o outro ao lado de Ciara. Jack finge que vai pegar a nova molheira, o que faz Declan entrar em pânico, levantar-se de repente e pegar primeiro.

Jack cai na gargalhada.

— Meninos... — diz a minha mãe, e eles param.

As crianças riem.

— Senta, mãe — falo com gentileza.

Ela observa a mesa, a família faminta devorando a comida, e por fim se acomoda ao meu lado, na cabeceira da mesa.

— O que é isso? — pergunta Ciara, olhando a molheira ao seu lado.

— Molho vegano — diz mamãe, toda orgulhosa.

— Ah, mãe, você é a melhor!

Ciara se serve de molho, e uma substância aguada e lamacenta cobre o fundo do prato como sopa. Ela olha para mim, meio na dúvida.

— Parece gostoso — digo.

— Não sei se fiz direito — diz a mamãe, meio insegura. — Está bom?

Ciara pega uma garfada minúscula.

— Delícia.

— Mentirosa — reclama a mamãe, rindo. — Não está com fome, Holly?

Meu prato está praticamente vazio e eu nem comecei a comer. Brócolis e tomates foram tudo que consegui colocar no prato.

— Comi muito no café — falo. — Mas está uma delícia, obrigada.

Eu me ajeito e começo a comer, ou pelo menos tento. A comida da mamãe, com a exceção do molho vegano, é realmente uma delícia, e, sempre que possível, ela tenta reunir a família para um almoço de domingo, o que todos nós adoramos. Mas hoje, como nas últimas semanas, meu apetite não deu as caras.

Ciara olha para o meu prato e depois para mim, preocupada. Ela troca um olhar com a mamãe e, na mesma hora, sinto que Ciara abriu a boca sobre o tal Clube P.S. Eu te amo. Reviro os olhos para as duas.

— Eu estou ótima — digo, desafiadora, e enfio um florete inteiro de brócolis na boca como prova da minha estabilidade.

Jack olha para mim.

— Por quê, qual é o problema?

Minha boca ainda está cheia. Não posso responder, mas reviro os olhos de novo e o encaro com uma expressão frustrada.

Ele vira para a mamãe.

— Qual o problema de Holly? Por que ela está fingindo que está bem?

Resmungo com a boca cheia e tento mastigar rápido para poder terminar esse papo.

— A Holly não está com problema nenhum — responde a minha mãe, calma.

Ciara se intromete com a voz aguda:

— Uma mulher que morreu de câncer começou um Clube P.S. Eu te amo antes de partir, convidou pessoas com doenças terminais e essas pessoas querem que Holly as ajude a escrever cartas para os seus entes queridos.

A princípio, ela parece aliviada por soltar essa informação, mas depois fica assustada pelo que vai acontecer depois.

Eu engulo o brócolis às pressas e quase engasgo.

— Puta merda, Ciara!

— Desculpa, não deu para segurar! — diz ela, erguendo as mãos em defensiva.

As crianças riem da minha boca suja.

— Desculpa — digo para Abbey, a mãe delas. — Pessoal — digo, com um pigarro. — Estou bem. Sério. Vamos mudar de assunto.

Matthew olha para a esposa linguaruda com um olhar desaprovador. Ciara se encolhe ainda mais.

— Você vai ajudar essas pessoas a escrever as cartas? — pergunta Declan.

— Não quero falar sobre isso — digo, cortando um tomate.

— Com quem? Com eles ou com a gente? — pergunta Jack.

— Com ninguém!

— Então, você não vai ajudá-las? — pergunta mamãe.

— Não!

Ela assente, a expressão inescrutável.

Comemos em silêncio.

Odeio que a expressão da minha mãe seja inescrutável.

Frustrada, eu desisto.

— Por quê? Acha que eu deveria?

Todo mundo na mesa, com exceção das crianças e de Abbey, que sabe que é melhor não se meter, começa a falar ao mesmo tempo, e eu não consigo entender ninguém.

— Eu perguntei para a mamãe!

— Ué, você não se importa com o que eu acho? — pergunta o meu pai.

— É claro que me importo.

Ele se concentra na comida, magoado.

— Acho... — diz a minha mãe, pensativa. — Acho que você deveria fazer o que for mais confortável para você. Não gosto de interferir, mas já que você perguntou... Se está tão... — Ela olha para o meu prato, depois para mim. — ... chateada, então não é uma boa ideia.

— Ela disse que comeu bem no café — diz Matthew em minha defesa, e olho para ele com gratidão.

— O que você comeu? — pergunta Ciara.

Reviro os olhos.

— Uma omelete gigante, Ciara. Com carne de porco, linguiça e bacon e todo tipo de produtos de origem animal, tudo boiando em manteiga. Manteiga que veio das tetas de uma vaca.

Estou mentindo. A verdade é que não comi nada no café.

Ela me olha de cara feia.

As crianças caem na risada de novo.

— Se você resolver ajudar esse pessoal, posso filmar? — pergunta Declan de boca cheia. — Daria um bom documentário.

— Não fale com a boca cheia, Declan — fala a mamãe.

— Não. Porque eu não vou fazer isso — respondo.

— O que o Gabriel pensa sobre o assunto? — pergunta Jack.

— Não sei.

— Porque ela ainda não contou para ele — fala Ciara.

— Holly! — briga minha mãe.

— Eu não preciso falar com ele porque não vou participar disso — reclamo, mas sei que estou errada. Já deveria ter falado com Gabriel. Ele não é idiota, sabe que tem alguma coisa acontecendo. Ainda que não tenha contado a revelação de Joy sobre o clube, não me sinto mais a mesma desde que desliguei a ligação com o marido de Angela semanas atrás.

Todos ficamos quietos.

— Você ainda não me perguntou o que eu acho — diz o meu pai, olhando para todo mundo em volta da mesa como se todos o tivessem magoado.

— O que você acha, pai? — pergunto, exasperada.

— Não, não. Está claro que você não quer saber — diz ele, pegando a segunda molheira e afogando o segundo prato.

Espeto outro florete de brócolis com violência.

— Fala logo, pai.

Ele engole o orgulho ferido.

— Acho que parece um ótimo gesto de carinho para pessoas necessitadas e que talvez seja bom para você fazer algum bem.

Jack parece irritado com a resposta do papai. A mamãe, mais uma vez, está impassível, pensando em tudo, examinando todos os ângulos antes de dar sua opinião.

— Ela mal consegue comer, Frank — diz ela, baixinho.

— Ela engoliu o brócolis inteiro — retruca ele, piscando para mim.

— E ela colocou seis xícaras trincadas na loja esta semana — diz Ciara, esfregando sal na ferida. — Já está distraída à beça por conta disso.

— Algumas pessoas não se importam com xícaras trincadas — argumento.

— Como quem?

— Como a Bela e a Fera — responde Matthew.

As crianças riem.

— Quem acha que é uma boa ideia levanta a mão — fala Ciara para a mesa.

As crianças erguem as mãos. Abbey coloca os braços delas para baixo.

Meu pai ergue o garfo. Declan também. Matthew parece concordar, mas Ciara olha de cara feia para ele. Os dois se encaram, e ele não levanta a mão.

— Não — diz Jack com firmeza. — Não acho uma boa ideia.

— Eu também não — diz Ciara. — E não quero que seja culpa minha se der errado.

— Isso não tem a ver com você — resmunga Matthew, frustrado.

— Eu sei que não. Mas ela é minha irmã, e não quero ser responsável se...

— Boa tarde, pessoal! — exclama Richard da entrada da casa. Ele aparece na porta da sala de jantar, olha em volta, sentindo que tem alguma coisa estranha. — O que aconteceu?

— Nada — respondemos todos em uníssono.

Estou sozinha na loja, no caixa. Sentada em uma banqueta, olhando para o nada. Ciara e Matthew saíram para pegar as doações de uma família que mora por perto e que vai se mudar. A loja está vazia, sem clientes já faz uma hora. Esvaziei todas as caixas e bolsas, separando coisas preciosas e fazendo ligações para marcar a devolução com os donos. Arrumei todas as prateleiras, movendo os produtos um centímetro para a direita ou para a esquerda. Não tem mais nada para ser feito. A sineta toca quando a porta se abre, e uma menina jovem, adolescente, entra. Ela é alta e está usando um belo turbante preto e dourado.

— Olá! — cumprimento, feliz.

Ela dá um sorriso tímido e envergonhado, então não fico encarando. Alguns clientes querem toda a nossa atenção, enquanto outros gostam de ser deixados em paz. Fico observando a menina enquanto ela não está olhando. Está com um bebê em um canguru. O bebê é novinho, de poucos meses, e está virado para a frente, as perninhas gorduchas protegidas por leggings chutando sem parar. A mãe — se é que a menina é mãe dele, já que parece tão jovem, mas quem sou eu para dizer — é profissional em parar de lado de modo que a criança não consiga alcançar nada nas prateleiras. A adolescente fica olhando de mim para as araras e de volta. Está olhando as roupas mas sem muita atenção, mais preocupada em me observar. Eu me pergunto se ela quer roubar alguma coisa; às vezes, pessoas que têm a intenção de roubar têm um jeito de observar mais onde estou do que os produtos. O bebê dá um gritinho, praticando sons, e a adolescente segura a mãozinha dele; seus dedinhos apertam os dedos dela.

Eu já quis um bebê. Faz dez anos. Queria tanto ter um bebê que o meu corpo me pedia isso todos os dias. Esse desejo sumiu quando Gerry ficou doente. Virou outra coisa: o desejo de que ele sobrevivesse. Toda a minha energia se voltou para a saúde dele, e, quando ele morreu, a vontade de ter um bebê se foi também. Eu queria ter um filho com Gerry, e ele não estava mais aqui. Olhando para aquele bebezinho tão lindo e alegre, algo surge dentro de mim, um lembrete de um desejo antigo. Tenho 37 anos, ainda pode acontecer. Estou indo morar com Gabriel, mas não acho que a gente esteja nesse ponto. Ele está ocupado demais tentando melhorar a relação com a filha que já tem.

— Eu não vou roubar nada — diz ela de repente, me arrancando do meu transe.

— Perdão?

— Você está me encarando. Eu não vou roubar nada — reclama a adolescente, na defensiva.

— Sinto muito, eu não… Não foi a minha intenção. Minha cabeça estava longe — falo, ficando de pé. — Posso ajudar com alguma coisa?

Ela olha para mim por um tempo, como se tentando se decidir, como se tentando me ler.

— Não.

Ela vai até a saída, a sineta toca, a porta fecha. Encaro a porta fechada e lembro que aquela adolescente já esteve aqui. Algumas semanas atrás, talvez semana passada, talvez algumas vezes, fazendo a mesma coisa: olhando os produtos com o bebê. Lembrei porque Ciara elogiou o turbante dela e então, inspirada por isso, usou uma echarpe de bolinhas vermelhas na cabeça por uma semana. A menina nunca comprou nada. Isso não é estranho, as pessoas gostam de passear em antiquários, ver o que outras já tiveram e abriram mão, ver como viviam. Tem algo especial em objetos que já foram de alguém. Alguns consideram que são mais preciosos, outros, que são sujos, e algumas pessoas têm um desejo de ficar próximas deles. Mas a adolescente estava certa: eu não confiava nela.

Matthew e Ciara estacionam a van ao lado da loja. Ciara sai do carro, usando um macacão brilhoso dos anos 1980 e tênis. Eles abrem as portas traseiras e começam a tirar as doações.

— Oi, David Bowie.

Ela sorri.

— Nossa, a gente achou cada coisa lá, você vai amar. Aconteceu algo de relevante por aqui?

— Não. Tudo parado.

Matthew corre com dois tapetes enroladas debaixo dos braços, anunciando no seu sotaque australiano pesado:

— A gente vai ter mais tapetes que a casa de um careca.

Careca. Penso no funeral de Angela, nas suas perucas, nas cartas escondidas para a família embaixo de cada uma.

Ciara me observa.

— Tudo bem?

— Tudo.

Agora, ela me pergunta isso a cada dez minutos.

Ciara espera Matthew sumir dentro do estoque.

— Só queria pedir desculpas de novo. Me sinto responsável por tudo que aconteceu.

— Ciara, para...

— Não, não vou parar. Se eu chateei você, se fiz merda, sinto muito, muito mesmo. Por favor, me diz o que posso fazer para melhorar a situação.

— Você não fez nada de errado, isso acontece, e não é culpa sua. Mas se Joy ou outra pessoa do tal clube aparecer, pode dizer que não estou interessada, ok?

— É, claro. Falei para o cara de ontem que era para ele não voltar.

— Que cara?

— Ele disse que era do clube. O nome era... bem, não importa. Ele não vai voltar e deixei claro que quero que o clube não a perturbe mais, especialmente no local de trabalho. Isso não é nem um pouco legal.

Meu coração está acelerado de raiva.

— Então eles estão vindo aqui.

— Eles?

— Os membros do clube. Uma menina apareceu mais cedo. Ela esteve aqui antes, me olhando de maneira estranha. Me acusou de estar pensando que ela ia roubar alguma coisa. Também deve fazer parte do clube...

— Não... — Ciara olha para mim, preocupada. — Quer dizer, você não pode começar a achar que todo mundo que entra aqui e olha para você faz parte do clube.

— Aquela mulher disse que eram cinco membros, quatro agora. Meus Fantasmas dos Natais Passados, Presente e Futuros vieram me visitar. Eles nunca vão me deixar em paz, vão? — pergunto, a raiva me dominando com essa invasão da minha vida normal, tranquila, estável. — Quer saber? Vou me encontrar com eles. Vou conhecer os membros desse tal clubinho e dizer para eles, sem meias palavras, que não quero que me procurem mais. Cadê o telefone daquela mulher?

Começo a revirar as gavetas.

— Joy? — pergunta Ciara, preocupada. — Talvez seja melhor deixar para lá, Holly, acho que mais cedo ou mais tarde eles vão entender.

Encontro o cartão e pego o celular.

— Com licença.

Saio correndo pela porta. Preciso fazer essa ligação lá fora.

— Holly! — grita Ciara atrás de mim. — Não esquece que eles estão doentes. Não são pessoas ruins. Seja legal.

Saio da loja, fecho a porta e me afasto, discando o número de Joy. Vou dizer para esse clube me deixar em paz de uma vez por todas.

CAPÍTULO 7

O Clube P.S. Eu te amo se reúne na estufa de Joy no dia 1º de abril, o sol da manhã aquecendo o cômodo envidraçado. O labrador amarelo dela cochila nos azulejos quentes, no meio de uma faixa de sol no meio da sala. Temos que passar por cima dele para ir a qualquer lugar. Olho para os membros do clube sentados à minha frente, me sentindo irritada e envergonhada. Combinei de encontrar Joy para expressar a educada e firme recusa que tanto ensaiei, mas não discutimos sobre outras pessoas estarem presentes. É óbvio que ela entendeu o meu pedido para que nos encontrássemos de forma completamente errada, e agora estou desejando ter falado pelo telefone, em vez de vir aqui para um término cara a cara.

— Ele é muito preguiçoso, não é mesmo, amigão? — diz Joy, olhando com amor para o cachorro enquanto coloca uma xícara de chá e um pratinho de biscoitos na mesinha ao meu lado. — Nós o adotamos quando recebi o diagnóstico, pensando que seria uma boa companhia e distração para todos, e ele cumpre bem o papel. Está com 9 anos — diz ela, corajosamente. — Tenho esclerose múltipla.

Bert, um senhor alto de uns 60 anos, com uma cânula nasal para oxigenação, se apresenta.

— Eu sou apenas bonito demais para viver — diz ele, piscando.

Paul e Joy dão uma risadinha, e Ginika revira os olhos, a adolescente presa com essas pessoas cheias de piadas de tio do pavê. Eu tinha razão sobre a menina da loja, não estava paranoica, afinal. Dou um sorriso educado.

— Pulmão. Enfisema — explica Bert, rindo da própria piada.

Paul fala em seguida. Ele é mais jovem que Bert e Joy, mais próximo da minha idade. Bonito e com uma aparência enganosamente saudável, ele era o misterioso homem que visitou a loja e foi expulso por Ciara.

— Tumor cerebral.

Homem, jovem, bonito, tumor cerebral. Igual a Gerry. É demais. Eu deveria ir embora, mas qual é a hora certa de levantar e sair quando um jovem está falando sobre o seu tumor cerebral?

— Mas a minha situação é um pouco diferente da dos outros — diz ele. — Estou em remissão.

Sinto um peso sair dos meus ombros.

— Que boa notícia.

— Sim — diz ele, sem aparentar achar uma boa notícia. — É a segunda vez que estou em remissão. Na verdade, é bem comum que tumores cerebrais voltem. Eu não estava pronto na primeira vez. Se o tumor voltar, quero estar preparado, pela minha família.

Assinto. Meu peito se aperta de novo; mesmo em remissão, ele está se preparando para a morte, temendo que o tumor retorne.

— Meu marido tinha câncer cerebral primário — falo, sentindo a necessidade de continuar a conversa, mas assim que as palavras saem da minha boca, percebo que não foi a melhor ideia que tive. Todo mundo sabe que o meu marido morreu.

Eu vim até aqui para colocar um ponto final nisso antes de me envolver, mas no momento em que passei pela porta e vi o grupo, senti que a ampulheta havia virado. Agora que os grãos de areia estavam escorrendo, eu me pergunto se talvez estar aqui seja tudo de que preciso. Posso diminuir a minha culpa, tentar ajudar, depois voltar para a minha vida. Só vai levar uma hora.

Olho para a adolescente ao meu lado, Ginika. Talvez essa visita signifique que ela vai parar de me perseguir. Vai ter que ser assim, porque vim dizer a eles, sem meias palavras, para pararem com aquilo. A bebê, Jewel, está sentada no colo dela, brincando com as pulseiras de Ginika. Sentindo a atenção em si, ela fala sem tirar os olhos do chão.

— Câncer cervical — diz com firmeza, os dentes trincados, tendo que forçar as palavras a saírem. Ela está com raiva.

Certo. Certo. Conte a eles, termine logo com isso. Conte que você não quer estar aqui, que não pode ajudá-los. Silêncio.

— Como pode ver, estamos todos em diferentes estágios das nossas doenças — diz Joy, como porta-voz do grupo. — A esclerose não é uma doença terminal, mas uma doença de longo prazo, e, ultimamente, os sintomas têm piorado. Angela parecia estar respondendo bem ao tratamento, mas ficou muito mal de repente. Paul está bem agora, do ponto de vista físico, mas... Nenhum de nós sabe de verdade. São muitos altos e baixos, não é? — diz ela, olhando para os amigos. — Acho que posso falar por todos quando digo que não sei quanto tempo de *qualidade* de vida ainda temos. Mesmo assim, cá estamos, e é isso que importa.

Todos assentem, menos Ginika, para quem estar aqui não é o que importa.

— Alguns de nós têm ideias para as cartas, outros, não. A gente adoraria ouvir as suas ideias.

Essa é a minha deixa para ir embora. São humanos, vão entender, e mesmo se não entenderem, o que posso fazer se nem se importam com a minha estabilidade mental? Preciso me colocar em primeiro lugar. Eu me inclino para a frente na cadeira.

— Preciso explicar...

— Eu tenho uma ideia — interrompe Bert. Ele está sem fôlego ao falar, mas isso não interfere na quantidade de palavras. — Uma caça ao tesouro para a minha esposa, Rita, e vou precisar de ajuda para espalhar as pistas pelo país.

— Pelo *país*?

— Que nem uma gincana. Por exemplo, pergunta número um: onde Brian Boru perdeu a vida na sua batalha final? Aí, Rita vai para Clontarf, e a próxima pista vai estar esperando por ela lá. — Uma crise de tosse.

Eu pisco, confusa. Não era o que esperava ouvir.

— Acho que você está sendo mão de vaca — brinca Paul. — Deveria mandar Rita para Lanzarote, que nem o Gerry fez com a Holly.

— Não! — reclama Bert, cruzando os braços e olhando para mim. — Por que ele mandou você para lá?

— Foi onde eles passaram a lua de mel — responde Paul por mim.

— Ah, sim! — Joy fecha os olhos, contente. — Foi lá que você viu os golfinhos, não foi?

Minha cabeça gira enquanto eles falam da minha vida como se fosse um episódio de um reality show. Um bate-papo na hora do intervalo.

— Ele deixou as passagens na agência de viagens para ela — conta Ginika para Bert.

— Ah, é verdade — diz ele, lembrando.

— Qual era a ligação com os golfinhos? Acho que você não mencionou isso no podcast — pergunta Paul, se esticando para pegar um biscoito de chocolate.

Os olhos de todos estão em mim, e me sinto estranha, ouvindo aquelas pessoas falando sobre as cartas de Gerry assim. Eu sei que falei sobre elas com Ciara, em uma lojinha na frente de trinta pessoas, mas, de certa forma, esqueci que aquilo poderia ir além, ser baixado em computadores e celulares, ouvido na casa das pessoas como entretenimento. O jeito como o grupo discute um dos momentos mais importantes, difíceis e sombrios da minha vida me faz sentir distante, como se estivesse tendo uma experiência de quase morte.

Olho de uma pessoa para a outra, tentando acompanhar a velocidade da conversa. Perguntas me atingem como se eu estivesse participando de um programa de TV, com tempo contado para responder. Quero respondê-las, mas não consigo pensar rápido o bastante. Minha vida não pode ser resumida em respostas monossilábicas, precisa de contexto, explicações, cenários e respostas emocionais, não urgência. Ouvi-los falar do processo de escrever e deixar as cartas de forma tão leviana parece surreal, faz o meu sangue ferver. Quero sacudi-los e mandá-los prestar atenção no que estão dizendo.

— A carta que *eu* mais quero saber é aquela com as sementes de girassol. É a sua flor favorita mesmo? — pergunta Joy. — Gerry pediu para você plantar as sementes? Adorei essa ideia. Eu bem que queria pedir para o Joe plantar uma árvore ou alguma coisa assim no meu nome, então eles olhariam para a planta todo dia e pensariam em...

— Em quantos anos faz que você morreu — interrompo, sem pensar, a voz mais irritada do que era a minha intenção.

— Ah — diz ela, surpresa, depois decepcionada. — Não tinha pensado assim. Achei que seria algo para eles se lembrarem de mim.

Ela olha para os outros, em busca de apoio.

— Mas eles vão se lembrar de você. Vão se lembrar de você todos os segundos de todos os dias. Não vão conseguir impedir. Tudo que falarem, tudo que comerem, tudo que ouvirem, absolutamente tudo na vida deles está ligado a você. De certa forma, você vai assombrá-los. Estará sempre nos seus pensamentos, mesmo quando eles não quiserem, porque, alguns dias, vão precisar se esquecer de você para poder seguir em frente, e, em outros, vão precisar se lembrar de você para poder seguir em frente. Às vezes, vão fazer qualquer coisa para não pensar em você. Não vão precisar de plantas ou árvores para pensar em você, e nem de uma gincana. Entenderam?

Joy assente, rápido, e percebo que ergui a voz. Eu parecia com raiva quando não era a minha intenção. Volto a me controlar, me acalmo. Estou surpresa pela minha reação, pela dureza do meu tom.

— Holly, você gostou das cartas do Gerry, não é? — pergunta Paul, interrompendo o silêncio surpreso.

— É claro que sim! — respondo, ouvindo a minha voz ficar na defensiva. É claro que gostei. Eu vivia por aquelas cartas.

— É que parece um pouco que... — diz ele, mas é interrompido por Joy, que pousa a mão no seu joelho. Paul baixa os olhos.

— Parece o quê?

— Nada. — Ele ergue as mãos.

— Você tem razão, Holly — diz Joy devagar, pensativa, me observando. — Talvez meus entes queridos vissem isso como um marco da minha morte, mais do que como uma celebração da minha vida. Era assim que os girassóis faziam você se sentir?

Estou com calor e suando.

— Não. Eu gostava dos girassóis. — De novo ouço as minhas palavras, escolhidas com tanto cuidado que parecem usar armadura. — Eu planto novas sementes todos os anos, no mesmo dia. Não foi o Gerry que disse para eu fazer isso, só decidi que era algo que queria continuar.

Joy fica impressionada com essa ideia e faz uma anotação no seu diário. Não conto que foi o meu irmão Richard quem deu a ideia, que foi ele quem os plantou e quem os manteve vivos. Às vezes, eu não conseguia sequer olhar para eles, outras, era atraída para as flores; em dias bons, nem notava que estavam lá.

Joy continua a pensar naquilo enquanto espero, desconfortável.

— Plantar algo no mesmo dia todo ano. Talvez na data da minha morte ou… Não… — Ela para e me olha, apontando a caneta para o meu rosto. — No meu *aniversário*. É mais positivo.

Só consigo assentir de leve.

— Eu não tenho uma cabeça boa para esse tipo de coisa — diz ela com um suspiro.

— Eu tenho — comenta Bert; é a vez dele de ficar na defensiva. — Já tenho tudo planejado. Peguei a ideia do bar lá perto de casa. Adoro uma gincana. Ela vai se divertir muito, porque a gente não viaja há um tempão por causa dessa porcaria — diz ele, indicando o tanque de oxigênio com o polegar.

— E se ela não souber a resposta das perguntas? — questiono.

Eles olham para mim.

— É claro que vai saber. Vão ser perguntas de conhecimento geral. Onde Brian Boru foi derrotado? Que grupo de ilhas dá nome a um tipo de suéter? De onde era Christy Moore? Aí ela vai até Limerick atrás da próxima pista.

— Christy Moore nasceu em Kildare — comento.

— O quê? Não, claro que não — diz ele. — Olha, eu ouço os discos dele o tempo todo.

Paul pega o celular para pesquisar.

— Kildare.

— Pelo amor de Deus, Bert — reclama Ginika, revirando os olhos. — Isso não vai dar certo se você não souber as respostas das próprias perguntas. E para qual das ilhas Aran ela deve ir? E para que lugar na ilha exatamente? Ela vai encontrar sua carta no chão assim que sair do barco? Vai estar flutuando em uma garrafa na praia? Você precisa ser mais específico.

Paul e Joy riem. É surreal demais. Como eu acabei nessa conversa?

— Ah, podem parar — reclama Bert, ficando agitado.

— Ainda bem que temos Holly aqui para nos ajudar — diz Joy, olhando deles para mim com uma expressão perplexa. Como se dissesse: *Está vendo? É por isso que precisamos de você.*

Ela tem motivo para se preocupar. Isso é sério, eles precisam parar de bobeira. Tenho que ajudá-los a se concentrar.

— Bert, e se ela não souber as respostas? Sua esposa vai estar de luto. Acredite, isso deixa qualquer pessoa louca. Ela pode se sentir sob pressão, como se fosse um teste. Talvez você devesse escrever as respostas e deixar com alguém, para ela.

— Mas aí ela vai trapacear! — exclama ele. — A ideia dessa história toda é fazer ela pensar, sair por aí.

Ele começa a tossir violentamente de novo.

— Dê as respostas para Holly — sugere Joy. — Se a Rita ficar empacada em algum ponto, ela liga para Holly.

Meu estômago dá um nó. Meu coração para. Só estou aqui por uma hora. *Uma* hora, nada mais. Diga, Holly, diga a eles.

— Holly, você pode ser a guardiã das nossas cartas, se quiser — diz Bert, fazendo um cumprimento militar. — Quando formos para a guerra.

Não foi isso que planejei. Eu tinha me convencido de que ficaria aqui por uma hora, ouvindo as ideias de cartas do grupo, daria algumas dicas e sumiria da vida deles. Não quero me envolver. Se Gerry tivesse alguém que o ajudasse com as cartas, eu teria perturbado a vida dessa pessoa com perguntas. Eu ia querer saber sempre mais, pressionando atrás de cada detalhe dos seus momentos secretos longe de mim. Eu praticamente convidei a agente de viagens, Barbara, para passar o Natal lá em casa, tentando torná-la parte da minha vida, antes de me dar conta do quanto estava sendo inconveniente. Ela não podia me dar nenhuma outra informação, eu tinha espremido todas as lembranças do que fora para ela uma experiência rápida, implorando para que a mulher me contasse tudo inúmeras vezes.

E aqui estão eles, esses estranhos, planejando que eu seja a guardiã dos seus segredos após a morte. Eles vão morrer, e qualquer conselho que eu der vai afetar seus familiares para sempre. Eu deveria ir embora antes de me envolver demais, antes de ser tarde. Deveria seguir o meu plano. Vim dizer a eles que "não".

— Ah, vejam só — diz Joy, servindo o resto do chá na sua xícara, que transborda para o pires. — Acabou o chá. Holly, você se importaria?

Eu pego o bule em um estado de dissociação, passo por cima do cachorro e saio. Enquanto estou esperando a chaleira ferver, tentando descobrir como fugir daquele pesadelo, me sentindo em pânico, presa em uma armadilha, ouço a porta da cozinha abrindo e vejo um homem limpando os sapatos no capacho. Ele entra na cozinha quando me preparo para cumprimentá-lo.

— Ah, olá — diz o homem. — Você deve ser do clube do livro.

Eu paro.

— Sim, sim, do clube do livro — respondo, baixando a chaleira e limpando as mãos úmidas na calça jeans.

— Sou Joe. O marido da Joy.

— Meu nome é Holly.

Ele aperta a minha mão e me observa.

— Você parece... estar bem... Holly.

— Eu me sinto ótima — digo com uma risada, e só um segundo depois percebo o que ele quis dizer. Talvez Joe não saiba o motivo real para o tal clube do livro, mas percebeu que os membros não parecem nos seus melhores dias.

— Bom saber.

— Eu já estava de saída, na verdade — falo. — Só terminando de fazer o chá antes de ir. Estou atrasada para um compromisso. Já cancelei duas vezes e não posso perder de novo, ou nunca mais vou conseguir — falo sem parar.

— Bom, pode ir, então, melhor não faltar ao seu compromisso. Eu faço o chá.

— Obrigada. — Entrego a chaleira para eles. — Você se importa de dizer ao pessoal que pedi desculpas por ter que ir embora?

— De forma alguma.

Eu me afasto em direção à porta. Vai ser fácil escapar. Mas algo nos movimentos dele me faz parar e observar.

Ele abre um armário, depois outro. Coça a cabeça.

— Chá, né? — diz, abrindo uma gaveta. Ele coça a cabeça de novo. — Não sei... — resmunga enquanto procura.

Dou um passo de volta, estendo a mão para o armário acima da chaleira e abro a porta. Lá está a lata de chá.

— Pronto.

— Ah — diz ele, fechando a gaveta de baixo, que tem panelas. — Olha só onde está. A Joy é quem faz o chá. Acho que eles provavelmente vão querer açúcar também. — Ele começa a abrir mais armários e olha para mim. — Pode ir, não quero que perca a hora do seu compromisso.

Abro o armário de novo. O açúcar está do lado do chá.

— Achei.

Ele vira de repente e derruba um vaso de flores. Corro para ajudá-lo e limpo a poça d'água com um pano de prato. Quando termino, o pano está imundo.

— Onde fica a máquina de lavar?

— Ah, eu acho que fica... — Ele olha em torno de novo.

Abro o armário de madeira ao lado da lava-louças e encontro a máquina de lavar.

— Aí está — diz ele. — Você sabe se virar aqui melhor do que eu. Para ser sincero, é Joy que faz tudo nessa casa — admite ele, culpado, como se eu já não soubesse. — Sempre falei que ficaria perdido sem ela.

Parece mesmo algo que ele sempre falou, mas agora tem significado real. Uma vida sem Joy, como ele a conhece, está próxima. Vai acontecer.

— Como ela está? — pergunto. — Joy parece muito positiva.

— A Joy é sempre alegre, ou aparenta, ao menos, mas fica cada vez mais difícil. Ela passou um período em que nada mudou, a situação não piorou. A gente achou que ficaria assim, mas aí a doença avançou... e é quando isso acontece que o corpo piora.

— Sinto muito — digo baixinho. — Por vocês dois.

Ele pressiona os lábios e assente.

— Mas eu sei onde fica o leite, pelo menos — diz ele se animando e abrindo uma porta.

Uma vassoura cai.

Começamos a rir.

— É melhor você ir para o seu compromisso — diz ele. — Sei bem como é. Listas de espera infinitas. A vida é uma imensa sala de espera.

— Tudo bem. — Pego a vassoura no chão, sem mais vontade de fugir. Suspiro. — Pode esperar.

Quando volto para o grupo com mais chá, Bert está quieto. Qualquer que seja o impulso de energia que a medicação lhe deu durante aquela hora já passou, deixando-o exaurido. Como se soubesse disso, sua cuidadora chegou para levá-lo.

— Vamos falar melhor sobre isso da próxima vez? — Ele bate na lateral do nariz de um jeito que era para ser misterioso mas acaba sendo totalmente óbvio, e indica com a cabeça na direção em que sua cuidadora está falando com Joe no corredor. Seu queixo treme quando ele se move. — E não pode ser lá em casa, porque a Rita vai ficar desconfiada.

— Aqui — diz Joy. — Sempre podemos nos encontrar aqui.

— Mas é injusto com você, Joy — diz Paul.

— Eu posso retomar as coisas de onde Angela deixou. Não gostaria que fosse diferente — responde ela com firmeza, e fica claro, pelo menos para mim, que ficar em casa funciona para Joy de muitas maneiras.

— Por mim tudo bem — diz Bert. — Que tal depois de amanhã, na mesma hora? Se a gente se encontrar amanhã, Rita vai ficar com ciúmes da Joy. — Ele dá uma risadinha e pisca. — Você vai voltar para nós, Holly?

Todos me olham de novo.

Eu não deveria me envolver com esse clube. Não quero me envolver. Não vai ser saudável.

Mas todos estão olhando para mim, cheios de esperança e expectativa. Jewel, a bebê de Ginika, solta um gritinho como se participasse daquilo, como se tentasse me convencer. Ela faz os seus gorgolejos alegres. Tem 6 meses, e pode perder a mãe quando atingir 1 ano de idade.

Olho para eles, essa mistura eclética de pessoas. Bert tem dificuldade para respirar, Joy mal consegue ficar sentada. Já estive no lugar de todos ali, sei como seis meses podem ser pouco tempo, como tudo pode mudar rápido, como a saúde pode se deteriorar em duas semanas, como 24 horas podem mudar tudo.

Li um artigo sobre como os relógios param para manter nosso tempo em sincronia com o universo. Isso se chama segundo bissexto: um ajuste de um segundo aplicado ao tempo universal coordenado porque a velocidade de rotação da Terra muda de forma irregular. Um segundo bissexto positivo é inserido entre os segundos 23:59:59 e o 00:00:00 do dia seguinte, nos oferecendo um segundo a mais. Artigos em jornais e revistas questionavam: o que pode acontecer em um segundo? O que podemos fazer com esse tempo extra?

Em um segundo, quase 2,5 milhões de e-mails são enviados, o universo se expande quinze quilômetros e trinta estrelas explodem, uma abelha pode bater as asas duzentas vezes, a lesma mais rápida do mundo viaja 1,3 centímetro, objetos caem quase cinco metros, e um "Quer casar comigo?" pode mudar uma vida.

Quatro bebês nascem. Duas pessoas morrem.

Um segundo pode ser a diferença entre vida e morte.

Eles me olham, os rostos cheios de esperança.

— Vamos dar algum tempo para ela pensar no assunto — diz Joy baixinho, mas sua decepção é óbvia. Todos se afastam.

CAPÍTULO 8

A raiva voltou e está me dominando. Estou irritada, possessa. Quero gritar. Preciso berrar, chorar, exorcizar esse sentimento antes de voltar para casa. Minha bicicleta com certeza não conseguiria lidar com o peso extra, o desequilíbrio emocional constante. Vou pedalando até me afastar da casa de Joy, desço, largo a bicicleta de qualquer jeito no chão e me abaixo, apoiada em um muro caiado de branco que pinica as minhas costas. Os integrantes do Clube P.S. Eu te amo não são Gerry, mas o representam. Representam sua jornada, sua luta, sua intenção. Sempre senti no meu coração que a ideia das cartas de Gerry era me guiar, mas a motivação dessas pessoas é o medo de serem esquecidas. Isso parte o meu coração e me deixa furiosa. Porque, Gerry, meu amor, como você poderia sequer imaginar que eu esqueceria você, que eu *poderia* esquecer você?

Talvez a origem da minha raiva é que menti para Ciara sobre sentir a sua presença. Nunca vou esquecê-lo, mas a verdade é que Gerry está, sim, sumindo. Embora ainda viva nas histórias que dividimos e na minha memória, está ficando mais difícil encontrar as lembranças de um Gerry vivo, se movendo, fluido e ativo. Não quero esquecê-lo, mas quanto mais sigo com a minha vida, quanto mais novas experiências tenho, mais as minhas antigas lembranças são deixadas de lado. Vender a casa, ir morar com Gabriel... A vida não permite que eu fique parada, lembrando. Não. Tomei a decisão de não me permitir ficar parada e lembrar. Esperar... Mas esperar o quê? Um reencontro após a morte que nem sei se vai mesmo acontecer?

— Oi.

Ouço uma voz ao meu lado e fico de pé em um pulo, surpresa.

— Ginika, oi. Você me deu um susto.

Ela examina a minha bicicleta, onde estou, a minha posição. Talvez reconheça um esconderijo quando vê um.

— Você não vai voltar, não é?

— Eu disse que ia pensar no assunto — respondo com a voz fraca. Estou irritada e nervosa. Não sei o que diabo quero fazer.

— Não. Você não vai voltar. Tudo bem. É meio esquisito mesmo, né? A gente? Mas pelo menos é alguma coisa para fazer. Alguma coisa na qual se concentrar, essas cartas.

Solto o ar devagar. Não consigo ficar irritada com ela.

— Você tem alguma ideia do que quer fazer?

— Aham. — Ela ajeita a perninha de Jewel, que está apoiada no seu quadril. — Mas não é, tipo, toda chique que nem a ideia dos outros.

— Não precisa ser chique, só precisa ser sua. Qual é a ideia?

Ela está envergonhada e não me olha nos olhos.

— Uma carta só. Uma carta. De mim para Jewel.

— É ótimo. É perfeito.

Ela parece se preparar para dizer algo, e eu me preparo para ouvir. Ela é firme e forte, e suas respostas são imediatas, sem levar em consideração os sentimentos dos outros.

— Você estava errada quando disse lá dentro que todo mundo vai se lembrar da gente depois da morte. Ela não vai se lembrar de mim. — Ginika abraça a bebê. — Ela não vai se lembrar nem um pouco de mim. Nem do meu cheiro, nem das coisas que você falou lá. Ela não vai olhar para alguma coisa e se lembrar de mim. Nem bom, nem ruim. Nada.

Ela tem razão. Não tinha pensado nisso.

— É por isso que tenho que contar tudo para ela. Tudo, desde o início, todas as coisas sobre mim que ela sabe agora, mas vai esquecer, e todas as coisas dela enquanto é bebê, porque não vai ter mais ninguém para contar. Porque, se eu não escrever, ela nunca vai saber. Tudo que ela vai ter de mim é uma carta pelo resto da vida, e essa carta precisa ser minha. Sobre mim e sobre ela. Tudo de nós duas que só a gente sabe e que ela não vai lembrar.

— É uma ideia linda, Ginika. Tenho certeza de que Jewel vai guardar a carta com muito carinho.

São palavras fáceis em resposta ao peso da sua realidade, mas tenho que falar alguma coisa.

— Eu não vou conseguir escrever.

— É claro que vai.

— Não, quero dizer literalmente. Eu mal sei ler. Não vou conseguir escrever.

— Ah.

— Larguei a escola. Não... não conseguia acompanhar. — Ela afasta o olhar, envergonhada. — Eu nem consigo ler aquela placa.

Eu olho para a placa. Estou prestes a falar que ela diz RUA SEM SAÍDA quando percebo que não importa.

— Não posso ler histórias para a minha bebê dormir. Não posso ler a bula dos remédios. Não posso ler a papelada do hospital. Não posso ler instruções. Placas de ônibus. Eu sei que você é muito esperta e tal, mas provavelmente não entende.

— Eu não sou esperta, Ginika — digo com uma risada amarga.

Se fosse, não teria ido à casa de Joy hoje, não estaria nessa posição agora. Se fosse, se pudesse pensar claramente em meio à confusão e à névoa, então saberia o que fazer a seguir, em vez de ficar parada aqui, me sentindo incapacitada por causa das minhas emoções, essa adulta em teoria experiente enfrentando uma adolescente sem saber como ajudá-la ou orientá-la. Estou me esforçando para encontrar migalhas douradas de conselhos e inspiração, mas as minhas mãos procuram em vão. Estou ocupada demais tentando limpar a merda das minhas próprias asas, em vez de ajudar uma jovem a voar.

— Eu não estou pedindo ajuda — diz Ginika. — Sempre consegui fazer tudo sozinha. Não preciso de ninguém. — Ela ajusta o peso da bebê no quadril esquerdo. — Mas preciso de ajuda para escrever a carta — fala, como se tivesse que forçar as palavras por entre os dentes, como se fosse difícil exprimir aquilo.

— Por que você não pede para alguém do clube escrever para você? — sugiro, tentando me tirar da equação. — Tenho certeza de que Joy ficaria muito feliz em fazer isso. Você pode dizer a ela exatamente o que quer colocar na carta, e ela pode escrever o que você pedir. Pode confiar nela.

— Não. Eu quero escrever eu mesma. Quero aprender a escrever essa carta para ela. Aí minha filha vai saber que eu fiz uma coisa boa por ela. E não quero pedir para eles. Eles são legais, mas não sabem das coisas. Estou pedindo para *você* me ajudar.

Olho para ela, me sentindo surpresa e paralisada pela magnitude desse pedido.

— Você está pedindo para eu ensinar você a escrever? — pergunto devagar.

— Por favor? — Ela me encara, os olhos castanhos imensos implorando.

Sinto que devo dizer sim; sei que não devo.

— Posso... — falo, nervosa, então controlo as minhas emoções; o desejo de me proteger é forte demais. — Gostaria de um tempo para pensar um pouco sobre isso.

Os ombros de Ginika caem de imediato, a expressão amargurando. Ela engoliu o orgulho e pediu ajuda; eu, covarde e egoísta, não consegui me forçar a concordar.

Sei que é prosaico, sei que é tedioso dizer isso depois de tanto tempo, quando tudo está bem, quando sou mais que uma mulher de luto, mas, às vezes, algo acontece e tudo muda. Então eu perco meu marido de novo e volto a ser uma mulher de luto.

Quando a caneca favorita de *Star Wars* dele quebrou. Quando troquei os nossos lençóis. Quando as roupas perderam o cheiro dele. A cafeteira quebrada, o sol ao redor do qual girávamos todos os dias, como dois planetas desesperados. Perdas pequenas, mas também imensas. Todos temos algo que inesperadamente nos tira do eixo quando estamos caminhando tranquila, animada e ardentemente. Esse encontro com o clube é o meu momento. E dói.

Meu instinto é me encolher, me voltar para dentro, me dobrar em uma bola como um porco-espinho, mas nunca me esconder ou fugir. Problemas são caçadores excelentes, com narinas atentas e dentes afiados; seus órgãos sensoriais especiais garantem que não exista lugar onde se esconder. Tudo que mais querem é estar no controle, no topo, predador para a sua presa. Esconder-se deles lhes dá o poder, até alimenta a sua força. Um encontro cara a cara é preciso, mas nos seus próprios termos, no seu próprio território. Vou para o lugar em que posso processar e compreender o que está acontecendo. Peço ajuda; peço a mim mesma. Sei que a única pessoa que pode me curar, no fim, sou eu. É a nossa natureza. Minha mente atribulada pede às minhas raízes que cavem fundo e me firmem ao chão.

Eu me afasto de Ginika com o coração disparado e as pernas bambas, mas não vou para casa. Como se fosse um pombo-correio, minha bússola interna me domina e me vejo no cemitério, encarando a parede do columbário. Leio as palavras familiares de uma das citações favoritas de Gerry, e me pergunto como e quando o passado começou a me perseguir, quando comecei a fugir e em que momento ele me alcançou. Eu me pergunto como tudo pelo que trabalhei tanto para construir pode se desfazer assim tão de repente.

Droga, Gerry. Você voltou.

CAPÍTULO 9

Observo a placa de VENDE-SE sendo enfiada na terra do jardim.

— Que bom que a gente finalmente conseguiu fazer isso — diz a agente imobiliária, interrompendo os meus pensamentos.

Tomei a decisão de vender a casa em janeiro, e já é abril. Cancelei a nossa reunião algumas vezes, uma representação do pêndulo yin-yang girando no meu estado mental recém-alterado, embora eu tenha dito a Gabriel que era a imobiliária que cancelava. Tive que fazer uma queda de braço e derrubar o celular dele no chão quando Gabriel ameaçou ligar para lá e falar com ela. Minha relutância não é por eu ter mudado de ideia, mas porque pareço ter perdido a capacidade de me concentrar em tarefas simples. Enquanto vejo a perturbação violenta da placa de VENDE-SE no jardim, percebo que, na verdade, não é nada simples.

— Desculpa, Helen, meus horários não param de mudar.

— Eu compreendo. Todo mundo está sempre tão ocupado! A boa notícia é que tenho uma lista de pessoas interessadas. É uma casa perfeita para quem deseja comprar o primeiro imóvel. Logo, logo vou entrar em contato para organizar as visitas.

Uma casa perfeita para quem deseja *comprar o primeiro imóvel.* Olho para a placa pela janela. Vou sentir falta do jardim — não do trabalho que deleguei para o meu irmão paisagista Richard, mas da vista e da fuga. Ele criou um porto seguro para mim, um lugar em que eu podia desaparecer quando precisava. Meu irmão também vai sentir falta do jardim, e vou sentir falta da conexão que temos por causa dele; é o jardim que nos mantém unidos. A casa do Gabriel tem um quintal com uma única cerejeira imensa. Eu fico no solário, observando-a, hipnotizada pelas flores cor-de-rosa na primavera e na expectativa pelo fim do inverno. Eu me pergunto se deveria plantar outras coisas lá, como Gabriel se sentiria em relação a um vaso de girassóis, sobre eu manter a minha tradição anual desde que Gerry me mandou as sementes em uma das cartas. Se esta é uma casa ideal para quem deseja comprar o primeiro imóvel, quer dizer que a casa de Gabriel é o prato principal? Ou terei um terceiro prato com ele ou outra pessoa ainda por vir?

Helen está olhando para mim.

— Posso perguntar uma coisa? Sobre o podcast. Foi incrível, muito emocionante. Eu não fazia ideia do que você tinha passado.

Fico chateada; não estava preparada para essa intromissão repentina na minha vida pessoal e nos pensamentos durante um momento comum.

— Meu cunhado morreu. Ataque cardíaco, assim, do nada. Só tinha 54 anos.

São 24 anos a mais do que Gerry teve. Eu sempre fazia isso: calculava quantos anos a mais as pessoas tiveram com os seus entes queridos. É insensível, mas me ajudava a alimentar a amargura que às vezes surgia e destruía qualquer semente de esperança que brotava. Aparentemente, esse presente voltou.

— Sinto muito.

— Obrigada. Eu estava me perguntando... Você conheceu outra pessoa?

Fico surpresa.

— Na última carta do seu marido, ele deu consentimento, permissão, para que você conhecesse outra pessoa. Isso parece tão... incomum. Não consigo imaginar o meu cunhado fazendo isso. Não consigo imaginar a minha irmã com outra pessoa, de qualquer forma. Xavier e Janine, soa tão bem.

Não exatamente, mas essa é a questão, não é? Pessoas que não se encaixam de repente estão juntas, e aí você não consegue imaginar nenhuma outra possibilidade para elas. Aleatoriedade e coincidência colidem e sincronizam dois indivíduos que até então se repeliam, e eles se percebem atraídos como por uma rede elétrica. Amor; tão natural quanto o movimento das placas tectônicas, com resultados sísmicos.

— Não.

Ela parece desconfortável por ter perguntado e começa e recuar.

— Acho que só temos um único e verdadeiro amor mesmo. Você teve sorte de encontrá-lo — responde. — Pelo menos é isso que a minha irmã diz. Certo, então vou começar com essa parte, e ligo para você assim que tiver marcado as visitas.

Pode parecer mentira, que sou um Judas para Gabriel, mas eu não queria dizer que não tinha encontrado outro amor. Foi a forma como ela colocou as palavras da última carta de Gerry que me incomodou. Não recebi nem precisava do consentimento ou da permissão de Gerry para me apaixonar de novo; esse direito humano de escolher quem e quando amar sempre esteve comigo. O que Gerry me deu foi a sua bênção, e essa bênção ecoou mais que tudo no coro grego assustado e agitado da minha mente quando comecei a sair com outras pessoas. Sua bênção alimentou um desejo que já existia dentro de mim. Seres humanos têm um apetite insaciável por riqueza, status e poder, porém, mais do que tudo, somos famintos por amor.

— Em que cômodo foi? — pergunta ela.

— Que ele morreu? — falo de volta, pega de surpresa.

— Não! — diz ela, horrorizada. — Onde as cartas foram escritas, ou encontradas, ou lidas. Achei que poderia ajudar na apresentação da casa. É sempre bom ter uma historinha. O lugar em que as lindas cartas do P.S. Eu te amo foram escritas — explica ela, sorrindo, a cabeça de vendedora a mil.

— Foi na sala de jantar — digo, inventando. Não sei onde Gerry escreveu as cartas, nunca vou saber, e eu as li em todos os cômodos, o tempo todo, inúmeras vezes. — O mesmo lugar em que ele morreu. Você pode contar isso também.

Sua respiração quente no meu rosto. As bochechas magras, a pele pálida. O corpo está morrendo, mas a alma ainda está ali.

— Vejo você do outro lado — sussurra ele. — Sessenta anos. Não se atrase.

Ele ainda está tentando ser engraçado, sua única forma de lidar com tudo isso. Meus dedos nos lábios dele, meus lábios nos dele. Respiro o seu ar, inalo as suas palavras. Palavras significam que ele está vivo.

Ainda não, ainda não. Não vá, ainda não.

— Vou ver você em todo lugar — respondo.

Nunca mais nos falamos de novo.

CAPÍTULO 10

Observo Denise buscando alguma pista do que esperar. Ela parece calma, mas é impossível ter certeza, e é sempre assim que ela anuncia essas coisas. Eu me lembro do seu rosto quando ela contou que ficara noiva, que comprara o apartamento, que fora promovida, que pegara aquele par de sapatos em promoção: qualquer anúncio de boas notícias era precedido por essa expressão solene, para nos enganar e nos fazer pensar que viria alguma coisa ruim pela frente.

— Não. — Ela balança a cabeça, e a sua expressão se desmancha em lágrimas.

— Ah, querida — diz Sharon, estendendo as mãos e abraçando-a.

Não vejo a antiga e animada Denise há alguns anos. Ela está mais quieta, mais controlada, mais distraída. Eu a vejo menos. Está exausta, forçando seu corpo sem parar. É a terceira tentativa de fertilização *in vitro* que não funcionou em seis anos.

— Chega, não podemos mais continuar fazendo isso.

— Vocês podem tentar de novo — diz Sharon com a voz tranquila. — Eu conheço uma pessoa que fez sete tentativas.

Denise começa a chorar ainda mais.

— Não vou conseguir fazer isso outras quatro vezes. — A voz é cheia de dor. — Não podemos pagar por mais uma vez. Acabou para a gente. — Ela seca os olhos com força, a tristeza transformada em raiva. — Preciso de uma bebida. — Ela fica de pé. — Vinho?

— Deixa que eu pego — falo, me levantando.

— Não — retruca ela. — Eu pego.

Volto a me sentar na mesma hora.

— Uma taça para Sharon também — digo em um tom de voz que ela vai conseguir decifrar.

Quero que ela peça o vinho, fique ali enrolando com ele, fingindo beber, tudo para desviar a atenção do fato de que, naquele momento, ela tem algo crescendo dentro de si que é tudo que Denise deseja. Sharon, porém, não entende. Ela acha que esqueci. Faz uma expressão ridícula, arregalando os olhos, em uma tentativa de me lembrar da gravidez de forma discreta, mas Denise vê essa palhaçada e logo percebe que tem algo aí.

— Água com gás para mim, por favor — diz Sharon para Denise, por fim.

Suspiro e me recosto na cadeira. Sharon só precisava pedir a porcaria do vinho. Denise não teria notado. Ela avalia o corpo de Sharon como se tivesse o próprio ultrassom.

— Parabéns — diz Denise sem emoção antes de seguir para o bar.

— Merda — reclama Sharon, suspirando.

— Era só ter pedido o vinho — cantarolo ironicamente. — Era só o que você precisava fazer.

— Eu sei, entendi agora, mas não tinha percebido o que você queria, achei que tinha esquecido. Ah, puta merda — diz ela, escondendo o rosto nas mãos. — Coitada da Denise.

— Coitada de você.

Denise volta para a mesa, nos entrega as taças e a água com gás, então se aproxima e abraça Sharon. Elas ficam abraçadas por um bom tempo.

Bebo um longo gole de vinho que queima a minha garganta.

— Posso pedir a opinião de vocês em uma questão?

— Claro — diz Denise, preocupada e feliz por se distrair.

— Depois do podcast da loja, uma mulher que estava no público ficou tão comovida pelo que ouviu que começou um clube, chamado Clube P.S. Eu te amo. São pessoas doentes que querem escrever cartas para os seus entes queridos que nem o Gerry fez.

— Eita... — fala Denise, me observando com olhos arregalados.

— Eles me procuraram e querem que eu ajude com as cartas.

Sharon e Denise se entreolham, preocupadas, as duas tentando entender o que a outra está pensando.

— Eu *preciso* de opiniões sinceras, por favor.

— Você quer fazer isso? — pergunta Denise.

— Não — respondo na hora. — Mas quando penso em como estaria ajudando essa gente, sei o valor do que elas estão fazendo, e me sinto um pouco na obrigação de participar.

— Você não tem obrigação nenhuma — diz Sharon com firmeza. As duas ficam pensativas.

— Pelo lado positivo — fala Denise —, é legal que tenham pedido para você.

A beleza disso não pode ser negada.

— Mas, pelo lado *realista* — argumenta Sharon —, para você, seria reviver a coisa toda. Seria andar para trás.

Ela ecoa as preocupações de Gabriel sobre o podcast, e o que metade da minha família pensa sobre o assunto também. Olho de uma para a outra como se fosse uma partida de tênis, minhas duas melhores amigas tendo exatamente a mesma conversa que tem se repetido na minha cabeça pela última semana.

— A não ser que isso a ajude a seguir em frente. Ela já superou — diz Denise. — É uma pessoa diferente agora. Tem uma vida nova. Está trabalhando. Tomando banho. Vai vender a casa e morar com o arvoreiro sexy.

Quanto mais Denise fala, mais nervosa eu fico. Conquistar tudo isso foi difícil para mim. Não posso perder o que construí.

Sharon está de olho em mim, preocupada.

— Essas pessoas, elas estão muito doentes?

— Sharon. — Denise dá uma cotovelada nela. — Doente é doente.

— Claro que não. Tem doente e tem… — Ela fecha os olhos e mostra a língua.

— Feio? — sugere Denise.

— Não são todas doentes terminais — admito, tentando manter um tom esperançoso. — Um deles, Paul, está em remissão, e Joy tem uma condição vitalícia… que piora progressivamente.

— Bom, que ótimas notícias — diz Sharon com sarcasmo. Ela não está gostando da ideia. Minha amiga me encara com uma das suas expressões maternais de impaciência. — Holly, você precisa estar preparada. Está ajudando essas pessoas porque elas estão doentes e vão morrer. Vai ter que se despedir de cada uma delas.

— Mas imagina como seria bonito — diz Denise, interrompendo e mudando o tom, para a nossa surpresa. — Quando elas escreverem as cartas. Quando morrerem, sabendo que fizeram o que queriam. Quando os familiares delas lerem as cartas. Pense nessa parte. Lembra como a gente se sentia, Sharon, quando a Holly abria o envelope no primeiro dia do mês? Mal podíamos esperar para que ela lesse. Holly, você recebeu um presente de Gerry, e está na posição de retribuir isso. Se conseguir, se achar que vai ser bom para você, devia fazer. Se acha que vai deixar você mal, então não faça, e não se sinta culpada.

Palavras sábias, mas um sim ou não teria ajudado mais.

— O que o Gabriel acha? — pergunta Sharon.

— Ainda não contei a ele, mas sei o que vai dizer. Vai dizer que não.

— Não? — diz Sharon, irritada. — Você não está pedindo a permissão dele.

— Eu sei, mas… nem *eu* acho uma boa ideia.

— Então pronto. Essa é a sua resposta — retruca Sharon, como se a questão estivesse resolvida.

Só que, nesse caso, por que continuo fazendo a pergunta?

Eu me desligo do restante da conversa, minha mente indo e voltando pelas opções, tentando chegar a uma decisão. Sinto que deveria, sinto que não deveria.

A gente se separa, de volta para as nossas vidas, de volta para os nossos problemas.

Para tecer e desfazer, para desfazer e tecer.

CAPÍTULO 11

São duas da manhã e estou andando de um lado para outro no primeiro andar da casa. Não é muito grande: sala de estar, sala de jantar, a cozinha pequena em forma de U em que só cabem duas pessoas, um banheiro debaixo das escadas. Mas é ideal, porque é só para mim, e, às vezes, Gabriel. A casa dele é melhor, e passamos mais tempo lá. A casa que comprei com Gerry é uma casa de entrada no mercado, recém-construída nos subúrbios de Dublin onde começaríamos o restante das nossas vidas juntos. Tudo era novo e brilhante, limpo, e nós, os primeiros a usar o chuveiro, a cozinha, o banheiro. Como estávamos animados quando saímos do apartamento alugado para a nossa própria casa com escadas pela primeira vez.

Eu vou até as escadas e olho para cima.

— Holly! — chama Gerry.

Ele estava parado onde estou agora, no pé da escada, a mão apoiada no corrimão.

— O quê? — grito lá de cima.

— Cadê você?

— No banheiro.

— Onde? Aí em cima?

— Gerry, o banheiro fica aqui em cima.

— Sim, mas tem um lavabo aqui embaixo.

Eu dou risada, entendendo.

— Ah, sim. Mas estou no banheiro de cima. E você? Está aí embaixo?

— Sim! Sim, estou aqui embaixo!

— Tá, ótimo, já falo com você quando descer, porque estou aqui em cima.

— Tá bom. — Uma pausa. — Cuidado com os degraus. São muitos. Segura bem o corrimão!

Sorrio com a lembrança, esfregando a madeira, tocando os pontos em que ele tocou, querendo trazê-lo para perto de mim.

Há anos não fico andando pela casa de madrugada, desde os meses após a morte dele, mas agora sinto que preciso me despedir de verdade do nosso lar. Minha mente não para. Ideias para a gincana de Bert, para a carta de Ginika, para as flores e árvores de Joy. Não perguntei a Paul o que ele quer fazer. Eles tinham mais perguntas a fazer para mim do que o contrário, sobre golfinhos, férias, girassóis. Girassóis. A carta de outubro de Gerry. Um girassol prensado entre dois cartões e um saquinho de sementes *para iluminar os dias escuros de outubro que você tanto odeia*, escreveu.

Quando Gerry era vivo, eu odiava o inverno. Quando ele morreu, abracei a estação. Hoje em dia, aceito o inverno no ritmo natural em que ele chega. As sementes vieram com a oitava carta de Gerry. Falei para todo mundo que era porque o girassol era a minha flor favorita. Mas não é verdade. Não sou o tipo de pessoa que tem uma flor favorita; flores são flores, e, em geral, são bonitas. Só que os girassóis tinham um significado, uma história. Eles começaram uma conversa. Gerry conseguira começar uma conversa no seu leito de morte, que era o dom dele.

No nosso primeiro mês na casa, a gente tinha poucos móveis. A maioria dos que havia no apartamento que alugávamos antes era dos proprietários, então tivemos que começar do zero, o que significou que não conseguimos comprar tudo de uma vez, mas também que não fomos muito espertos em considerar prazos de entrega, esperando que sofás estivessem disponíveis no momento em que o escolhêssemos na loja. Então passamos três meses na casa sem um sofá ou uma mesa de centro. Nossa sala de estar continha a TV e dois pufes, onde bebíamos vinho usando caixas fechadas da mudança como mesas de apoio.

— Querido — falo uma noite em que estávamos juntinhos em um dos pufes com uma garrafa de vinho tinto e comendo bife com batatas fritas no jantar.

— Ops — diz Gerry, olhando para mim de esguelha. Dou uma risada.

— Não se preocupe, não é nada de ruim.

— Certo — fala ele, esticando o braço até o chão para espetar um pedaço de bife no prato.

— Quando você quer um bebê?

Ele arregala os olhos comicamente e, na mesma hora, enfia o pedaço de bife na boca, mastigando pensativo.

Dou risada.

— Sério. O que você acha?

— Acho — fala ele, ainda mastigando — que temos que começar a marinar os bifes.

— Certo, se você não vai agir de forma madura, eu falo. Estamos casados há dois anos, e tirando um verão horrendo e as duas semanas que ficamos separados quando vi você beijando Jennifer O'Brien, estamos juntos faz...

— Eu não beijei Jennifer O'Brien.

— Ela beijou você.

Sorrio. A essa altura, já superei. A gente tinha 14 anos na época.

— Ela nem me beijou. Ela se aproximou e *tocou* os meus lábios, e o motivo por só ter tocado foi porque eu *afastei* o rosto. Esquece isso — briga ele, mas de brincadeira.

— Hum. Sei. Deixa eu falar.

— Por favor.

— Estamos casados há dois anos.

— Certo.

Eu ignoro e continuo:

— E estamos juntos faz doze. Mais ou menos.

— Mais. Sempre mais.

— E a gente falou que assim que a gente saísse daquele apartamento infestado de ratos...

— Teve um rato. Uma vez.

— E comprasse a nossa primeira casa, ia conversar sobre quando ter um bebê. Agora compramos a casa, que só vamos de fato ser donos daqui a cem anos. Mas não é a hora de conversar, então?

— A melhor hora, é claro, é quando o Man United acabou de contra-atacar no Arsenal. Melhor hora de todas.

Dou risada.

— Você tem um emprego estável…

— Ah, você ainda está falando.

— E quando eu consigo trabalho, eles são estáveis.

— Entre uma e outra instabilidade — concorda ele.

— Isso. Mas, no momento, tenho um emprego que detesto e de que não vou sentir falta durante a licença-maternidade.

— Acho que empregos temporários não dão direito à licença-maternidade. Afinal, você está cobrindo a licença de outra pessoa.

Ele olha para mim, com humor no rosto.

— Certo, tá bom, talvez eu não receba licença-maternidade, mas pelo menos posso *pedir licença* — argumento. — Então tudo que preciso fazer é engravidar e *sair…*

Ele ri.

— E você é lindo, eu te amo, e tem um sêmen superpoderoso que não deveria ficar escondido do mundo, aí sozinho no escuro. — Faço um biquinho.

Ele ri mais.

— Eles estão prontos para criar uma superespécie. Eu sinto isso — digo.

— Ela continua falando.

— E eu te amo. E você vai ser um pai incrível.

Ele me olha, sério.

— Acabou?

Penso mais um pouco.

— E eu te amo.

Ele sorri.

— Quero ter um bebê com você.

Começo a gritar, e ele me interrompe.

— Mas e o Gepeto?

— Não! — Eu me afasto dele e jogo a cabeça para trás, frustrada, e encaro o teto. — Não quero nem ouvir falar do Gepeto.

— O Gepeto era um membro muito amado da nossa família, e você… Para ser sincero, Holly, você o matou. Você o tirou de nós.

— Gerry, será que podemos ter uma conversa séria pelo menos uma vez na vida?

— Estamos tendo uma conversa séria.

— O Gepeto era uma planta.

— Ele era um ser vivo que precisava de ar, luz e água, como todos nós. Também era, por acaso, um bonsai caríssimo, da mesma idade do nosso relacionamento. Dez anos. Você sabe como foi difícil encontrar aquele bonsai? Tive que ir até Derry atrás dele.

Eu resmungo, me levantando do pufe. Levo os pratos para a cozinha, um pouco irritada, um pouco achando graça da conversa. Gerry me segue; quer se certificar de que não me deixou chateada de verdade, mas incapaz de parar quando está desse jeito, sempre cutucando a onça com vara curta.

— Acho que você fica mais irritado por ter ido até Derry atrás de um vendedor esquisito de bonsais do que por eu ter matado a porcaria da planta.

Jogo os restos de comida no lixo e coloco os pratos na pia. Ainda não temos uma lava-louças, e esse é o motivo da maioria das nossas brigas.

— Ah, então você admite o assassinato.

Ergo as mãos derrotada.

— Tá bom, eu matei o Gepeto. E mataria de novo se pudesse.

Gerry ri.

Eu giro, jogando o cabelo para a grande revelação.

— Eu estava com ciúmes da atenção que você dava ao Gepeto, como vocês dois sempre me deixavam de fora. Então, quando você viajou, eu planejei tudo. Deixei o Gepeto perto da janela onde bate mais sol e... não molhei ele nem mesmo uma vez. — Cruzo os braços e vejo Gerry gargalhar. — Tá, sério, se essa conversa sobre o Gepeto é uma distração porque você não está pronto para ter filhos, tudo bem. Eu posso esperar. Só queria levantar a questão.

Ele seca os olhos e fica sério.

— Eu quero ter um bebê. *Eu* não tenho dúvida nenhuma.

— Eu estou pronta.

— Você muda muito de ideia.

— Sobre que vestido usar ou se devo comprar tomates pelados em lata ou ameixas em conserva. Sobre trabalho e sobre tintas de parede e azulejos para o banheiro. Não sobre ter um bebê.

— Você devolveu o cachorro depois de uma semana.

— Ele mastigou os meus sapatos favoritos.

— Você troca de trabalho a cada três meses.

— São trabalhos temporários. É assim que funciona. Se eu ficar mais tempo que isso, eles têm que me tirar à força.

Gerry fica em silêncio, os cantos da boca tremelicando.

— Eu não vou mudar de ideia sobre isso — falo, agitada por causa dessa conversa, por ter que me provar, eu, uma adulta, para o meu próprio marido. — Na verdade, já esperei três meses para abordar o assunto.

Porque ele tem razão, eu sempre mudo de ideia. Tirando o compromisso com Gerry, qualquer outra decisão a longo prazo me apavora. Assinar a compra da casa foi aterrorizante.

Ele estende a mão para me impedir de sair e me puxa para perto. Sei que não está tentando me irritar de propósito. Sei que ele está tentando se certificar de que estou falando sério, do único jeito que acha que não vai transformar isso em uma briga. Nós nos beijamos e sinto que este é o momento para uma decisão, para um momento transformador das nossas vidas.

— Mas… — diz ele em meio ao beijo.

Eu reclamo.

— Mesmo assim, acho que precisamos de uma prova.

— Não preciso provar nada para você. Quero ter um bebê.

Ele ri.

— Primeiro. — Ele ergue o dedo, e reviro os olhos, tentando me afastar de onde ele me prendeu junto à pia. — Pelo Gepeto e pelo futuro do nosso rebento superpoderoso, você precisa fazer uma coisa. Precisa provar que consegue manter uma planta viva. Aí, sim, a gente pode ter um bebê.

— Gerry. — Eu começo a rir. — Acho que isso é o que falam para as pessoas saindo da reabilitação sobre ter novos relacionamentos.

— Sim, pessoas instáveis como você. É um bom conselho. Em nome do Gepeto.

— Por que você tem que ser sempre tão dramático?

— Por que você nunca é?

Ele dá um risinho.

— Tá bom — digo, entrando na brincadeira. — Eu quero ter um bebê, então vou cobrir sua proposta ridícula e aumentar. Nós dois temos que plantar e manter alguma coisa viva para provar que podemos cuidar de um bebê. E vou surpreender você.

— Mal posso esperar. — Ele sorri. — Que os jogos comecem.

— Mãe — sussurro ao telefone.

— Holly? Tudo bem? Você está sem voz? Quer que eu mande uma canja de galinha?

— Não, minha garganta está boa — respondo, então penso melhor. — Mas pode mandar a canja mesmo assim. Estou ligando porque eu e o Gerry estamos fazendo uma coisa. Tipo uma competição.

— Olha... Só vocês dois! — diz ela, dando uma risadinha.

— Qual semente, planta, flor, enfim, que cresce mais rápido? — pergunto, me certificando de que Gerry não consegue ouvir.

Ela cai na gargalhada.

Limpo um pote de geleia. Gerry me observa enquanto bebe o café antes de sair para o trabalho. Enfio uma bola de algodão no fundo do pote, depois apoio dois feijões no algodão. Aí coloco água, apenas o suficiente para umedecer o algodão.

Gerry ri alto.

— Sério? Se é assim que acha que as flores nascem, estou preocupado com como deve pensar que os bebês são feitos.

— Pode esperar — digo, levando o pote de geleia para o peitoril da janela. — Meus feijõezinhos vão crescer bem onde o Gepeto morreu.

Ele põe a mão no coração como se tivesse levado um tiro.

— Só espero que a vaca que você vendeu tenha sido o suficiente para esses feijões mágicos.

— Eu já estou ganhando. Cadê a sua planta?

— Estou surpreso por você praticamente ter queimado a largada. Tem gente aqui que precisa comprar terra e sementes. Embora eu ainda não tenha plantado nada, estou ganhando mesmo assim, porque tudo que você fez foi colocar feijões em uma bola de algodão — diz ele, gargalhando.

— Pode esperar. Eu quero ser mãe e vou fazer esses feijões crescerem com a pura força da minha determinação — digo, sorrindo, amando o som daquelas palavras. *Eu quero ser mãe!* Gerry tem razão, uma determinação tão forte é uma raridade para mim, e, para variar, é legal ser a pessoa que sabe o que quer. Mas também sou teimosa e muitas vezes escolho bater o pé em uma discussão independente de acreditar no meu argumento ou não. Mas não é o caso.

Dois dias depois, quando desço de manhã, percebo que em um dos feijões começou a brotar uma raiz minúscula, visível junto ao vidro. Pego o pote e corro para o andar de cima. Pulo na cama, acordando-o, irritando-o com o meu feijão tão próspero.

Ele esfrega os olhos e encara o pote, ranzinza.

— Impossível. Como essa porcaria está nascendo em um algodão? Você fez alguma coisa?

— Não! Eu não trapaceei. Só *molhei.*

Gerry não gosta de perder. Naquela noite, ele volta do trabalho com um pacote de sementes de girassol, mas esqueceu de comprar vaso e terra.

No quarto dia, quando ele havia acabado de plantar as sementes de girassol, a raiz do meu feijão já estava se espalhando.

Gerry começa a conversar com as suas sementes, lê um livro para elas. Até conta piadas! Tem longas conversas com as sementes. Eu só dou risada. Mais dois dias, enquanto as sementes dele ainda estão debaixo da terra, meus feijões começam a dar brotos. Gerry leva o vaso de sementes de girassol até os pufes na sala, jogando videogame com as sementes, chegando ao ponto de colocar um dos controles na frente do vaso.

Certa manhã, entro no banheiro e encontro o vaso de planta em cima da privada, com uma revista masculina aberta à frente.

Depois de dez dias disso, bato o martelo.

— Chega, admita: eu ganhei!

Meus feijões brotaram e criaram raízes, e uma grande rede de raízes se espalhou a partir da principal, com um caule forte crescendo na vertical, para longe da bola de algodão.

Mas é claro que Gerry não desiste.

Na manhã seguinte, ele sai da cama e desce para fazer o nosso café antes de mim, o que é raro, e sei que tem coisa aí. Ele começa a gritar como um louco, e começa a achar que fomos roubados. Saio correndo da cama, tropeçando pelas escadas, para encontrá-lo dançando de cueca abraçado ao vaso com um único girassol de um metro e meio.

— É um milagre! — diz ele de olhos arregalados.

— Que roubalheira.

— Eu consegui! — Ele dança com o girassol, me seguindo pela cozinha, e aponta para mim acusadoramente. — Você achou que podia me enterrar, mas não sabia que eu era semente!

— Que lindo. — Balanço a cabeça. Fim de jogo. — Então podemos ter um bebê?

— Com certeza — diz ele, sério. — É o que eu sempre quis.

Tomamos o café bêbados na nossa decisão, ele com a sua caneca do *Star Wars*. Sorrimos um para o outro como doidos, como se já estivéssemos grávidos. O carteiro entrega as correspondências no chão do corredor.

Gerry pega os envelopes e leva para a cozinha. Ao dar uma olhada, um deles chama a sua atenção. Gerry abre e eu o observo, sorrindo para meu lindo marido que quer ter um bebê comigo na minha nova casa com uma escada e um andar de cima e um andar de baixo, sentindo que a vida não poderia ser mais perfeita.

Presto atenção no rosto dele.

— O que foi?

Ele me entrega a carta.

— Tenho que fazer uma ressonância magnética.

Leio a carta e quando ergo os olhos percebo que ele está nervoso.

— São exames de rotina. Só para deixar tudo às claras.

— É, eu sei — responde ele, me dando um beijo rápido, distraído. — Mesmo assim, odeio. Vou tomar um banho.

— Onde? Lá *em cima*? No nosso banheiro no andar de cima?

Ele para ao pé da escada e sorri, mas a luz se apagou.

— Exatamente. Cuidado com a Esmeralda. Ela gosta de pornografia e videogames.

— Esmeralda? — Olho para o girassol e caio na risada. — Prazer em conhecer, Esmeralda.

A Esmeralda não sobrevive muito mais; nosso senso de humor coletivo meio que fica paralisado depois dos resultados da ressonância. Naquela manhã, porém, ainda não sabemos disso. Naquela manhã estávamos ocupados planejando a vida.

Gerry sobe a nossa escada nova e então ouço o chuveiro ligar.

Ele tem 27 anos.

Termino de andar pelos cômodos e paro na porta do quarto. Observo em volta. Está totalmente diferente. Cama nova, cortinas novas, tinta nova. Um novo calombo forte e protetor debaixo das cobertas. Gabriel se mexe e estende a mão, me procurando na cama. Ele ergue a cabeça do travesseiro, olha em volta e me vê parada à porta.

— Tudo bem?

— Sim — sussurro. — Fui beber água.

Ele olha para as minhas mãos, sem copo d'água à vista; não consigo enganá-lo. Subo na cama e o beijo. Ele ergue o braço enquanto me viro e me aproximo de costas do seu corpo cálido. Ele passa o braço ao meu redor e na mesma hora me sinto em um casulo. Ele pode me proteger do passado que está me perseguindo, construir uma bolha à minha volta em que as lembranças e emoções do passado não podem me atingir. Mas o que acontece quando ele solta, quando a luz da manhã o desperta, e a segurança do sono se afasta, revelando a verdade? Por mais que eu queira, não posso me esconder nele para sempre.

CAPÍTULO 12

Eu e Gabriel acordamos cedo para nos preparar para o trabalho. Está escuro, a casa está fria e úmida, impossível de aquecer por conta do sistema de aquecimento central que precisa ser trocado, e estamos exaustos. Não falamos muito, só nos arrastamos pela cozinha minúscula, tropeçando um no outro enquanto tentamos fazer cada um seu café do jeito que prefere, e nosso mingau. Faço o meu com leite, Gabriel gosta com água. Gosto de colocar mirtilos, e ele, mel. Gabriel está cansado demais por conta de eventos familiares recentes, e, para ser sincera, estou cansada demais para ouvir qual é o novo drama de Ava, sua filha de 16 anos, o centro de todo o seu amor e sua dor. Um péssimo pai e marido confesso, ele passou os últimos anos tentando se reconectar com a filha. No entanto, só ele corre atrás. A filha é o mundo dele, e Gabriel é seu satélite por escolha própria, e a garota sabe: quanto mais rápido ela gira, maior sua atração gravitacional. Meu cérebro começa a funcionar devagar enquanto se prepara para enfrentar o dia. Nenhum de nós é especialmente matinal, então só ficamos quietos juntos.

Eu me apoio no balcão, esperando o primeiro gole de café alimentar o meu cérebro, e tento me concentrar para contar a ele sobre o Clube P.S. Eu te amo. É um bom momento porque, na verdade, é um péssimo momento. Nós dois temos que sair de casa logo ou vamos nos atrasar para o trabalho, o que deixa pouco tempo para discussões ou brigas. Vai me dar alguma ideia do que ele pensa para que eu possa me preparar para uma discussão mais longa depois. Tento praticar uma fala de abertura que não pareça ensaiada.

— Por que isso está aqui? — pergunta Gabriel, olhando o armário das canecas de café.

Já sei do que ele está falando, mas finjo ignorância.

— O quê? — Eu me viro e vejo a caneca do *Star Wars* quebrada. — Ah, é. Quebrou.

— Pois é — responde ele, observando os cacos por um tempo mais longo que o necessário.

Estranhando o seu interesse, eu me concentro em soprar o café e aquecer as minhas mãos na caneca.

O armário fecha, mas ele olha para mim. Por tempo demais.

— Quer que eu cole a caneca?

Não estava esperando por isso.

— Ah, querido, que gentil, obrigada. Mas não precisa, tudo bem. Vou jogar fora depois.

Uma pausa para tudo que deveria ser dito.

— Tá bom.

Outra pausa para tudo que não será dito.

Eu deveria contar a ele sobre o Clube P.S. Eu te amo. Que eu me encontrei com eles. Que definitivamente não vou ajudá-los. Eu deveria contar *agora*. Ele está esperando alguma coisa.

— Holly — diz —, se você estiver em dúvida sobre ir morar comigo, é só falar.

— O quê? — respondo, pega de surpresa. — De jeito nenhum. Não estou com dúvida alguma. Por que diz isso?

Ele parece aliviado e então confuso.

— Porque parece que você está… Sei lá, distante. Distraída. Levou um tempão para colocar a casa para vender, por exemplo.

— Eu não tenho dúvida nenhuma sobre ir morar com você — falo com firmeza e sinceridade. — Desculpa por ter demorado para colocar as coisas em ordem.

Ontem eu tinha planejado esperar em uma cafeteria próxima durante as visitas à casa, mas queria saber quem estava ali, no meu lar, então fiquei observando pelas janelas, me sentindo uma espiã, e vi pessoas na sala. Foi tão esquisito ver estranhos na minha casa, andando pelos cômodos, imaginando como mudar as bases da minha vida e alterá-las para melhor se adaptarem à deles. Derrubar paredes, tirar qualquer traço da minha presença, a prova da minha existência uma mancha nos seus novos começos. Mas aquilo me deu a certeza de que eu estava pronta para fazer o mesmo.

— Então está tudo certo? — pergunta Gabriel de novo.

— Sim — respondo, feliz.

— Beleza — fala ele, me dando um beijo. — Desculpa por ter entendido errado. Estou meio paranoico por causa da Ava.

Fecho os olhos e me odeio pela mentira. Sinto que estou traindo Gabriel com pensamentos sobre o meu falecido marido.

— Hoje lá em casa? — pergunta ele por fim.

— Perfeito — falo, exageradamente aliviada.

Vou contar a ele de noite. Só não sei exatamente o que vou falar.

No fim do dia, estou tirando a minha bicicleta do depósito nos fundos da loja quando Gabriel liga. Na mesma hora, sei pela sua voz que tem alguma coisa errada.

— Desculpa, vou ter que cancelar hoje — diz ele com um suspiro. Ouço um estrondo e gritos ao fundo. — Cala a boca! — grita ele, tirando a boca do fone, mas, mesmo assim, é o suficiente para me assustar.

Quase nunca vejo Gabriel com raiva. Às vezes, ele fica ranzinza ou irritado, sim, mas raiva não é algo que ele demonstra muito, nunca comigo; em geral, Gabriel é controlado, a não ser que esconde isso e só demonstre quando não estamos juntos. Essa capacidade de autocontrole é uma habilidade que você desenvolve depois do grande relacionamento número um, uma força gradual.

— Desculpa — repete ele no telefone.

— O que houve?

— É a Ava. Ela está tendo problemas com a mãe e veio para cá. Kate veio atrás. Elas decidiram que aqui é o melhor lugar para discutir os problemas!

Ouço um berro de Kate, e Ava respondendo à altura. Uma porta bate.

— Meu Deus — falo, arregalando os olhos.

— Acho que vai ser uma longa noite.

— Ah, Gabriel, sinto muito.

— Eu também. Mas fico feliz que ela tenha vindo me procurar. Era isso que eu queria.

Desligo o telefone.

— Cuidado com o que deseja… — digo baixinho, olhando para o celular.

— Quem deseja o quê? — pergunta Ciara.

Ela estava atrás de mim, entreouvindo. Guardo o celular na mochila.

— Ninguém e nada.

— Quer jantar com a gente? Fiz chili vegetariano, se você conseguir lidar com a falta de animal morto no prato.

— *Eu* vou fritar uns bifes! — grita Matthew dos fundos.

— Delícia. — Sorrio. — Obrigada, mas acho que vou para casa. Tenho que começar a separar as coisas antes de me mudar de qualquer forma, então é uma boa oportunidade.

— Tudo bem com você e o Gabriel? Já falou com ele?

— Está tudo ótimo, ainda não contei, mas vou contar. — Estremeço ao pensar nessa conversa. — Por que estou tão nervosa sobre isso?

— Porque… — Ela suspira. — Você não quer que ele diga não.

As palavras dela me atingem, porque são verdade.

Coloco o capacete e os óculos protetores, subo na bicicleta e me preparo para escapar, mas não da loja e, sim, da minha mente.

Comecei a andar de bicicleta depois da morte de Gerry. Antes, eu mal conseguia me forçar a ir para a academia, embora o meu corpo mais jovem conseguisse lidar melhor com a falta de exercício. Agora amo fazer atividade física. Preciso disso. Não me ajuda a pensar, me faz parar de pensar. Qualquer coisa que consegui encontrar para me fazer parar de pensar foi e continua sendo um presente. Me esforçar ao máximo me dá uma sensação de liberdade que não encontro em outro lugar. Estar em movimento é viver. Gosto de poder escolher uma rota diferente sempre, mesmo que acabe no mesmo lugar. Não há trânsito para me impedir de chegar a tempo. Meu caminho não depende de ninguém além de mim mesma; sou a dona do meu destino.

Vejo estátuas e ruas que nunca notei quando estava de carro, observo como a luz reflete nos edifícios de uma maneira que nunca havia percebido antes. Consigo observar tudo, sentir o vento no cabelo, a chuva e o sol na pele. É o tipo de movimento que me ajuda a perceber as coisas, não o tipo que interrompe minha mente e me prende lá.

Eu me sinto livre.

Tem tanta coisa sobre mim que Gerry não reconheceria. Estou mais velha que ele chegou a ser, sei coisas que ele nunca soube e nunca vai saber. E são as pequenas coisas que me surpreendem. Gerry não viveu o suficiente para ouvir a palavra "sextou". Toda vez que ouço essa palavra penso nele, que teria adorado a ideia de expressar o sentimento de terminar a semana com esse termo. A invenção de coisas de que ele gostaria. Novos celulares. Novas tecnologias. Novos líderes políticos, novas guerras. Donuts com massa de croissant. Os novos filmes do *Star Wars*. O time de futebol dele ganhando o campeonato. Quando morreu, passou para mim essa sede de conhecimento sobre as coisas que amava, e, nos primeiros anos após a sua morte, eu queria descobrir tudo por ele. Estava sempre procurando formas novas para me conectar a Gerry, como se eu fosse o intermediário entre a sua vida e a sua morte. Não faço mais isso.

Vivi mais do que o meu marido, e agora sou mais madura também. A beleza e o desafio de relacionamentos duradouros é que as pessoas mudam e se transformam em momentos diferentes, em direções diferentes, lado a lado sob o mesmo teto. Em geral, essas coisas são sutis, e você está inconscientemente se adaptando o tempo todo às mudanças constantes mas lentas do outro ser humano ao qual está conectado; como duas criaturas que podem mudar de forma lutando para ficar do mesmo jeito na mesma hora, não importa o quê. Permaneça quem você é enquanto os outros mudam ou, então, mude com eles. Inspire-os a ir em outra direção, empurre, puxe, molde, desestimule, nutra. Espere.

Se Gerry estivesse vivo, ele poderia ter se adaptado para aceitar no seu coração e na sua mente a mulher que sou hoje. Mas nos últimos sete anos mudei sem ter que assentar minha forma de acordo com a energia de outra pessoa. Se Gerry voltasse e me encontrasse hoje, não me reconheceria. Talvez até não me amaria. E eu nem sei se esta Holly teria paciência para o Gerry. Porém, apesar de eu me conhecer agora e gostar de quem sou, sempre vou ficar triste por Gerry não ter conhecido esta versão de mim.

No dia seguinte, eu e Gabriel nos encontramos em um café. Estamos sentados do lado de fora; o clima está ameno, mas ainda estamos bastante agasalhados sob o sol de maio.

— O que houve ontem à noite?

— Ava foi suspensa por dois dias.

— Por quê?

— Estava fumando maconha na escola. Mais uma suspensão e ela vai ser expulsa.

— Tomara que isso deixe ela assustada. O máximo que já fiz de errado foi beijar o Gerry no pátio — digo com um sorriso.

Ele me observa. Em geral, Gabriel não se importa se falo sobre Gerry, então talvez eu esteja sendo paranoica.

— Você era boazinha — diz ele por fim.

— Era mesmo. E você? Era como Ava na época da escola?

— Infelizmente, sim. Eu estava torcendo para encontrar algo meu nela, mas não era isso que queria — explica ele, coçando a barba com uma expressão cansada. — Mas pelo menos ela finalmente está me procurando.

— Hum — solto em tom de dúvida, e me arrependo na hora.

— O que quer dizer com "Hum"?

Tenho as minhas dúvidas quanto ao momento em que Ava decidiu se aproximar dele. Ela não queria saber do pai até começar a ter problemas. Quanto mais Ava briga com a mãe e o padrasto, mais Gabriel a encontra na sua porta. E ele é bonzinho demais com ela. Quer tanto agradá-la, tê-la de volta na sua vida.

— Não quero que ela explore a sua boa vontade, só isso.

— E o que *isso* quer dizer?

Ele está com os ânimos alterados hoje.

— Quer dizer o quer dizer, Gabriel. Fica calmo.

Espero um minuto para mudar de assunto.

— Então, sei que você percebeu que estou meio distraída nos últimos dias, e quero conversar sobre uma coisa.

Tenho a atenção total dele.

— O Clube P.S. Eu te amo — diz Gabriel.

— Você sabia?

— Você ficou diferente na hora que viu o cartão. Queria nunca ter aberto aquela droga de envelope — reclama ele, e ouço a irritação nas suas palavras.

— Ah.

O mau humor dele, o tom de voz, tudo está tornando isso mais difícil.

— Então você descobriu o que é o clube — fala.

— Sim. É um clube mesmo. São quatro pessoas que estão lutando com doenças, algumas em estado terminal. O que falei no podcast sobre as cartas do Gerry deu esperança a elas, e uma ideia também. Elas querem escrever as suas próprias cartas "P.S. Eu te amo".

— Meio bizarro, né?

Fico irritada. É o que recebo pelo meu comentário sobre Ava, imagino.

— Fui me encontrar com eles.

Ele se inclina para a frente, o que parece intimidante, assustador.

— Quando?

— Algumas semanas atrás.

— Obrigado por me contar.

— Estou contando agora. Primeiro, eu precisava pensar nisso sozinha. E eu estava preocupada que você reagisse da maneira que está fazendo agora.

— Eu estou reagindo assim porque você levou esse tempo todo para me contar.

E lá vamos nós.

— O pessoal do clube quer que eu ajude a escrever as cartas. Que eu seja como uma guia.

Ele me encara. Olhos azuis cristalinos me atravessando. Mantenho os olhos fixos nos dele.

— Eu ia perguntar a sua opinião, mas acho que dá para adivinhar.

Gabriel deixa o café na mesa e se recosta na cadeira.

— Eu achava que participar do podcast era uma ideia ruim e acho que isso é uma ideia bem ruim.

Ele parece pronto para ir embora.

— Você está com pressa? Podemos conversar? Eu tenho que pensar. É óbvio que isso deixa você irritado, então me diga por que acha que é uma ideia ruim.

— Porque você seguiu com a sua vida e não deveria voltar atrás. Acho que ver essas pessoas morrerem pode fazer você voltar para o passado, para uma época que, segundo as suas palavras, estava tão infeliz que mal conseguia sair da cama.

Balanço a cabeça, deixando a fala dele ser absorvida. Entendo a preocupação, mas a raiva me deixa nervosa. Talvez seja difícil quando a pessoa que você conhece se mistura com a pessoa que ela já foi. Estamos juntos faz dois anos, dois anos intensos durante uma época bastante transformadora para ambos, quando tudo ao nosso redor era uma desculpa para nos afastar um do outro, mas, mesmo assim, insistimos em ficar juntos. Meu luto, a solidão autoimposta dele, nossos medos e nossas dificuldades para confiar nos outros. Superamos tudo isso, e ainda temos que superar, para continuar juntos. Morar sob o mesmo teto é algo que nós dois achávamos que nunca faríamos. Ele, porque nunca mais queria morar com outra mulher, e eu por achar que nunca mais amaria outro homem da mesma forma.

— Você passou as últimas semanas se escondendo pelos cantos como se estivesse me traindo. Eu sabia que tinha alguma coisa aí. Você devia ter me contado, Holly.

— Eu não estava me escondendo! — retruco, irritada. — E tudo bem, se você vai ficar tão nervoso com isso, não ajudo eles.

— Ah, não, não, senhora, não me empurre isso — diz ele, enfiando a mão no bolso e tirando a carteira para pagar a conta. — Você diz que só fez o podcast por causa da Ciara, e agora que não vai ajudar esse tal clube por minha causa. Se responsabilize por alguma coisa na vida, Holly.

Ele joga o dinheiro na mesa e se levanta.

Voltando para casa de bicicleta, a pressão se intensificou. Escolher não ajudar o clube aliviaria o estresse constante de pensar nisso, mas não acho que vou conseguir esquecer Joy, Bert, Paul e Ginika. Não conseguiria esquecer o que eles estão fazendo, em como estão se sentindo. E Jewel. Será que Ginika engoliria seu orgulho mais uma vez e pediria a ajuda de outra pessoa para escrever a sua carta? Não sei.

Ouço uma buzina de carro alto. Sinto um impacto na perna direita e não consigo controlar a bicicleta. Sou derrubada e caio no chão.

Gritos, berros e uma buzina longa e alta, fazendo os meus ouvidos doerem. O carro parou, mas o motor ainda está ligado. A buzina enfim silencia. Fico caída no chão, o coração disparado, minha perna latejando. Vejo um sapato solitário caído na pista. Meu tênis. Sinto um peso em cima de mim e acho que estou presa debaixo do carro. Leva um momento antes que eu perceba que é só a bicicleta.

Depois da cacofonia, há um silêncio assustado.

A porta do carro bate com força. A gritaria começa de novo, irritada dessa vez. Eu me preparo. Meu corpo parece contorcido, mas não ouso me mexer. Fecho os olhos. Meu nariz toca o concreto gelado. Tento controlar a respiração, tento impedir meu coração de explodir do peito, me sentindo derrotada.

Eu conheço a morte. A morte me conhece. Por que ela continua me seguindo por aí?

CAPÍTULO 13

O táxi que me acertou tinha desviado perigosamente para a esquerda para evitar bater no carro da frente, que deu uma freada brusca para virar à direita sem ligar a seta. O taxista conseguiu não acertar o carro, mas não verificou o retrovisor e, assim, não me viu na ciclovia. Ao cair, fraturei o tornozelo esquerdo e fiquei toda ralada e cheia de marcas roxas quando bati no chão. Eu estava de capacete, então a minha cabeça ficou bem. Também recuperei o meu sapato.

— Eu te amo, eu te amo, eu te amo — murmura Gabriel no hospital, o sussurro cálido reconfortante e repetido, no meu ouvido, nos meus lábios, inundando o meu rosto e corpo com beijos suaves enquanto caio em um sono exausto e tenho o sonho que tem invadido a minha mente nos últimos tempos.

Estou deitada no concreto com vidro estilhaçado ao meu redor, um carro batido, uma bicicleta amassada e retorcida. De alguma forma consigo me levantar, o vidro estalando sob os meus pés. Encontro um tênis. A rua está cheia de carros vazios. Onde todo mundo foi parar? Dou a volta em cada carro com um sapato na mão, tentando encontrar o par. Encontro o mesmo sapato repetidamente. Estou exausta; estou fazendo isso há horas. Procuro de novo, voltando aos carros, um depois do outro. É confuso, os tênis que encontro são idênticos, sempre para o mesmo pé. Não encontro um único par.

Acordo sem fôlego, suando, o coração disparado, confusa sobre onde estou. Minha mãe, ao meu lado, começa a falar comigo baixinho em tom calmo, mas a minha mente ainda está presa ao pesadelo recente. Olho em volta, tentando me orientar. Estou em casa. Na minha casa de infância, onde cresci. Estou no meu antigo quarto, onde chorei, sonhei, planejei e, mais do que tudo, esperei,

esperei semanas passarem na escola, esperei férias de verão começarem, esperei meninos me ligarem, esperei a vida começar. Meus pais insistiram que eu ficasse com eles por algumas noites depois de ser liberada do hospital.

— Você está bem? — pergunta a minha mãe.

— Achei que eu tinha morrido.

— Você está em segurança, querida — diz ela baixinho, tirando o cabelo do meu rosto com gentileza e então beijando a minha testa de leve.

— Por um momento, quando o motorista chegou perto de mim e ficou me perguntando se eu estava bem, só fiquei de olhos fechados, como se fingisse estar morta — explico.

— Ah, querida.

Ela me abraça, e apoio a cabeça no seu peito. Por causa do meu tornozelo engessado, só consigo ficar deitada em uma posição.

— Que nem um gambá — diz o meu pai, do nada.

Ergo os olhos e vejo que ele está de pé na porta, o cabelo todo bagunçado de dormir, coisa que não vejo faz tempo. Ele está limpando os óculos na barra do pijama antes de colocá-los na frente dos olhos sonolentos que ficam imensos atrás das lentes. Ele entra no quarto e se senta na cama. Meus pais, de volta à mesma cena em que me acalmavam de pesadelos infantis. Tem algo de reconfortante nisso, não importa o quanto o mundo mude, não importa o quanto nossas relações com os outros se transformem, eles ainda são quem são para mim, e sempre serão.

— Gambás se fingem de morto. É um comportamento animal bem comum — diz o meu pai. — É uma forma de ilusão também conhecida como imobilidade tônica, em que os animais ficam aparentemente paralisados e sem reação por um tempinho. Acontece durante momentos de enorme ameaça, por exemplo, quando foram capturados por um predador. A mesma coisa pode acontecer com humanos sob trauma extremo, quando eles congelam em resposta a situações ameaçadoras. Assisti a um documentário que mostrava isso.

— Ah.

— Frank — reclama a minha mãe, irritada com a resposta.

— O quê? É normal, é só o que estou dizendo.

— Então por que não falou isso logo? Acho que ela não precisa de uma aula sobre gambás em um momento como esse.

— Tudo bem, tudo bem — fala ele, erguendo as mãos em derrota.

Eu sorrio e então caio na risada, me recostando no travesseiro enquanto os dois brigam.

Mas talvez meu pai tenha razão.

Embora eu queira voltar logo ao trabalho, Ciara me dá a semana de folga. Fico um pouco tonta por causa dos analgésicos, e como Gabriel precisa trabalhar, meus pais insistem que eu fique com eles até a dor na perna melhorar, eu me acostumar com as muletas e o medo de andar sozinha diminuir. Fico na cama às vezes, sonhando acordada, vendo televisão. Outros dias, vou para o sofá e faço a mesma coisa. Passo tempo com a família: uma sessão de pintura com a minha mãe, documentários sobre história e natureza com o meu pai, que narra o filme do começo ao fim, novas ideias de Declan sobre documentários, que ouço e dou conselhos, supervisão do trabalho de Richard no jardim, conversas com os meus sobrinhos sobre as suas vidas, partidas de baralho com Jack, sendo reconfortada por Gabriel.

Procuro consolo, procuro solidão, procuro companhia, procuro por mim. Estou com saudades de andar de bicicleta e percebo como usei o ato de me exercitar e *fazer* coisas como forma de não pensar. Eu era a amiga que eu mesma evitei por não gostar dos assuntos da conversa; íntimos demais. Pode ter sido necessário por um tempo, para sair da minha própria cabeça, mas agora tenho que entrar nela, me sentir confortável. Existem pensamentos a serem processados, ações a analisar e decisões a tomar. Dessa vez, não posso fugir de mim.

Me sentando a cada degrau, desço as escadas na manhã de quinta, que, desde que o meu pai se aposentou, parece muito um fim de semana na casa deles. Pego as muletas no pé da escada e vou até a cozinha. Os dois estão à mesa. Minha mãe seca lágrimas dos olhos, mas sorri, e o rosto do papai está franzido de emoção.

— O que aconteceu?

— Nada. — Minha mãe usa a sua voz tranquilizadora e puxa uma cadeira para mim. — Senta aqui. Seu pai achou uma coisa.

Eu me sento com eles e percebo que há uma caixa de sapato na mesa, cheia de pedacinhos de papel dobrados.

— O que é isso?

— Você lembra? — diz o meu pai, mas a voz está trêmula e ele pigarreia. Minha mãe toca o rosto dele e os dois riem. — Você lembra quando era pequena e eu tinha que viajar a trabalho?

— Lembro, claro que sim. Você sempre me trazia um sino, toda vez. Eu tinha vários.

— Eu odiava andar de avião — diz ele.

— Ainda odeia.

— Não é natural — reclama ele. — Humanos foram feitos para ficar no chão.

Eu e a minha mãe rimos com essa afirmação tão séria.

— Bem, sempre que eu precisava entrar em um avião, tinha certeza de que aquela porcaria ia cair — diz ele.

— Pai! — exclamo, surpresa.

— É verdade — fala a mamãe, sorrindo. — Era mais estressante lidar com ele do que com vocês sentindo falta dele.

— Antes de toda viagem de avião, eu escrevia uma carta, para o caso de o avião cair e eu nunca mais poder falar com vocês. Deixava na gaveta da mesa de cabeceira com instruções para a Elizabeth repassar as mensagens.

Olho para os dois, surpresa.

— Ele não deixava nada para mim, sabe? — brinca a mamãe.

— Não é o mesmo que Gerry fez para você, não é igual. Nunca comparei os meus recadinhos com as cartas de Gerry. Eu nem usava envelopes. Mas guardei. Só precisava colocar em palavras o que gostaria de dizer caso não estivesse mais aqui. Palavras para guiar vocês, acho. — Ele empurra a caixa de sapatos para mim. — Esses são os seus.

— Pai — sussurro, olhando a caixa. — Quantos são?

— Uns quinze. Com certeza não escrevi uma carta para cada viagem. Não ficava com tanto medo nos voos mais curtos, que não saíam do Reino Unido. As cartas mais longas eram de quando o avião tinha turbinas com a hélice aparecendo.

Minha mãe cai na gargalhada.

Quando tiro os papéis da caixa e folheio, meu pai comenta:

— Achei que seria útil para você agora. Para ajudá-la a tomar uma decisão.

O nó na minha garganta é tão grande que não consigo falar. Fico de pé para abraçá-lo, mas apoio o peso no pé errado.

— Ai, merda! — reclamo, me sentando de novo.

— Todos esses anos, e é isso que eu ganho — brinca ele.

Encolhida com o meu pai em torno das cartas na mesa, com uma caixa da minha coleção de sinos que a minha mãe trás do sótão, pego um bilhete aleatoriamente. Meu pai abre e examina o papel. Dá para ver que ele está gostando dessa brincadeira de relembrar o passado.

— Hum, deixa eu ver. Viagem para Barcelona. Conferência de vendas com Oscar Sheahy, que tinha um hálito horrível e mais tempo para prostitutas do que para as reuniões.

Dou risada e procuro entre os sinos. Um sininho de porcelana mínimo, com alça preta e um pôr do sol e uma catedral pintados. *Barcelona* escrito em tinta branca na base. Balanço o sino e meu pai me passa a carta. Leio em voz alta:

Querida Holly,

Você vai fazer 6 anos esta semana. Vou estar viajando no seu aniversário, e odeio isso. Sua festa vai ser de palhaço. Espero que Declan não fique com medo, ele odeia palhaços e chutou os "países baixos" de um na festa do Jack. Mas você adora. Se vestiu de palhacinha no Halloween deste ano e insistiu em contar a mesma piada em cada porta em que batemos. "Qual é o animal mais justo do mundo?", você perguntou à sra. Murphy. "A cobra, porque ela não passa a perna em ninguém!" Você adorava contar essa.

Desculpa por perder o seu aniversário, esse dia tão importante da sua vida, mas vou estar pensando em você o tempo todo. Não queria ficar longe nesse dia especial, mas o papai precisa trabalhar. Vou estar com você o tempo todo, mesmo que não consiga me ver. E por favor, não se esqueça de guardar um pedaço de bolo para mim.

Com muito amor,
Papai

Estendo o braço e aperto a mão dele.

— Ah, pai! Que amor.

Minha mãe está parada ao lado da pia, ouvindo.

— Foi nesse dia que o Jack pulou do telhado do galpão e quebrou os dentes da frente.

A gente olha para ela de olhos arregalados.

— E eu comi o bolo todo — fala ela.

Eu fiquei paralisada depois da morte de Gerry, e as cartas me fizeram caminhar de novo. No ano seguinte, comecei a andar de bicicleta e não parei desde então. Mas agora preciso parar e aprender a caminhar mais uma vez. É essa qualidade de vida simples e esse funcionamento rítmico, quase uma linha de produção, que me faz refletir: estou tão apavorada pela vida e em êxtase por poder vivê-la, ao mesmo tempo.

De uma maneira um tanto egoísta, pensei que, depois da morte de Gerry, o universo estivesse em dívida comigo. Passei por uma grande tragédia ainda jovem e achei que era isso, ponto final. Em um mundo com infinitas possibilidades, deveria ter imaginado que não há fim para as perdas que podemos enfrentar, mas também não há limite para o conhecimento e crescimento que vêm dessas perdas e apesar delas. Agora acho que sobreviver à primeira me preparou para a segunda, para este momento, e para tudo o mais que me espera à frente. Não posso impedir que tragédias aconteçam, sou impotente diante da vontade da vida, mas enquanto me recupero, digo a mim mesma que, embora o carro tenha me derrubado do pedestal e, por um momento, destruído a minha confiança, me machucado e quebrado os meus ossos, estou me curando e ficando mais resistente.

Minha mente mandou um aviso de socorro para as minhas raízes. E foi isso que elas responderam: a queda neste momento pode ser a minha maior sorte. Afinal, já aconteceu antes, então por que não poderia acontecer de novo?

Em um momento, eu quis morrer.

Quando Gerry morreu, queria estar morta.

Quando ele morreu, parte de mim morreu, mas parte de mim também renasceu.

Porém, em meio ao meu luto, se eu tivesse enfrentado um carro acelerando na minha direção, ia querer viver. Talvez não seja a morte que nos enfureça ou assuste, mas o fato de que não temos controle sobre ela. A vida não pode ser só arrancada de nós sem o nosso consentimento. Com o tempo e com a nossa permissão, aceitamos o destino e planejamos a morte quando ela vier. No entanto, não é possível. Todos esses pensamentos me fazem voltar para o Clube P.S. Eu te amo.

Fingir-se de morto para sobreviver.

Fingir-se de vivo mesmo na morte.

Queremos controlar a nossa morte, nosso adeus para o mundo, e, se isso for impossível, pelo menos podemos controlar como deixamos o mundo.

CAPÍTULO 14

Durante o café da manhã, Gabriel fica em silêncio. Cheguei na casa dele ontem tarde da noite, na hora que ele estava indo se deitar, e me juntei a ele — graças a Deus, sem ter que subir nenhuma escada. Na casa dos meus pais, eu tinha que subir o lance de escadas de bunda toda noite, como Gretl von Trapp cantando "So Long, Farewell". Nós não conversamos, pelo menos não sobre a nossa briga mais recente, e então caí no sono, mas Gabriel não. Eu sabia disso porque, toda vez que abri os olhos, eu o via sentado, olhando o celular. Ou meu acidente o afetou profundamente, ou a briga o fez, ou estou sendo inocente e ele está preocupado com outra coisa. Agora está parado, encostado na ilha da cozinha, sem camisa, concentrado nos seus ovos cozidos.

— Está tudo bem?

Ele não responde.

— Gabriel?

— Hum? — Ele ergue os olhos.

— Está tudo bem?

— Os ovos cozinharam demais — diz ele, olhando para baixo de novo. A torrada pula da torradeira. Está queimada. Ele suspira de forma exagerada, de brincadeira. — Vai ser um dia daqueles.

Sorrio. Ele passa manteiga na torrada e migalhas pretas voam pelo balcão.

— Você vai ajudar o tal Clube P.S. Eu te amo, não vai? — diz ele, percebendo os meus pensamentos.

— Vou.

Gabriel fica em silêncio. Leva os ovos cozidos e a torrada para o balcão e se senta em um banco alto. O rosto calmo, a mente ocupada. Ele pega a torrada, cortada em fatias certinhas, e enfia no ovo.

A torrada dobra, sem explodir a gema como ele gosta, sem fazê-la escorrer para fora da casca e pela lateral do porta-ovo, que ele sempre limpa com o dedo e lambe.

— Mas que merda! — reclama ele, irritado, e larga a torrada.

A explosão me assusta, embora eu estivesse temendo essa reação do meu namorado, em geral tão calmo.

— Tenho que me vestir — diz ele e vai na direção do quarto.

— Não quer conversar sobre isso?

Gabriel para no meio do caminho.

— Acho que você já se decidiu. Entendi como a sua cabeça funciona. Meses de silêncio e afastamento significam que você está tomando as decisões sozinha. Tudo bem, então é assim que vai funcionar daqui para a frente. Cada um faz o que quer e só avisa ao outro depois.

Ele se enfia no quarto. Enquanto respiro fundo, Gabriel aparece na porta da sala, ainda sem camisa.

— Não faz muito tempo que você foi atropelada, Holly. E provavelmente porque ficou pensando nesse clube e não estava prestando atenção no que estava fazendo. Você não deveria tomar decisões precipitadas depois de algo assim.

— Essa não é uma decisão precipitada. Já faz mais de uma semana, e, às vezes, sustos como esse fazem você pensar mais rápido, com mais foco. Vejo a questão com mais clareza do que nunca. Não tem motivo nenhum para que eu retroceda só por dar apoio àquelas pessoas. As circunstâncias são diferentes. Posso ajudá-las. De qualquer forma, o acidente não foi culpa minha. O táxi entrou na ciclovia, não tinha como eu evitar a batida.

— O que foi que você me falou na noite do podcast, assim que chegou em casa? "Se eu decidir fazer isso de novo, me impeça." Você pode ter esquecido, mas eu lembro. Você já enfrentou coisas demais. Só Deus sabe o que diabos está se passando pela sua cabeça depois do que aconteceu.

— Acho que isso vai ser bom para mim.

— Você está fazendo isso por você mesma? Ou por eles?

— Por todos.

Ele joga os braços para o alto.

— Você foi atropelada por um carro!

— Ele só me *derrubou*. Eu apenas torci o pé, não tive um traumatismo craniano! Mas pelo menos a minha recuperação deu bastante tempo para você ficar com Kate e Ava — retruco.

Minha resposta mesquinha não é bem como eu queria mencionar o tempo que ele está passando com a filha e a ex-mulher desde o acidente. Eu não deveria jogar isso na cara dele, porque sei que ficar com a filha é tudo que Gabriel mais quer. Embora tenha sido decisão minha passar a semana na casa dos meus pais, me deu nos nervos toda vez que ele saía com elas.

— Eu não vou voltar com a Kate, se está com ciúmes.

— E eu não vou voltar com o Gerry, se está com ciúmes.

Com isso, ele se acalma e sorri. Passa a mão pelo cabelo.

— Mas *por quê*? — pergunta ele. — Por que quer ficar cercada por tanta... morte?

— Eu não vou fugir dessa situação e fingir que ela não me afetou. Vejo isso como uma forma positiva de lidar com tudo. Gabriel, não vou deixar esse clube afetar o nosso relacionamento. É com isso que está preocupado?

— E, mesmo assim, a gente está brigando. Agora. Sobre o nosso relacionamento. Por causa deles.

Porém, uma briga nunca é só por uma coisa. Uma briga é uma criatura que se alimenta do seu hospedeiro, o que me faz pensar por que estamos brigando exatamente.

CAPÍTULO 15

Quando volto ao antiquário, ando pela loja mais devagar, mas ainda consigo trabalhar. Embora não possa andar de bicicleta, consigo dirigir, e agradeço por ter um carro automático, porque o meu pé esquerdo ainda está engessado, mas consigo usar o direito nos pedais. Estou pronta para voltar à ativa. Faz mais de um mês desde que falei ou fui contatada por alguém do Clube P.S. Eu te amo, e estou ansiosa para começar o mais rápido possível. Bert era quem tinha a ideia mais clara do que queria fazer com as cartas e, na minha opinião, era quem estava mais enganado. Ouvir o tipo de coisa que ele queria fazer para a esposa me fez lembrar o que Gerry fez para mim, e aquilo me deixou irritada, porque Bert entendeu tudo errado. Sentia que, se tinha alguma chance de ajudar o clube, Bert precisava ser o primeiro da lista.

Ligo para ele e espero, nervosa, para ver se o grupo do qual me afastei quando precisava de mim está disposto a me aceitar de volta. Tenho vontade de andar de um lado para outro, mas o pé engessado me impede e me faz reduzir a velocidade de muitas maneiras diferentes.

— Oi, Bert, aqui é Holly Kennedy.

— Holly Kennedy — repete ele, a voz fraca.

— Do podcast. Fui encontrar o seu grupo de amigos algum tempo atrás.

— A Holly do P.S. Eu te amo.

— Como você está?

— Mais ou menos — diz ele com dificuldade. — Tive uma... infecção no pulmão... Estou em casa... Enquanto dá.

— Sinto muito por saber disso.

— Melhor ficar em casa — sussurra ele com a voz arranhada.

— Vocês escreveram as suas cartas?

— Sim. Decidimos ir em frente.

— Desculpe por decepcionar vocês.

— Não precisa pedir desculpas.

Ele tosse, um som tão alto e violento que afasto o telefone da orelha.

— Eu estava me perguntando se ainda gostariam que eu ajudasse vocês.

Percebo, enquanto espero, o quanto quero que ele diga que sim.

— Você mudou de ideia.

— Talvez tenha encontrado o meu coração.

— Não seja tão dura consigo mesma — diz ele, sem fôlego.

— Eu não me expressei da forma certa quando nos encontramos na casa da Joy. Eu me sentia confusa e desconfortável com o que estava acontecendo. Não dei o meu apoio a vocês e peço desculpas por isso. Acho que pareceu que eu estava na defensiva ou que não fiquei feliz com as cartas de Gerry. Não é verdade. Então, por favor, permitam que eu me corrija. Talvez eu possa dar uma olhada nas suas cartas e dar alguns conselhos? Acho que poderia pensar do ponto de vista dos seus familiares.

— Eu adoraria — sussurra ele.

Aliviada, fico mais confiante.

— As cartas de Gerry foram especiais para mim por muitos motivos. Eu me dei conta de uma coisa: o que ele fez foi criar uma conversa. Ou, melhor ainda, continuar a nossa conversa. Mesmo depois da morte, continuamos a ter um relacionamento e uma conexão que foi além de revisitar lembranças. Estávamos criando novas memórias mesmo depois que ele se foi. Essa é a magia. Talvez você deveria se concentrar nisso. Suas cartas para a Rita não são para entretê-la; pelo menos, não exclusivamente. Também não é para ser uma prova de o quanto ela te ama. Tenho certeza de que não é isso que está planejando.

— Não.

— A Rita gosta de história?

— História? Não.

— Alguma das perguntas para ela tem a ver com piadas internas entre vocês ou tem algum significado que só vocês dois vão entender?

Espero.

— Não.

— Certo. O que eu faria, se ainda quiser o meu conselho, é fazer perguntas que tenham a ver só com vocês dois, que só vocês saberiam a resposta. Torne a sua gincana personalizada, para que signifique algo para ela, para que crie lembranças especiais, e então leve ela àquele lugar, tornando a lembrança ainda mais intensa. Leve Rita por uma viagem, Bert, e faça com que ela sinta que você está ao lado dela, que estão fazendo a viagem juntos.

Ele fica em silêncio.

— Bert? Ainda está aí?

Ele faz sons de engasgo.

— Bert? — Eu entro em pânico.

Ele começa a rir, um som abafado e rascante.

— Só… brincando.

Que raiva desse senso de humor.

— Parece que vou ter que começar de novo — diz ele.

— Tenho que voltar para o trabalho agora, mas posso passar na sua casa essa semana para planejarmos tudo, o que acha?

Uma pausa.

— Hoje à noite. Não tenho… tempo a perder.

Visito a casa de Bert depois do trabalho conforme prometi. Sua cuidadora me leva pelo local, e tenho que contar a história das muletas e do gesso no pé. Fico sentada em uma cadeira no corredor, como se em uma sala de espera, enquanto a família se reúne na sala de estar. Assim como na época da doença de Gerry, a sala da casa foi transformada em um quarto para que Bert não precise subir e descer escadas. Isso significava que eu podia ficar com Gerry o tempo todo, mesmo enquanto preparava a comida que ele inevitavelmente não ia comer, e ele se sentia mais conectado ao mundo, em vez de escondido no quarto, mas ele gostava de tomar banhos de banheira, e no banheiro de baixo só tínhamos um chuveiro. A banheira ficava no andar de cima. Instalamos uma cadeira elevatória. Gerry odiava ter que usá-la, mas odiava mais ainda se apoiar em mim, então engoliu o orgulho. Ele fechava os olhos e relaxava na banheira, enquanto eu passava a esponja nele. Dar banho em Gerry, segurá-lo, secá-lo e vesti-lo foram alguns dos momentos mais íntimos que já tivemos juntos.

A porta do quarto de Bert está fechada, mas consigo ouvir o barulho de pessoas lá dentro, inclusive crianças fazendo bagunça. O Clube P.S. Eu te amo é um segredo para dar um elemento de surpresa à morte, e não sei o que Bert falou sobre mim para a família, se é que falou alguma coisa, mas a ideia do clube do livro é uma boa desculpa, então trouxe uma biografia de um atleta para fingir que é a minha recomendação para a nossa próxima leitura.

De repente ouço um coro de vozes infantis cantando uma música de Natal. O som dos seus netos para alegrá-lo. As crianças não devem saber que estão se despedindo, mas os pais, sim. E Bert também. Ele provavelmente olha para todos, um por um, enquanto cantam, e se pergunta sobre o futuro deles, torcendo para que fiquem bem, imaginando quem vai se tornar o quê, desejando poder ver isso acontecer. Ou talvez esteja preocupado com os filhos, enquanto observam as crianças cantando com sorrisos forçados e o coração pesado, e Bert sente a dor deles, a dificuldade, sabendo os obstáculos que terão que superar, e se preocupa ao pensar em como vão enfrentar o futuro. Porque ele conhece as suas personalidades e, mesmo no leito de morte, enquanto os filhos se preocupam com ele, Bert não consegue parar de se preocupar com os filhos. Sempre pai. Talvez pense em Rita, que terá que enfrentar tudo isso sozinha depois que ele se for. Eu vejo tudo isso enquanto as doces vozes infantis dominam a casa.

A porta se abre e sons de "Tchau, vovô!" e "Te amo" me alcançam. Os netos saem do quarto felizes, pulando e correndo, conversando animados. São seguidos pelos filhos e cônjuges, que sorriem para mim ao passar e saem, parando para abraçar Rita à porta. A esposa de Bert é uma mulher pequena, usando calças sociais e um suéter cor-de-rosa, com um colar de pérolas e batom da mesma cor da roupa. Fico de pé quando ela fecha a porta depois de todos partirem.

— Perdão por ter deixado você esperando — diz ela, calorosamente. — Infelizmente, Bert não me avisou que tinha combinado uma reunião com você. Mas, meu Deus, pobrezinha, o que houve?

Ela não parece nem um pouco emocionada pela cena que testemunhei, não tanto quanto eu, mas me lembrei da sensação de sempre ser a pessoa mais forte de qualquer situação, porque, caso contrário, seria impossível lidar com tudo aquilo. Altas emoções, despedidas, conversas sobre o fim se tornam a norma, e logo a sua alma desenvolve uma camada superprotetora para quando você precisa enfrentar isso. Quando eu estava sozinha as coisas eram diferentes; naqueles momentos, tudo desmoronava.

— Acidente de bicicleta — respondo. — Logo vou poder tirar isso.

— Ele está esperando você — diz ela, me guiando para o quarto. — Vou colocar água para esquentar. Café ou chá?

— Chá, por favor. Obrigada.

Bert está em uma cama hospitalar no meio da sala. Os sofás foram empurrados para o lado. O tanque de oxigênio está preso a ele, e, quando me vê, gesticula para que eu feche a porta e me sente ao lado. Obedeço.

— Oi, Bert.

Ele indica os tubos presos ao nariz e revira os olhos. A energia do nosso primeiro encontro na estufa de Joy acabou, mas ainda existe um brilho vivaz nos seus olhos por conta do projeto.

— Você parece pior do que eu — diz ele, parando para respirar entre as palavras.

— Logo vou estar bem. Só mais quatro semanas. Trouxe este livro para o nosso clube — digo, dando uma piscadela e deixando o livro no armário ao lado da cama.

Ele ri, então começa a tossir, uma tosse violenta que arranca a sua vitalidade. Eu fico de pé e me aproximo, como se pudesse ajudar.

— Falei outra coisa para a Rita.

— Ah, meu Deus. Nem quero saber.

— Meus pés — diz ele.

Eu olho para os dedos, se balançando na ponta do cobertor que subiu um pouco com a tosse. Pés ressecados com unhas amareladas e duras. Nem que me paguem eu encosto naqueles pés.

— Terapia de... massagem... plantar.

— Bert! — Eu o encaro de olhos arregalados. — A gente vai ter que inventar uma história melhor.

Ele ri de novo, achando graça.

Ouço barulho de louça na cozinha enquanto Rita prepara o chá.

— Certo — falo, balançando a cabeça. — Vamos começar. Você pensou nas novas perguntas?

— Debaixo do travesseiro.

Fico de pé e ajudo ele a se inclinar para a frente. Rindo, puxo os papéis que estão embaixo da pilha imensa de travesseiros e entrego para ele.

— Desde criança eu queria planejar um roubo.

— Bem, você sem dúvida se manteve ocupado.

— Não tenho... nada para... fazer.

Ele me mostra um mapa com adesivos redondos coloridos nos lugares exatos. Para o meu grande alívio, todos os pontos ficam em Dublin, mas a letra de Bert é tão confusa que mal consigo decifrar.

— Está ruim. Você vai ter que passar a limpo — comenta ele, provavelmente percebendo a minha dificuldade.

Ouço o som de uma bandeja chacoalhando e passos se aproximando da porta. Escondo os papéis embaixo do meu casaco na cadeira e abro para Rita.

— Pronto — diz ela animadamente.

Eu ajudo a puxar a mesinha sobre rodas para perto de Bert. Uma chaleira bonita e xícaras descombinadas, além de um prato de biscoitos.

— Isso vai atrapalhar o seu trabalho? — pergunta ela, preocupada.

— Ah, não, não tem problema — respondo, odiando mentir. — Posso me movimentar tranquilamente.

A gente ajeita a mesinha, e Rita sai da sala. Tenho certeza de que está aliviada por ter uma hora para si. Eu me lembro dessa sensação. Mergulhada em uma realidade difícil, eu assistia a programas de reforma, de transformação de jardins, de culinária, tudo que tivesse mudanças e gente ficando surpresa e às lágrimas. Eu me perdia na tristeza deles e depois era inspirada pela esperança.

Bert dá uma risadinha. Ele adora essa brincadeira. Eu não, mas me pergunto se Gerry também se sentia assim, quando o seu corpo e a sua mente eram analisados e manipulados por todos, se ele se divertia mantendo algo em segredo.

Pego os papéis de novo e leio com atenção.

— Você escreveu poemas?

— São limeriques. A Rita ama poesia, mas odeia limeriques — diz ele com olhar travesso.

— Bert — falo, com a voz baixa. — Um dos motivos pelos quais amo as cartas de Gerry era porque eram manuscritas. A sensação era de que eram parte dele. Suas palavras, das mãos, da mente, do coração dele. Acho que é melhor que você mesmo escreva.

— É? — Ele olha para mim, e é impossível pensar que esse homem imenso, com as suas mãos enormes e ombros largos, possa perder uma batalha contra qualquer coisa. — A Rita sempre odiou a minha letra, sempre quer escrever os cartões sozinha. A letra dela é linda. É melhor você fazer.

— Tá bom. Eu posso digitar também. Assim não vem exatamente de mim.

Bert dá de ombros. Ele não se importa muito com a forma que a mensagem será entregue, contanto que seja. Eu pisco. Preciso aprender a levar isso em consideração: cada pessoa vai ignorar coisas que eu achava que eram importantes e dar grande importância a algum aspecto que nunca me ocorreu. Não pode haver nada de genérico nessas cartas; são os desejos deles, não os meus, que precisam ser levados em conta.

— E vamos precisar de um papel bonito. Você tem itens de papelaria?

— Claro que não.

— Posso comprar.

Ele não tocou nos biscoitos nem no chá. Tem um prato de frutas fatiadas ao lado da cama, também intocado.

Olho para as anotações e para o mapa, sem realmente ver, mas pensando sem parar. É demais pedir para que ele faça tudo isso de novo. Bert já fez o que podia, o mais rápido possível.

— Bert, não quero errar nenhuma palavra quando estiver transcrevendo, então preciso que faça uma coisa para mim. — Eu pego o meu celular para gravar. — Leia.

Ele tenta pegar os óculos, mas o esforço é grande demais. Dou a volta até a mesa de cabeceira e pego para ele.

Bert olha para a página, inspira e expira, rápido e raso. Ele lê baixo, as palavras sendo carregadas pela falta de fôlego. Para. Os olhos ficam cheios de lágrimas. Então ele começa a chorar como se fosse um menininho. Paro de gravar e seguro as suas mãos com força. Quando o choro aumenta, eu o envolvo com os braços e deixo aquele senhor chorar no meu ombro como uma criança. Ele está exausto quando termina de ler e de chorar.

— Bert — falo baixinho. — Não queria mesmo fazer isso, mas você tem hidratante aqui?

Ele seca os olhos, confuso.

— Se vamos manter essa mentira, vou ter que deixar os seus pés um pouco mais contentes.

Ele dá uma risadinha. Em um segundo, a tristeza se transforma em alegria.

CAPÍTULO 16

Na papelaria, encaro as prateleiras de papel especial. Tantos tipos diferentes: offset, couché, vergé, alta gramatura. Brilhante, fosco, quadriculado ou pautado. Liso ou texturizado. Cores pastel ou mais fortes. Que tamanho? Minha mente fica confusa. É apenas papel, o que importa? É claro que importa. Importa mais que tudo. Bert escreveu seis cartas para Rita. Um pacote de cartões chiques contém quatro. Por que quatro e não cinco? Vou precisar de dois pacotes, então. Mas e se eu cometer erros e precisar de mais que quatro cartões extras? Talvez eu devesse comprar três pacotes. Os envelopes vêm em pacotes de sete. Por que sete? Dá para imprimir nesse papel?

Minhas mãos tremem enquanto reviro as prateleiras, tentando encontrar envelopes que combinam com os cartões. Autoadesivos ou com dobra; duas versões de mim mesma. Um desafio, uma aposta. Faça uma escolha e ela vai definir quem você é. O que é melhor? Me grudar de novo, ou me dobrar e aceitar a derrota?

Gerry deve ter feito isso. Deve ter comprado os cartões em que escreveu as cartas sabendo que eu leria aquilo depois da sua morte. Será que ele só pegou um papel qualquer ou escolheu com atenção? Será que foi pragmático? Ficou triste? Pediu ajuda ou já sabia o que queria? Foi organizado? Estava animado ou chorou?

De repente, minha cabeça se enche de questões que nunca considerei antes. Será que ele pegou o primeiro pacote de cartões que encontrou? Será que praticou antes? Será que cometeu erros e rasgou o papel, irritado? Será que tinha outras opções que não entraram nas dez cartas finais? Será que fez uma lista? Quanto tempo passou planejando aquilo? Foi tudo em um dia só? Uma decisão repentina ou pensada por um longo tempo? Não havia rasura nas cartas, então ele deve ter planejado ou, ao menos, feito alguns rascunhos. Nunca achei os rascunhos. Ele escreveu com caneta azul. Será que testou outras cores? Será que o azul significava alguma coisa para ele? Será que deveria ter significado alguma coisa para mim? Será que Gerry sequer se importava com a cor ou o tipo do papel que estava usando, será que ele sabia quanto tempo eu passaria analisando cada parte do seu presente?

Será que ele também ficou parado aqui, chorando, uma bengala ajudando-o a se manter de pé, como as minhas muletas agora, se sentindo confuso, examinando as prateleiras de papel, pensando: "É só papel, porra", tentando encontrar uma forma de se comunicar que garantisse que ele fosse lembrado? Preocupando-se com a possibilidade de que aquilo não acontecesse? Esforçando-se para estender a própria vida quando não havia mais tratamentos a tentar, com medo de ser esquecido? Pensando que a vida inteira o levara até aquele momento, escolhendo folhas de papel para as suas últimas palavras a alguém que nunca mais veria?

— Você está bem? — pergunta a vendedora.

— Sim — respondo, irritada, limpando os olhos. — Cola. Vou precisar de cola.

Ligo para Joy e peço desculpas por ter sumido. Explico por que mudei de ideia. Ela fica feliz e é muito educada, apesar de eu ter abandonado o grupo por tanto tempo, quando tempo é a coisa mais preciosa da vida deles. Chego cedo à casa dela, antes de todos os outros, e peço para ficar sozinha na estufa para poder arrumar as coisas.

Tiro os artigos de papelaria das bolsas, jogo as embalagens fora e espalho os papéis, cartões e envelopes pela mesa. Coloco um buquê de flores e algumas velas acesas entre as pilhas de papéis. A sala cheira a abacate fresco e limão. Quando termino, dou um passo para trás. É como uma oferenda, um sacrifício papírico; um bilhete manuscrito por uma vida.

Enquanto eu arrumava, todos os membros do clube chegaram, com exceção de Bert, e estão esperando pacientemente na cozinha.

Estou levando mais tempo do que eu imaginei. É mais sentimental do que pensei, e agora que estou sentindo isso, quero caprichar o máximo possível. Chamo todos para a estufa, com Joy à frente. Ela para ao ver a mesa arrumada.

— Ah! — exclama, a mão tocando o peito, a palma aberta sobre o coração.

Paul cruza os braços e trinca os dentes para controlar a emoção. Seus olhos observam os papéis. Ginika abraça Jewel com força.

Joy estende a mão para tocar as páginas, anda em volta da mesa, as pontas dos dedos tocando as beiradas dos papéis. Ela pega uma folha, sente a textura e a devolve à superfície. É hipnótico observá--la. Paul e Ginika não se movem, não se atrevem a distraí-la. É um momento importante. Então, de repente, Joy solta um soluço e cai no choro. Todos correm para ela, Paul chega primeiro, e ela se apoia nos braços dele, fraca. Eu me afasto, assustada. Então Ginika também se aproxima e passa o braço livre ao redor de Joy. Paul abre o abraço e recebe Ginika e Jewel.

Sinto lágrimas ardendo nos olhos.

Eles estão sem tempo, mas também estão sem tempo para ficarem juntos.

Quando se afastam, limpam os olhos, riem, envergonhados, e assoam o nariz.

Ginika se aproxima da mesa.

— De qual você gostou mais, Jewel?

Ela se abaixa até a bebê conseguir alcançar os papéis. Jewel olha para a mesa, para todas aquelas cores bonitas, e estende as mãozinhas, chuta os pés, animada ao ver algo novo. Ela estende a mão para os papéis cor-de-rosa, bate o punho na superfície como se estivesse tocando um tambor, então agarra o papel e amassa, balançando a mão.

Ginika sorri.

— Gostou desse?

Jewel baixa o papel e o observa de olhos arregalados. Ela faz uma bola de papel amassado, curiosa, sentindo a textura.

— A gente já escolheu o nosso — diz Ginika, confiante.

— Muito bem — fala Paul. — Muito bem, Jewel.

É só papel, mas não é. São só palavras, mas não são. Estamos aqui por pouco tempo, esses papéis vão viver mais do que nós, vão gritar, berrar, rugir, cantar pensamentos, sentimentos, frustrações, todas as coisas que nunca dissemos em vida. O papel vai agir como mensageiro para os entes queridos deles, que o guardarão com carinho; palavras de uma mente controlada por um coração. Palavras significam vida.

CAPÍTULO 17

Arrumo os papéis e livros que comprei para me preparar para a primeira lição de leitura e escrita de Ginika. Estou nervosa. Não sou professora. Sempre senti que aprendi mais com os outros do que ensinei. Fiz o máximo de pesquisa que pude sobre alfabetização de adultos, e procurei os melhores livros para me ajudar a ensinar os primeiros estágios de leitura. Mas esses conselhos são para iniciantes, e sei que Ginika talvez tenha dislexia, por tudo que ela me contou, e, nesse ponto, sou totalmente desqualificada. Não sei quais são os treinos, os truques e as ferramentas que devo mostrar a ela, e imagino que um teste para entender o seu nível seja a coisa mais responsável a se fazer. Ela tem no máximo um ano para aprender o que crianças levam anos para conhecer e praticar, mas dei a minha palavra.

Meu telefone toca, e eu verifico quem está ligando. Imagino que seja Ginika, querendo cancelar o encontro, e quase fico feliz com esse pensamento. Mas é Gabriel.

— Merda.

Fico olhando o aparelho tocar. Penso em ignorar a ligação, então decido que isso seria pior.

— Alô?

— Oi.

Silêncio.

— Faz uma semana. Estou com saudades. Não gosto de brigar, nós dois quase nunca brigamos.

— Eu sei. Também estou com saudades.

— Posso passar aí? — Ele pergunta de novo.

— Ah. Hum. Agora?

— Isso. Você está em casa?

— Estou, mas... — Eu aperto os olhos, sabendo que aquilo não vai dar certo. — Eu quero ver você, mas marquei com uma pessoa. Ela deve chegar daqui a pouco.

— Quem?

— Você não conhece. O nome dela é Ginika.

— É do clube?

— Sim.

Ele fica em silêncio.

— Tá bom — responde ele, tenso. — Me liga quando puder.

E desliga.

Suspiro. Um passo à frente, dois passos atrás.

Ginika chega às oito horas da noite, com Jewel nos braços e uma bolsa de maternidade cruzada no peito. Jewel abre um lindo sorriso para mim.

— Oi, lindinha — digo, acariciando os seus dedinhos macios.

Eu recebo as duas na minha casa, levando-as pelo corredor e pela sala de estar até a de jantar, mas Ginika para.

— Você tem uma casa bonita — diz ela, olhando em volta.

Fico parada perto da mesa, indicando que ela deve se sentar, mas a garota se demora olhando tudo. Seus olhos param nas fotos emolduradas do meu casamento com Gerry na parede.

— Em geral ela não fica tão arrumada, mas estou tentando vendê-la. Tudo está escondido, então é melhor não tentar abrir um armário ou a minha vida inteira vai explodir que nem uma avalanche.

— Esse é o Gerry?

— Isso.

— Ele é bonito.

— Era mesmo. E sabia disso. Era o menino mais bonito da turma — digo, sorrindo. — A gente se conheceu no colégio.

— Eu sei, quando vocês tinham 14 anos — diz ela, ainda observando a fotografia. Seus olhos seguem para a única fotografia que tenho com Gabriel, em cima da lareira.

— E quem é esse?

— Meu namorado, Gabriel.

Atrasei as visitas de possíveis compradores à casa durante as duas semanas em que estava me recuperando do acidente, mas elas recomeçaram essa semana. Normalmente tiro todas as fotografias quando eles vêm ver a casa. Sou uma pessoa discreta, apesar de ter contado a minha experiência com o luto em um podcast, e prefiro que não fiquem fuxicando as minhas coisas. Se Ginika é tão invasiva na minha frente, nem consigo imaginar o que as pessoas devem fazer quando não estou presente. Tento me lembrar de esconder mais coisas em lugares melhores.

— Ele é diferente — diz ela, os olhos indo de Gabriel para Gerry.

— Opostos completos — concordo, me juntando a ela na sala, já que a menina não parece estar com pressa.

Ela observa Gabriel com atenção, então volta a olhar Gerry. Suponho que seja natural comparar os dois, e não sou a única a fazer isso.

— O que você quer dizer?

Não estou com paciência para analisar Gabriel no momento.

— O Gabriel é mais alto — digo com um suspiro.

— Só isso? — Ela ergue uma sobrancelha.

— E mais velho.

— Impressionante.

Decepcionada com a minha resposta, ela olha em volta, continuando a inspeção.

— Está tarde — digo, levando-a para a sala de jantar de novo. — Quando a Jewel dorme?

— Quando a gente chega em casa.

— Vai ser tarde — comento, preocupada.

— Nós duas sempre vamos dormir ao mesmo tempo.

— Você quer colocar ela para deitar enquanto a gente estuda? Posso pegar um cobertor. Ela não engatinha ainda, né?

— Não. Eu trouxe um tapetinho na bolsa, mas, por enquanto, ela está bem aqui.

Durante os nossos primeiros encontros, Gabriel percebeu que eu ficava de casaco quando estava nervosa. Ele disse que sabia que podia parar de ficar preocupado de eu ir embora quando comecei a tirar o casaco. Eu nunca tinha notado isso, achei que só era friorenta, que precisava de um tempo para me acostumar com a temperatura do restaurante, mas ele estava certo: era a minha necessidade de me acostumar com uma situação em geral. Tivemos que nos esforçar para chegar a essa revelação, o que imagino que seja como relacionamentos funcionem; em algum momento, as duas pessoas se sentem confortáveis o suficiente para tirar uma camada, revelar um pouco mais. Percebo que, para Ginika, Jewel é o seu casaco, a sua camada de proteção. Acho que nunca a vi sem a bebê no colo, nunca com um carrinho.

Ginika tira a bolsa de maternidade enquanto ainda segura Jewel de forma habilidosa e se aproxima devagar da mesa de jantar, olhando de forma desconfiada como se fosse uma bomba-relógio. Percebo que ela está nervosa, tentando adiar aquele momento.

— Você é destra ou canhota?

Não consegui identificar porque Ginika consegue fazer tudo com as duas mãos conforme passa a filha de um lado para o outro do quadril.

— Destra. Mas talvez fosse bom testar a esquerda. Talvez seja esse o problema.

Ela dá uma risada nervosa.

Eu a observo em busca de diferenças desde a última vez que a vi. Imaginei que fosse perder peso, mas, na verdade, a garota está inchada, provavelmente por causa dos remédios.

— Primeiro, o melhor conselho que posso dar é que eu poderia ajudar você a encontrar um tutor de verdade. — Eu procurei. Nem de longe tenho dinheiro sobrando, mas poderia pagar por aulas uma vez por semana se cortasse algumas compras on-line desnecessárias. — Ele saberia exatamente o que fazer e poderia acelerar o processo.

— Não. Prefiro que seja você. Vou me esforçar bastante, eu prometo.

— Não tenho dúvida, eu estou preocupada é comigo.

— Holly — diz ela, os olhos arregalados. — Eu só quero escrever a porra de uma carta. A gente consegue! — Ela bate palmas, animada.

Dou um sorriso, inspirada pelo seu entusiasmo.

Jewel imita a mãe e bate palmas também.

— Muito bem! — Ginika sorri. — Batendo palminhas!

— Quer colocá-la no chão?

Só pela cara de Ginika, vejo que a resposta é não.

— Trouxe uma leitura leve para ela também, para manter essa menina ocupada. — Eu entrego para ela *Meu primeiro livro*, um livrinho para bebês de páginas acolchoadas. Jewel pega o livrinho nas mãos rechonchudas, os olhos bem abertos, atraídos pela maçã na capa.

— Ma-çã — falo para Jewel.

— Maaaa — diz a bebê.

Ginika arregala os olhos.

— Viu? Você consegue. Eu sempre quis ler um livro para ela. Só consigo olhar as figuras e inventar as histórias.

— Acho que vai descobrir que é isso que as crianças mais gostam. Elas adoram improviso.

— Vocês queriam ter filhos?

Eu paro.

— Sim. A gente queria.

— Por que não tiveram?

— A gente ia começar a tentar assim que acharam o tumor.

— Que merda.

— E você?

— Se eu queria ter filhos? — pergunta ela, irônica.

— Quer dizer, ela foi planejada ou...?

— Se eu planejei engravidar aos 15 anos e ter um bebê aos 16? Não, Holly, não planejei. Foi um erro, coisa de uma noite. Quando os meus pais descobriram, não quiseram saber mais de mim. Eu envergonhei a família. — Ela revira os olhos.

— Sinto muito.

Ela dá de ombros.

— Descobri o câncer quando estava grávida. Não quiseram começar o tratamento porque iria fazer mal a Jewel.

— Mas aí você começou a se tratar depois que ela nasceu?

— Radioterapia. Depois quimioterapia.

— E o pai da Jewel? Ele é presente?

— Não quero falar sobre ele — diz Ginika, olhando para a filha.

A menininha responde tocando os lábios da mãe e puxando. Ginika finge mordê-los, o que faz a bebê rir.

Eu ajeito o tapetinho no chão ao nosso lado. É um tapete acolchoado cheio de brinquedos, espelhos, zíperes, pedaços de tecido, bolinhas que apitam, tudo para mantê-la ocupada. Ao ver o tapete, Jewel fica agitada.

— Eu disse — comenta Ginika, nervosa. — Juro que Jewel se transforma assim que largo ela.

Eu me pergunto se a bebê não tem essa reação porque percebe como Ginika fica tensa com a ideia de soltá-la. Assim que a mãe a coloca no chão, a bebê fofinha, tranquila e feliz se transforma em uma bomba que explode na mesma hora, gritando com tal ferocidade que até eu quero pegá-la, fazer qualquer coisa para interromper aquele som e seu aparente sofrimento.

Eu a seguro e o choro continua, uma tortura para os meus ouvidos. Jewel se contorce e me empurra, uma força desproporcional para alguém tão pequeno, dobrando as costas e se inclinando para trás, quase pulando para fora dos meus braços. Assim que Ginika a segura, ela se acalma, a respiração trêmula e as fungadas se tornam as únicas pistas de todo aquele sofrimento. Ela enfia a cabeça no peito da mãe, sem olhar para mim por medo de ser tirada do colo de novo.

Fico olhando aquilo, impressionada.

— Jewel!

Ela me ignora. Sabe bem o que fez.

— Eu falei — diz Ginika, consolando a filha. — Criança do demo.

Para dizer o mínimo.

— Certo. — Respiro fundo. — Então vamos fazer isso com ela no seu colo.

São quase nove horas, e Jewel está contente, mas ela fala, dá gritinhos, tenta pegar os papéis e as canetas, joga tudo que está ao seu alcance no chão. Ela rasga uma página do caderno de Ginika. Mas toda vez que ela tenta baixar a bebê no tapetinho, gritos como se as pernas de Jewel estivessem sendo arrancadas começam de novo e não param mesmo quando esperamos. Dois, três, cinco minutos é o nosso máximo. Ela é teimosa. Não sou nenhuma babá incrível, mas até eu sei que colocá-la no tapete e depois recompensá-la com abraços para fazê-la se calar passa a mensagem errada. A bebê vence todas as vezes. É determinada, e, por mais que seja o cobertor de segurança da mãe, também é a sua fraqueza. Com alguém insistindo pela sua atenção física e mental, é claro que Ginika não consegue se concentrar. *Eu* mal consigo pensar. Terminamos às dez, depois até das minhas piores previsões. Estou exausta.

Quando abro a porta, tento me manter positiva.

— Pratique o que a gente fez hoje e fique repetindo os sons.

Ginika assente. Ela está com olheiras e não consegue me encarar direito. Tenho certeza de que a garota vai se debulhar em lágrimas assim que eu fechar a porta.

Está tarde, escuro e frio. O ponto de ônibus é longe. Ela não tem um carrinho. Estou doida para tomar um banho e me deitar, me esconder da cena que acabei de presenciar. Ficar com vergonha em particular. Se alguém tivesse me visto — Gabriel, Sharon, qualquer pessoa —, teria dito que aquela era uma batalha perdida, que não tem nada a ver com as habilidades de Ginika e tudo a ver com a minha falta de habilidade. Mas não posso fechar a porta na cara das duas. Pego as chaves e digo que vou levá-las para casa.

— Você pode dirigir com isso no pé? — pergunta ela, olhando para o gesso.

— Descobri como fazer absolutamente tudo com a perna engessada — digo com uma expressão irritada. — Tirando andar de bicicleta. Estou sentindo falta disso.

Levo Ginika para casa, na North Circular Road. Com pouco trânsito por causa da hora, não demora mais de vinte minutos. Ginika teria que pegar dois ônibus e só chegaria depois das onze. De repente, meu plano de programar as pessoas de forma a facilitar a minha vida parece menos angelical e mais egoísta. Estou envergonhada de ter pedido que ela fizesse aquela viagem. Embora todos tenhamos que tomar responsabilidade pelas nossas vidas, não sei se posso deixar essa adolescente mãe solteira e doente tomar aquele tipo de decisão sozinha.

Paro em uma casa geminada típica a minutos de Phoenix Park e da vila de Phibsboro. É uma casa antiga, mas que já perdeu a sua glória faz muito tempo. Parece suja e úmida, com um jardim abandonado, o mato tão alto que parece que o prédio pode cair a qualquer momento. Um grupo de rapazes está parado perto da entrada.

— Quantas pessoas moram aqui?

— Sei lá. São quatro quitinetes e três quartos. O conselho me arrumou uma vaga. Eu fico no apartamento do porão.

Olho para os degraus que descem para a escuridão.

— Os vizinhos são legais? — pergunto, torcendo por uma resposta positiva.

Ela bufa.

— A sua família mora por aqui?

— Não. E, mesmo que morassem, não importaria. A gente mal se fala desde que contei que estava grávida.

Eu estava conversando com ela pelo espelho retrovisor, mas com isso me viro para trás.

— Eles sabem que você está doente, não sabem?

— Sim. Disseram que fiz a cama, então agora é melhor que me deite nela. Minha mãe falou que era castigo por ter tido um bebê.

— Ginika — digo, completamente horrorizada.

— Eu larguei a escola. Andava com as pessoas erradas. Fiquei grávida, descobri que estava com câncer. Eles acham que é a forma de Deus me castigar. Ginika significa "O que pode ser maior que Deus?", sabe? — Ela revira os olhos. — Meus pais são muito religiosos. Eles vieram para cá vinte anos atrás para me dar oportunidade e dizem que desperdicei tudo. Estou melhor sem eles.

Ela abre a porta, sai com dificuldade por conta do bebê e da bolsa de maternidade, e eu só fico sentada no banco do motorista, paralisada, até me ocorrer que eu deveria ter ajudado, mas a garota anda mais rápido do que eu conseguiria me mexer com o gesso.

Eu abro a porta.

— Ginika — chamo com firmeza. Ela para. — Eles vão cuidar da Jewel, não vão?

— Não — responde ela, sem emoção. — Eles nunca ligaram para a minha filha desde o momento que ficaram sabendo que eu estava grávida, não vão começar a ligar depois que eu morrer. Eles não merecem a Jewel.

— Mas quem vai cuidar dela?

— O serviço social conseguiu uma família temporária. Ela vai ficar com eles quando eu estiver em tratamento. Mas você não precisa se preocupar com essa parte. Só precisa se preocupar em me ensinar a escrever.

Observo enquanto ela atravessa o pátio até a escada. A gangue se afasta apenas o suficiente para ela passar, e ela os enfrenta. Trocam palavras. Ginika tem atitude o bastante para encará-los. Eu olho para os rapazes com raiva, a melhor cara feia idiota, suburbana de classe média, que sou capaz de fazer, e penso em atacá-los com a muleta.

Então tranco as portas rapidinho.

Seria mentira dizer que não fiquei deitada na cama pensando se deveria me oferecer para cuidar de Jewel para Ginika, prometer uma vida de amor, conforto, apoio e a promessa de um futuro seguro. Eu deveria ter feito o heroico ato de me oferecer para ser a sua guardiã. Mas não sou esse tipo de pessoa. Não sou tão boa assim. Pensei nisso, avaliei a ideia e todos os ângulos possíveis por pelo menos sete minutos em um devaneio detalhado em que todas as versões foram analisadas a fundo. Mas não importava como eu modificava essa ideia, essa ideia terrivelmente clara, a minha decisão final ainda era não. Eu me preocupo com Jewel, com o seu futuro, com quem vai cuidar dela, se a menina será recebida por uma família amorosa e segura ou se a sua vida será uma série horrível de lares temporários e uma sensação de não pertencimento, de perda de identidade, como uma pena flutuando no vento sem ninguém para ajudá-la ou ancorá-la. Esses pensamentos dominam a minha mente por mais tempo e com mais intensidade do que o sonho de cuidar dela.

No entanto, todos eles levam à mesma conclusão: não é porque já passei por problemas que posso resolver os dos outros. Gabriel tem razão em dizer que esse comportamento não seria saudável. Se quero que o meu envolvimento com o clube seja bem-sucedido, não posso me envolver demais. Tenho que me controlar e ser realista. Eu concordei em ajudar o Clube P.S. Eu te amo a escrever as cartas, não a resolver as suas vidas.

Minha missão — meu presente para Jewel e Ginika — é conseguir que Jewel tenha uma carta da mãe, manuscrita, para se lembrar dela para sempre, não importa onde esteja.

CAPÍTULO 18

Richard, meu irmão mais velho e confiável, chega à minha casa vinte minutos adiantado. A gente se cumprimenta meio sem jeito, como se nem nos conhecêssemos. Essa é a única maneira que o meu irmão sabe lidar com as pessoas. Esse meio abraço é ainda mais estranho porque ele está segurando a sua imensa caixa de ferramentas, que o faz se inclinar para um lado, e porque estou pingando, enrolada na toalha, por ter saído às pressas do banho e descido as escadas de bunda para atender a porta quando ele chegou mais cedo. Com o gesso, tomar banho não é nada fácil. Cobri o gesso com papel-filme e selei com elásticos nas pontas para que a água não escorresse pela perna. A coceira está aumentando, e me pergunto se eu deveria ter tomado mais cuidado ao proteger o gesso nessas últimas semanas. Para colocar ainda mais sal nas minhas feridas, minha lombar dói por conta das muletas, e não consigo dormir direito, embora não saiba se isso é só por causa do pé ou por tudo mais que está acontecendo.

Entre tentar não bater na minha perna com a caixa de ferramentas e não encostar no meu corpo molhado, Richard não sabe bem para onde olhar ou o que fazer. Eu o levo para a sala e começo a explicar o que preciso que faça, mas ele não consegue se concentrar.

— Por que você não se... arruma primeiro?

Eu reviro os olhos. Paciência. É verdade que a gente sempre se comporta como se fosse criança perto da família. Pelo menos comigo é assim. Passei a maior parte da adolescência — e do começo da vida adulta, para ser sincera — revirando os olhos para esse meu irmão tão peculiar. Volto a subir as escadas.

Seca e vestida, eu o encontro na sala, e agora ele consegue olhar para mim sem ficar nervoso.

— Quero tirar essas fotografias da parede, mas elas estão, sei lá, buchadas — explico.

— Buchadas — repete ele, observando as molduras.

— Não sei se é a palavra certa. Não tem um fio pendurado em um prego como as outras, só isso. Foi o fotógrafo que pendurou, acho que ele ficou com medo de que elas fossem cair se tivesse um terremoto. Como se isso fosse acontecer aqui.

— Teve um terremoto doze anos atrás, a 27 quilômetros do litoral de Wicklow, no mar da Irlanda, de 3.2 pontos de magnitude e dez quilômetros de profundidade.

Ele olha para mim e sei que terminou se falar. Em geral, Richard fala em afirmações, quase nunca abrindo espaço para discussão. Acho que ele não percebe isso; é provável que se pergunte por que as pessoas não respondem. Conversar com ele funciona assim: eu dou uma informação, ele dá outra. Seguir qualquer uma das ligações naturais que não tenham a ver com o assunto principal vai confundi-lo. Na cabeça dele, essas digressões não são válidas.

— Sério? Não sabia que tinha terremoto na Irlanda.

— Ninguém se queixou.

Rio. Ele me olha com uma expressão confusa: a intenção não era fazer piada.

— O maior terremoto da história da Irlanda foi em 1984, o terremoto da península de Llyn, que chegou a 5.4 pontos na escala Richter. Foi o maior terremoto terrestre a acontecer na Irlanda desde que se tem registro. O pai diz que eles acordaram quando a cama escorregou pelo quarto e bateu no aquecedor.

Dou uma gargalhada.

— Não acredito que eu não sabia disso.

— Fiz chá para você — diz ele de repente, apontando para a mesa de centro. — Ainda deve estar quente.

— Obrigada, Richard.

Eu me sento no sofá e dou um gole. Está perfeito.

Ele analisa a parede e me diz que parafusos foram usados e o que ele vai precisar. Estou ouvindo, mas não absorvo nenhuma das informações.

— Por que quer tirar as fotografias? — pergunta ele, e sei que não é uma pergunta pessoal; ele está perguntando pois está curioso sobre a parede, talvez sobre a moldura, algo que vai fazer diferença no processo de tirá-las. Não é uma pergunta sobre *sentimentos*. Mas eu vivo e penso mais em função de sentimentos do que de lógica.

— Porque as pessoas estão vindo visitar a casa e quero proteger a minha privacidade.

Apesar de ter falado sobre a minha vida particular na frente de um público e permitindo que aquilo ficasse disponível na internet para qualquer um.

— Você já recebeu visitas aqui.

— Eu sei.

— Foi a imobiliária que sugeriu isso?

— Não.

Ele me olha, esperando mais informações.

— É só que não parece justo que, quando as pessoas venham ver a casa, eu esconda a foto do Gabriel em uma gaveta, mas a do Gerry continue na parede. Se vou esconder um deles, tenho que esconder os dois — digo, sabendo como isso vai parecer ridículo para alguém como Richard.

Ele olha a minha fotografia com Gabriel em cima da lareira, mas não responde, o que era esperado. A gente não tem muitas conversas profundas.

Richard começa o trabalho, furando a parede, e eu aproveito para passar roupa na sala de jantar, onde empilho a roupa limpa quando ninguém está vendo a casa.

— Fui tomar uma bebida com o Gabriel ontem à noite — diz Richard de repente, trocando a broca da furadeira por outra. Seus gestos são lentos, metódicos e exatos.

— É mesmo? — Olho para ele, surpresa.

Acho que Gerry e Richard nunca saíram juntos durante todos os anos que passamos juntos. Pelo menos não sozinhos. E mesmo quando estávamos todos juntos, era com o meu irmão Jack que Gerry mais se identificava. Jack é meu irmão maneiro, tranquilo, afável e bonitão, e Gerry o admirava muito quando éramos adolescentes. Richard, para mim e Gerry, era o irmão difícil, sério, chato e meio nerd.

Depois da morte de Gerry, isso mudou. Richard amadureceu. Consegui me identificar mais com ele depois do seu divórcio, a perda da sua vida tranquila e previsível, e eu o aconselhei durante essa mudança de vida. Jack, em comparação, parecia superficial, incapaz de se aprofundar nas questões como eu queria e precisava. Quando você está sofrendo, as pessoas podem surpreendê-lo. Não é verdade que você descobre quem são os seus amigos de verdade, mas é verdade que o caráter de cada indivíduo é revelado. Gabriel é sempre educado com Jack, mas detesta os amigos engravatados e almofadinhas dele. Diz que não confia em homens que usam guarda-chuva. Richard tem cheiro de grama e musgo, terra, aromas "pé no chão" em que Gabriel consegue confiar.

— Jack foi também?

— Não.

— Declan?

— Só eu e o Gabriel, Holly.

Ele faz outro furo, e eu espero.

Richard desliga a furadeira, mas não fala nada, como se tivesse esquecido o assunto.

— Onde vocês foram?

— No Gravediggers.

— Vocês foram no Gravediggers?

— O Gabriel gosta da Guinness de lá. Eles têm a melhor Guinness de Dublin.

— Quem chamou quem?

— Eu sugeri o Gravediggers, mas imagino que você queira saber quem marcou o encontro. O Gabriel ligou para mim. Foi muito legal. A gente queria se encontrar desde o Natal. Ele é um homem de palavra.

Ele liga a furadeira de novo.

— Richard! — berro, e ele desliga. — Ele está bem?

— Sim. Uma confusão com a filha.

— Verdade — respondo, meio distraída. — Era sobre isso que ele queria falar? Coisas de divórcio?

Os filhos de Richard são muito diferentes de Ava. Cantam no coral, tocam violoncelo e piano. Se você falasse para eles sobre Sambuca, eles iam perguntar qual a afinação. A ex dele partiu ainda mais o seu coração ao se casar com um conhecido, um professor de economia.

— Ou era sobre o acidente de carro? Acho que ele ficou mais traumatizado com isso do que eu.

Quero perguntar se era sobre o Clube P.S. Eu te amo, que seria a questão óbvia, mas, caso não seja, não quero trazer o assunto à tona e ter que falar sobre isso. Richard não estava presente no almoço de domingo na casa dos nossos pais e, até onde sei, a questão não foi mais abordada.

— Um pouco sobre tudo isso — diz ele. — Mas ele está mesmo preocupado com o tal grupo do qual você está participando.

— Ah, entendi. E o que você falou?

— Sua camisa está queimando.

— Como assim?

— A camisa. Na tábua de passar. — Ele aponta.

— Ah, porqueira!

Eu ergo o ferro da minha camiseta, revelando uma marca escura no tecido. Eu sempre faço coisas idiotas quando estou com Richard e uso expressões como "porqueira", como se estivéssemos em um livro infantil antigo. Não sei se sempre faço coisas idiotas e só percebo na companhia dele ou se é a companhia dele que faz isso comigo.

— Você deveria colocar isso de molho em água fria agora mesmo e deixar por 24 horas. Então molhe a marca de queimado com água oxigenada, depois molhe um pano branco limpo com água oxigenada, coloque por cima do tecido queimado e passe a ferro em temperatura baixa. Deve tirar a mancha.

— Obrigada. — Eu não tenho mínima intenção de fazer aquilo. A camiseta é oficialmente um pijama a partir desse momento.

Ele percebe que não vou fazer nada do que sugeriu e suspira.

— Eu falei para o Gabriel que você está fazendo uma coisa muito valente, generosa e positiva.

Sorrio.

Ele ergue a moldura e tira a foto da parede.

— Mas isso foi o que falei para ele. *Eu* acho que você deveria tomar cuidado. Todo mundo parece estar com medo de que você vai se perder, mas deveria considerar que pode acabar perdendo *ele* se fizer isso.

Olho para o meu irmão, surpresa por essa rara demonstração de inteligência emocional, então percebo que a família está falando sobre mim pelas costas. *Todo mundo* está com medo de que eu vá me perder. E o que é mais importante: me encontrar ou perder Gabriel?

O momento passou. Richard está de volta à parede.

Está coberta de buracos fundos horrendos de onde os parafusos estavam presos, a tinta mais escura do que a parede desbotada ao redor. Também parece que meu fotógrafo fez várias tentativas de prender o parafuso e falhou.

Seis cicatrizes feias na superfície.

Coloco o ferro de passar de volta no lugar e paro ao lado de Richard.

— Isso está um horror.

— Parece que o fotógrafo teve problemas. Ele acertou a viga algumas vezes. Vigas são as colunas estruturais atrás da parede.

Preciso tirar outras quatro fotografias dali; como tivemos dificuldade em escolher lembranças do nosso incrível casamento dentre as centenas de opções, as fotos cobrem a alcova inteira.

— Vou precisar emassar os buracos, depois lixar e pintar. Você ainda tem essa tinta?

— Não.

— Quer escolher outra tinta para a parede?

— Mas aí ficaria diferente das outras paredes. A gente ia ter que pintar as duas salas.

— As duas alcovas, talvez. Ou você pode colocar papel de parede.

Torço o nariz. É esforço demais por uma casa que vou vender e que vai ser pintada de novo pelos novos moradores.

— Quem comprar a casa vai querer pintar de novo de qualquer forma. Você tem massa na caixa de ferramentas?

— Não, mas posso comprar de tarde e voltar amanhã.

— Tem uma visita hoje de noite.

Ele me deixa decidir.

Olho para as cicatrizes na parede que estavam escondidas por baixo dos nossos rostos felizes, sorridentes e sem rugas. Dou um suspiro.

— Pode colocar a foto de volta?

— Claro. Mas sugiro pendurar com um prego. Não confio na força da parede para colocar outro parafuso nesse buraco, e não quero abrir mais um furo — diz ele, passando a ponta dos dedos pelos buracos imensos.

Desisto de passar roupa e fico observando enquanto Richard prende um prego com o martelo e pendura a foto de volta onde estava na alcova. Gerry e eu, de cabeças próximas, brilhando. Posando na praia da Portmarnock, em frente à casa em que cresci, ao lado do Hotel Links, onde foi a festa. Trocando um olhar profundo. Meus pais ao nosso lado, minha mãe sorrindo, meu pai no meio de uma piscadela, a única foto em que ele não estava de olhos fechados. Os pais de Gerry também, o sorriso duro da mãe dele, o pai todo sem jeito. Sharon e Denise, nossas madrinhas. A típica foto de tantos álbuns de casamento pelo mundo, mas nós achamos que éramos especiais. Nós éramos especiais.

Richard dá um passo para trás e observa o seu trabalho.

— Holly, se você está preocupada com equilíbrio, pode só deixar a foto com Gabriel na lareira. Seria bem mais fácil fazer essa modificação.

Eu agradeço a sugestão. Ele quer ajudar.

— Eu abraçada a dois homens diferentes, Richard? O que isso diria sobre mim?

Eram perguntas retóricas, ou ao menos achei que isso estava implícito. Mas o meu irmão me surpreende.

Ele empurra os óculos para o topo do nariz com o indicador.

— O amor é uma coisa tênue e rara. Algo a ser valorizado e cuidado, exposto para todos verem, não escondido em armários, ou algo de que se envergonhar. As fotografias dos dois homens talvez dissessem às pessoas, não que você devesse se preocupar com o que elas pensam, que teve a considerável sorte de ter a indubitável honra de receber o amor de não apenas um, mas de dois homens, no seu coração.

Ele se abaixa para ajeitar a caixa de ferramentas.

— Não tenho ideia de quem você é ou o que fez com o meu irmão, mas obrigada, ser estranho, por nos visitar e partir com essas palavras sábias através do corpo dele. — Eu estendo a mão, bem profissional. — Por favor, certifique-se de devolvê-lo ao seu estado original antes de ir embora.

Richard abre um dos seus raros sorrisos, o rosto solene se enrugando, e balança a cabeça.

Mais tarde, quando estou na cama, ouço um estrondo. Com o telefone já pronto para ligar para Gabriel, apavorada com a possibilidade de alguém ter entrado na casa, pego a minha muleta com a intenção de usá-la como arma e tento descer sem fazer barulho no escuro, o que é difícil e faz um alvoroço, com a muleta batendo na madeira do corrimão.

Acontece que o fotógrafo sabia de algo que nós ignoramos. O fiozinho fino não era forte o suficiente para segurar a moldura pesada e o vidro. Gerry e eu estamos no chão, cobertos de estilhaços de vidro. Gerry e eu estamos arrumados, eu com camadas e mais camadas de maquiagem, posada, os braços em ângulos estranhos mas cheios de significado. Minha mão no coração dele, a aliança bem visível, olhos nos olhos, nossa família ao redor. Se eu fosse fazer isso de novo, não seria assim. Nós éramos mais reais que isso, mas a imagem não foi capturada.

Então vejo eu e Gabriel, relaxados, rindo, cabelo voando no rosto, mais natural, com rugas e sardas visíveis. Nossa foto é uma selfie, com um fundo indistinguível. Decidi emoldurá-la porque gostei de como estávamos felizes ali. Ele sorri para mim da lareira, parecendo me abraçar com mais força, orgulhoso da sua vitória.

CAPÍTULO 19

De todas as partes da loja, o mostruário de pequenezas é a minha favorita. É uma antiga cômoda que Ciara encontrou, uma penteadeira robusta e antiga, com três gavetas pesadas e profundas e um espelho tão manchado que mal dá para ver o reflexo. Eu amo esse móvel e o escolhi especialmente para as pequenezas. O tampo está coberto de coisas. A primeira gaveta fica um pouco aberta, com alguns itens, a segunda gaveta, pela metade, e a última fica totalmente puxada, chegando a encostar no chão com o peso. A dona do móvel falou que a mãe dela usava a última gaveta como berço para os filhos. Essa é a parte que mais atrai as crianças, mas nada ali vale muito — pelo menos não que a gente saiba —, em geral, menos de vinte euros. As peças de que mais gosto são as caixinhas, espelhinhos, caixas de joias e colheres decorativas, além das presilhas de cabelo e broches que devem ficar aqui, não na parte de joalheria. Um novo item perfeito para o mostruário de pequenezas é uma caixinha de joias que encontrei embrulhada em jornal dentro de uma caixa de papelão. É espelhada, a tampa decorada com cristais, esmeraldas, rubis e diamantes falsos. Na parte de dentro há uma peça de veludo para acessórios individuais onde algumas pedras que caíram do topo se prenderam. Empurro um pouco e a peça de veludo se levanta, permitindo que seja usada como uma caixa simples.

— O que encontrou aí? — Ciara interrompe os meus pensamentos.

Hoje ela está usando roupas dos anos 1940, com batom vermelho e um *voilette* preto, um vestido com ombreiras e decote em V que aperta os peitos, um cinto de oncinha que marca a cintura e os quadris e coturnos floridos.

Ergo a caixinha para que ela veja. Ciara a examina, deixando marcas de dedo onde eu já havia limpado.

— Que linda.

— Vou comprar — falo logo antes que ela tenha a ideia de ficar com a peça.

— Tá bom. — Ela devolve.

— Quanto?

— Um turno de trabalho hoje à noite de graça? — pergunta ela, esperançosa.

Dou risada.

— Vou jantar com o Gabriel hoje. Já faz um tempo, então não posso cancelar.

— Bom, se não vai trabalhar hoje, não pode ficar com a caixa.

Ela puxa a caixinha das minhas mãos, e dou um pulo sem jeito para pegá-la.

— Ai — reclamo ao machucar o pé.

Ciara ergue a caixinha ainda mais.

— Vou denunciar você por assédio moral no ambiente de trabalho.

Ela mostra a língua e me devolve a caixa.

— Tá bom, vou pedir para o Matthew. Boa sorte com Gabriel, e diz para ele que eu… — Ela para, e eu a observo com uma expressão de cautela.

Minha irmã acha que Gabriel está irritado com ela por me fazer participar do podcast, e, portanto, pelo meu envolvimento com o clube. Já falei para ela parar de pedir desculpa por isso, que ele não está irritado com ela, só comigo, mas não acho que seja verdade. Nos últimos tempos, ele parece puto com todo mundo.

— Dizer para ele que você o quê? — pergunto.

— Nada — responde ela.

— Tá bom. Eu digo a ele que você é nada o tempo todo.

Sorrio e limpo as marcas de dedo dela do espelho.

Em um dos nossos restaurantes favoritos, o Cucino, um bistrô italiano perto da casa dele, Gabriel está em uma mesa ao ar livre. A noite está fresca, mas os aquecedores a gás criam um efeito estufa e fazem parecer que estamos no meio do verão italiano.

Ele me beija e me ajuda a sentar, colocando as muletas no chão. Dou uma olhada no cardápio e não demoro quase nada para escolher o prato. Sempre peço a mesma coisa: nhoque com molho de manteiga e salsa. Espero enquanto Gabriel escolhe o prato. Ele está inclinado para o menu, testa franzida como se tentando se concentrar, mas os olhos não se movem. Fico observando enquanto ele finge ler o menu. Ele ergue a taça e toma um gole imenso de vinho, então volta a ler o cardápio, no mesmo ponto. Olho para a garrafa na mesa. Duas taças já se foram.

— Qual é o animal mais justo do mundo? — pergunto, enfim quebrando o silêncio.

— Hã? — Ele ergue os olhos.

— Qual é o animal mais justo do mundo?

Ele me encara sem expressão.

— A cobra! — digo com um sorriso.

Ele não faz ideia do que estou falando.

— Porque ela não passa a perna em ninguém!

— Holly... Do que você está falando?

— É uma piada!

— Ah. Tá.

Ele abre um sorrisinho amarelo e volta a olhar o cardápio.

A chegada da garçonete para anotar os pedidos é a única interrupção do silêncio. Pedimos e devolvemos os cardápios, então Gabriel fica torcendo as mãos. E é aí que me dou conta. Ele está nervoso. Sirvo o vinho para lhe dar um momento para se acalmar, mas o nervosismo só parece piorar quanto mais ele espera, fazendo som de trompete com os lábios, depois parando para tamborilar sem ritmo na mesa, então voltando a soltar o ar ruidosamente pela boca.

A garçonete traz bruschettas e molho de tomate enquanto esperamos pelo prato principal. Aparentemente aliviado com a nova distração, Gabriel volta a atenção à comida, se ocupando com o azeite e o vinagre, dando mais atenção à torrada do que nunca. Ele começa a brincar com a comida, separando os cubinhos de tomate dos pedacinhos de manjericão, um muro construído de migalhas de pão no meio, uma estrutura precária que está sempre caindo. Gabriel observa a *bruschetta* que está ficando cada vez mais esquisita. Manjericão à esquerda, tomates à direita. Migalhas no centro.

Eu me aproximo.

— Gabriel, o que aconteceu?

Ele pressiona as migalhas no prato, juntando-as na ponta do dedo, depois bate as mãos, deixando-as cair onde estavam.

— Você vai agir assim o tempo todo enquanto eu estiver ajudando o Clube P.S. Eu te amo? Você nem sabe o que estou fazendo. Quer fazer alguma pergunta? Olha, você nem sabe quem são aquelas pessoas.

— Não é isso — diz ele com firmeza, empurrando o prato com a bruschetta abandonada. — É a Ava. — Ele se aproxima, os cotovelos na mesa, as palmas das mãos unidas na frente dos lábios. — Ela quer vir morar comigo.

— Morar?

Ele assente.

— Com você?

Ele assente mais uma vez.

— Na sua casa?

— Sim. — Gabriel parece confuso. É claro, pois onde mais ela moraria?

Minha mente dispara. Era eu quem estava de mudança para a casa dele.

— Ela pediu isso há algumas semanas — diz ele, evitando os meus olhos, e então percebo a razão do seu distanciamento. Não tem nada a ver com o acidente, Holly, sua bobinha, não tem nada a ver com o clube. Ele só deixou você pensar que sim. Então era esse o motivo de todos aqueles encontros com Kate e Ava.

— Uau. Deixa eu adivinhar. Você precisava de um tempo para pensar nisso sozinho antes de me contar? Soa familiar, não?

Mesmo assim, estou tão irritada quanto ele ficou quando me acusou de esconder coisas dele.

Gabriel ignora a minha provocação e insiste no assunto.

— Você sabe que ela está tendo problemas com a Kate. As duas não se dão bem.

— Elas não se dão bem desde que eu conheço você, já faz dois anos.

— As coisas pioraram. Muito — diz ele, balançando a cabeça. — Foi como... — Ele balança as mãos e faz um som de explosão.

Gabriel ainda não está me olhando nos olhos. Ele aceitou. Já combinaram tudo. Então estava falando sério quando disse que a gente ia decidir as coisas sozinhos a partir de agora, sem discutir um com o outro antes. É a vingança pela história do clube.

— Ava morar com você significa que você vai ter que ficar em casa o tempo todo, acordá-la no horário, levá-la para a escola. Fazê-la estudar. Tomar conta dela.

— Ela tem 16 anos, Holly, não 6.

— Ela não sai da cama nem vai para a escola se não for arrastada. Você mesmo me disse isso. Ela vai querer ir a festas todo fim de semana. Você vai ter que falar com os outros pais, conhecer os amigos dela, pegá-la de madrugada ou ficar esperando por ela.

— Eu sei, não sou um idiota, sei ser pai — diz ele com firmeza. — Eu falei que precisava conversar com você primeiro antes de finalizar tudo, mas aí teve o acidente e toda vez que eu ligava você estava... ocupada.

— Sinto muito. — Suspiro. Tem tanta coisa que não contei para ele, sobre Bert, Ginika, minha vida secreta da qual Gabriel não faz parte, mas só porque senti que não queria que ele participasse daquilo. É melhor falar antes que ele se irrite. — Olha, por mim tudo bem. Ela é sua filha e fico feliz que isso esteja acontecendo. Sei como é importante para você. Não tenho problema com ela morando com a gente, contanto que saiba no que está se metendo.

Ele me encara, enfim me olha nos olhos, a expressão dolorida e condoída.

— Então, essa é a questão.

Aos poucos, eu percebo.

Ava vai morar com ele, não *eu*.

— Ela precisa de mim. — Ele coloca a mão no meu antebraço e segura com força. Quero espetar a mão dele com o garfo. — Não posso dar as costas para a minha filha depois de esperar tanto que ela me procurasse. Kate e Finbar vão se casar, e ela não aguenta o Finbar. Ela odeia ficar em casa. Está confusa, nunca vai na escola, só tira nota baixa, faz merda. Estou com medo de que eu tenha estragado a vida dela, e preciso consertar isso.

Meu coração está disparado.

Ele tenta falar com uma voz mais gentil e sentida.

— Eu e Ava precisamos de espaço para descobrir como viver juntos. Se nós três estivéssemos juntos nessa transição, seria demais.

— Então quanto tempo você acha que essa *transição* vai levar?

Ele balança a cabeça e desvia o olhar, como se calculando os dias transitórios em um calendário virtual.

— Não sei. Talvez a melhor coisa seja esperar ela terminar o colégio. Acho — diz ele às pressas antes que eu comece a gritar — que preciso ajudá-la a enfrentar os estudos. Aí, quando ela se acalmar e começar a universidade, nós dois vamos poder fazer o que quisermos. Nós já vivemos assim por dois anos, podemos continuar como antes. Funciona para a gente, não? — Ele segura as minhas mãos e aperta.

Eu me solto, frustrada.

— Dois anos — repito, olhando para ele surpresa. — Dois *anos*? Estou vendendo a minha casa para ir morar com *você*. *Você* está insistindo nisso há seis meses. Foi ideia *sua*!

— Eu sei, eu sei. — É óbvio pela expressão dolorida que ele não queria fazer isso comigo, e não posso culpá-lo pela situação. Qualquer pai faria o mesmo; escolher o filho acima de qualquer outra pessoa. Mas isso acaba com os meus planos. — Talvez dois anos seja muito. Talvez um ano seja mais razoável — diz ele, tentando me acalmar.

— Um ano? — gaguejo. — E se eu receber uma oferta pela casa amanhã, para onde quer que eu vá? Preciso fazer planos. Será que é melhor eu procurar outra casa? Será que posso pagar por uma? Será que é melhor eu tirar a casa do mercado? Pelo amor de Deus...

Passo as mãos pelo cabelo, de repente me dando conta do pesadelo logístico em que me encontro. De tudo que passa pela minha cabeça, me ocorre que vou ter que consertar os furos na parede, bem quando achei que eles seriam problema de outra pessoa. Para completar, ainda vou ter que consertar os meus próprios erros.

— Holly — diz ele, tocando a minha bochecha. — Eu não vou a lugar nenhum. Só preciso de um tempo para ajudar Ava. O restante da minha vida vai ser com você.

Fecho os olhos. Digo a mim mesma que ele não está doente, não está morrendo. Planos mudam. É a vida. Mas não consigo processar esse pensamento.

— Achei que você ficaria aliviada por ouvir isso.

— Por que diabos eu ficaria?

— Por causa desse tal clube com que você está metida. Mal teve tempo para mim ultimamente.

A garçonete interrompe.

— Já terminaram?

Ah, sim. Eu terminei, com certeza.

Ela limpa a mesa em um silêncio tenso, enquanto nos encaramos, e então vai embora às pressas.

Eu me viro na cadeira e me abaixo com dificuldade para pegar as muletas. Não consigo alcançá-las. Sinto uma dor na lateral da coluna e meus dedos não conseguem encontrar as alças no chão.

— O que está fazendo?

— Estou tentando ir embora, mas é claro que não consigo — digo por entre os dentes cerrados. Toco nas muletas com a ponta dos dedos, mas acabo empurrando-as para longe por engano. — Puta merda! — reclamo. A mesa à direita olha para mim. Eu ignoro.

Gabriel se abaixa para me ajudar.

— Eu não quero a sua ajuda — resmungo. Mas preciso dela mesmo assim. Ele me passa as muletas, mas, quando seguro as alças, ele prende a outra ponta nas mãos, me mantendo ali, brincando de cabo de guerra.

— Holly — diz ele, emotivo. — Não quero terminar. Só preciso segurar os nossos planos maiores por algum tempo, só isso.

— E que planos maiores são esses? — pergunto, interessada, erguendo a voz mais do que deveria. — A gente vai se casar, Gabriel? Vamos ter um bebê? Só para eu saber o que esperar durante esses dois anos de *nada*.

Ele fica nervoso, mas mantém a voz baixa.

— Os dois anos, como eu falei, estão abertos à discussão. Estou tentando ser sincero com você. Estou tentando lidar com a filha que já tenho. Acho que podemos conversar sobre isso outra hora, não acha?

É um momento engraçado para perceber que quero ter um filho com ele e que eu estava esperando muito mais que isso desse relacionamento. Esses dois anos extras colocam mais pressão em mim e no meu corpo e na minha mente de uma forma que nunca tinha sentido antes. Em um instante, perdi algo que nem sabia que queria. Foi exposto na minha cara, de repente, essa coisa que eu não havia percebido que desejava, só para descobrir que não posso tê-la.

Dou a volta sem jeito pelas mesas e cadeiras, minhas muletas prendendo nos pés das cadeiras, as pessoas tendo que sair do caminho para eu poder passar. É tudo menos uma saída graciosa.

Talvez ele tenha me feito um favor, talvez seja melhor que cada um arrume as próprias confusões sozinho. Ava está de volta à vida dele, como Gabriel queria. E, de certa forma, Gerry está de volta à minha. Minha vida está tão cheia, penso, irritada, que talvez não tenha mais espaço para Gabriel.

CAPÍTULO 20

Estou sentada com Joy na cozinha dela. Estamos sozinhas pela primeira vez. Raios de sol entram pela porta de correr, iluminando a mesa e o chão. Sou banhada pelo sol ardente enquanto o restante da cozinha está no escuro. O cão está deitado ao sol, aproveitando o calor, todo enroladinho, as orelhas em pé, observando o lado de fora, de vez em quando se erguendo e rosnando quando um pássaro pousa no jardim.

— Ginika me contou que vocês estão passando bastante tempo juntas — comenta Joy, girando o saquinho de chá de menta na chaleira.

— Nós nos encontramos quatro vezes nas últimas duas semanas. Ela contou o que estamos fazendo?

Eu me pergunto o quão secretas essas cartas devem ser e se, ao dividir o conceito com o grupo, elas se tornariam menos preciosas para as suas famílias. Bert tem sido bem aberto e confiante ao dividir sua "gincana" com todos desde o início, mas não sei se o conteúdo final será segredo. Eu me lembro de como Joy se postou ao altar no funeral de Angela para começar a apresentação, mas não sei o quanto eles estão se envolvendo nos gestos uns dos outros. Percebi que o grupo de apoio é um lugar para dividir ideias, dar apoio e ajudar, então cada um vai para a sua casa e pensa, depois todos voltam e dividem as conclusões a que chegaram de novo. Talvez a minha entrada no clube tenha significado que sou eu quem vai ouvir as ideias e guardar os segredos.

— Não. — Joy balança a cabeça. — Ginika é bem fechada. Ela é tímida, mas tem uma força incrível.

— Verdade — concordo. — Ela espera o momento certo e, quando menos espero, dá uma resposta maravilhosa.

— É assim mesmo! — Joy ri. — Ela é uma menina muito inteligente. Uma mãe incrível. Não acho que eu teria a coragem de fazer o que ela está fazendo aos 16 anos e, ainda por cima, sozinha.

— Acho que eu não teria a coragem de fazer isso nem mesmo agora.

Ela sorri.

— Mas você fez, Holly.

— Nada é capaz de fazer com que eu me sinta mais impostora do que ser chamada de guerreira por ter sobrevivido à morte de outra pessoa. Foi Gerry quem sofreu.

— Todo mundo sofre — diz ela com gentileza.

Ficamos em silêncio. Ela tenta pegar a chaleira para servir e percebo a dificuldade. Apoio a mão sobre a dela para impedir o esforço e assumir a função. Sem dizer nada, Joy tira a mão e esfrega o pulso, um gesto que já conheço.

— E você, Joy, como está?

— A minha condição, você quer dizer?

— Em relação a tudo. Você é tão bondosa, organizando as coisas, que me faz esquecer que também está sofrendo.

Ela para por um momento, e eu me pergunto se é para decidir o quanto vai me contar.

— O que você sabe sobre esclerose múltipla?

— Sei que é uma doença neurológica, mas que se desenvolve de forma diferente em cada pessoa.

Ela assente.

— A esclerose múltipla é uma doença degenerativa do sistema nervoso. Pode causar muitos sintomas diferentes, que podem continuar ou piorar conforme a doença progride. Fadiga, dificuldade de locomoção, mudanças nas funções cerebrais, diminuição da visão, depressão, mudança de humor. Não tem cura, pelo menos não por enquanto. Só cuidados paliativos, que nos ajudam a nos preparar para o que vem depois, no estágio final.

— Você sente dor?

— Tenho espasmos musculares e nevralgia. Tomo antidepressivos para as dores. Odeio tomar remédio, não costumava nem tomar analgésicos para dores de cabeça. E faço fisioterapia para os espasmos.

— Você recebeu o diagnóstico nove anos atrás — digo, olhando para o cachorro e lembrando como a idade dele representava a época do diagnóstico.

— Isso. E você tem razão, a esclerose é diferente para cada pessoa, Holly. Uma pessoa pode ficar estável por longos períodos. Eu estava convencida de que ficaria bem, mesmo depois do diagnóstico, que conseguiria lidar com tudo, que a minha vida não mudaria, mas aí a doença avança e volta com força total. A bengala me ajuda por enquanto, mas já temos isso aqui à espera.

Olhei para a cadeira de rodas dobrada perto da porta.

Estendo a mão e seguro a dela.

— Sinto muito por termos perdido tempo, Joy, mas estou aqui agora. O que posso fazer por você? Como posso ajudar?

— Ah, Holly, você estar aqui é um presente para todos nós. Você nos deu uma força nova, um objetivo. Passar algum tempo com cada membro do clube, ouvindo e guiando a gente, é o presente mais precioso que poderia oferecer, e não seria humana se não precisasse de tempo para pensar sobre isso. Acho que não tínhamos a noção de como pedir para você se envolver mudaria a sua vida. Espero que a gente não tenha atrapalhado muito — diz ela, franzindo a testa.

— Todos os meus problemas são culpa minha. — Meu sorriso fica tenso, pensando em Gabriel.

— Angela era uma mulher muito resiliente. Ela tinha certeza de que conseguiria qualquer coisa que quisesse, e trazer você para o clube era uma missão a que ela se dedicou com empenho. Só espero não ter seguido os passos dela de forma muito egoísta.

Eu concordo, lembrando como Angela apertara o meu braço com força na loja, os olhos fixos nos meus ao exigir que eu continuasse a contar a minha história como se a sua vida dependesse disso.

— A última coisa que você precisa é se preocupar com a minha vida — digo, animada. — Então o mais importante é: já decidiu o que vai escrever nas suas cartas?

— Eu penso nisso o tempo todo, mas não consigo chegar a uma conclusão. Os meninos vão ficar bem, têm esposas e famílias. Minha principal preocupação é Joe. Estou tensa por causa dele. O homem vai se perder.

Penso nele remexendo a cozinha no dia em que o conheci, tentando encontrar itens simples, levando uma vassourada na cabeça ao buscar o leite. Tento imaginar o seu lar sem a esposa no comando; apesar de viver aqui por anos, para ele a casa vai parecer outro planeta, cheio de compartimentos misteriosos.

— Percebi que ele é um pouco perdido em questões domésticas — comento, da forma mais educada que consigo.

Joy me surpreende ao cair na risada.

— Você já percebeu, mesmo no pouco tempo que passou aqui. As crianças sempre o aborrecem com isso, mas a culpa de ele ser "perdido em questões domésticas" é minha. Com certeza nós devemos parecer muito antiquados para você — diz ela com um sorriso. — Meus filhos fazem tudo em casa e com as crianças. Mas Joe e eu sempre gostamos das coisas assim. Enquanto ele trabalhava, este era o meu território. Nunca fui muito boa em dividir. Eu lavo e passo as roupas, faço o jantar e as compras, cozinho. Nunca deixava ele fazer nada, e ele nunca nem tentou, porque também não tinha interesse. Depois que se aposentou, ele vive me atrapalhando. A intenção é boa, mas demora um século para achar qualquer coisa. — Ela segura o meu braço e se aproxima com ares de conspiração. — Não conte a ele, mas, às vezes, quando estou sentindo muita dor e não estou mais aguentando, peço para ele pegar coisas que sei que não vai encontrar só para poder ter um pouco de paz, sem ele por perto me perturbando. Que Deus me perdoe.

Nós duas rimos, uma dupla clandestina.

Ela fica pensativa.

— Tenho pensado no que você falou sobre as cartas do Gerry, sobre elas não serem lembretes da morte dele, mas como a ajudaram. Quero dar um impulso para Joe depois que eu morrer. Não somos dos mais sentimentais. Não acho que cartinhas de amor melosas serão o que ele quer. Tentei escrever dessa forma... — Ela estremece. — Mas não é o nosso estilo. É capaz de ele achar que perdi a cabeça. Quero que ele leia as cartas e sinta que sou eu falando. Mas não tenho talento para escrever, Holly. — Ela balança a cabeça. — Não tenho imaginação para isso.

— Gerry também não era escritor, pode acreditar, mas ele pensou bem. Ele me conhecia, me compreendia, e você só precisa disso. Acho que a melhor forma é imaginar a vida de Joe da perspectiva dele, então tentar decifrar que tipo de gesto ou palavras de conforto poderiam tornar esse momento um pouco mais fácil. Vamos pensar em algo, não se preocupe — digo, divagando.

Eu me lembro de como me sentia inútil após a morte de Gerry, quando o aquecedor quebrou ou uma lâmpada queimava. Não é que eu seja incapaz, mas todo mundo tem as próprias tarefas em uma casa. Nós encontramos o nosso nicho e ficamos lá, muitas vezes, na correria da vida, sem perceber qual o papel do outro, o que ele faz. No nosso caso, eu sempre achava que trabalhava mais que ele, a mesma briga interna sem parar. Foi apenas quando Gerry se foi que percebi as falhas, as outras tarefas que eu nunca tinha feito e não sabia como fazer. Os telefones que não conhecia, os códigos, as contas. Coisinhas normais e mundanas, atos cotidianos que ajudam o fluxo da vida. A conta na dedetizadora. A senha da TV a cabo. O telefone de um encanador. Cada um tinha o seu papel, e o de Joy está mudando bastante, o que vai afetar Joe. Eu me ergo com uma onda de inspiração.

— E se as suas cartas fossem simples, mas eficientes guias para Joe? Um mapa de tudo na cozinha. Uma lista do que tem na despensa. Onde fica o ferro e como passar uma camisa social.

Seus olhos se iluminam.

— Qual é a comida preferida dele?

— Minha torta de carne.

Minha. No controle da casa. Sua casa, sua cozinha, seu lugar. Sem lugar para Joe.

— Que tal uma receita e as instruções para ele fazer a torta? Um caderno de recortes para ajudá-lo a superar esse inferno doméstico sem você.

— Gostei! — exclama ela, batendo palmas. — É exatamente de que ele precisa, e também é engraçado. Ele vai dar boas risadas e vai ser orientado. Holly, é perfeito!

— Acho que eu teria gostado de receber algumas cartas menos tocantes de Gerry e mais instruções práticas sobre a vida cotidiana — digo, sorrindo. — O caderninho da Joy... Um guia de Joy para Joe?

Ela pensa, os olhos brilhando, gostando desse exercício mental.

— Segredos da Joy — diz, enfim.

— Segredos da Joy — repito. — Pronto.

Começamos a fazer uma lista das ideias para o caderno. Joy começa a escrever, mas a mão sofre um espasmo e ela larga a caneta. Enquanto ela massageia o pulso, eu sigo anotando.

Ando pela cozinha, abrindo armários e tirando fotografias do que tem dentro, enquanto ela fica sentada à mesa em silêncio, me observando e apontando detalhes, oferecendo dicas, truques, segredos. É bem ciumenta com a casa, tudo tem um lugar e um motivo para estar ali. Se não há espaço, vai para o lixo. Nenhuma bagunça, todos os rótulos alinhados e para a frente. Não estamos fazendo nenhuma mágica com a ideia do caderno de Joy, mas é algo único para a vida dela. Assim como cada relacionamento e casamento é diferente, a representação de dois indivíduos juntos, o caderno de Joy representa a união e deve ser respeitado.

Enquanto vou de um lado para outro anotando tudo, me pergunto se Gerry fez a mesma coisa quando pensava nas minhas cartas. Será que ele me observou e tentou entender de que eu precisava? Será que passou o tempo todo pensando nessa lista, gostando do segredo, enquanto eu não fazia ideia do que se passava na cabeça dele? Gosto de pensar que isso o acalmava, que, nos seus momentos de dor e desconforto, ele conseguia se distrair e ir para outro lugar, escapar para esse espaço de prazer com um plano secreto.

Percebo que Joy está em silêncio faz algum tempo, então paro de catalogar a cozinha e me viro para ver se está tudo bem.

— Posso pedir mais um favor para você? — diz ela quando nos olhamos.

— Claro que sim.

Ela enfia a mão no bolso do casaco e pega um envelope dobrado.

— Tenho uma lista de compras. Será que poderia me ajudar? O dinheiro está todo aí. — Seus dedos seguram o envelope com mais força por um segundo. — Perdão por ter que pedir isso. É demais. Meus filhos, as esposas e os nossos netos. Temos uma tradição no Natal. Eu e Joe ficamos ao lado da árvore e todos se reúnem. Joe tira um nome do chapéu do Papai Noel, anuncia o nome sorteado e entrega o presente. — Joy fecha os olhos por um momento, como se visualizando a cena. — Os meninos amam. Não quero que isso deixe de acontecer esse ano. Joe não sabe do que eles gostam.

Ela abre os olhos e, com a mão trêmula, me estende o envelope. Puxo uma cadeira da cozinha e me sento ao lado dela.

— Joy, ainda faltam seis meses para o Natal.

— Eu sei. Não estou dizendo que não vou estar aqui, mas não sei qual vai ser o meu estado de saúde. Dizem que o meu cérebro vai se deteriorar tanto que vou esquecer como se engole. — Ela ergue a mão e aperta a garganta, como se imaginasse aquilo. — Os tratamentos paliativos me preparam para o fim, mas, se estou planejando um futuro com tubos de alimentação, preciso me preparar não só para me alimentar, mas também para continuar alimentando minha família.

Olho para o envelope grosso.

— Sei que é pedir muito, mas se você também puder embrulhar e colocar as etiquetas nos presentes, gostaria de escondê-los no sótão para Joe encontrar quando for buscar as decorações de Natal. Faz parte dos Segredos da Joy — diz ela feliz demais, tentando fazer parecer que aquilo é fácil quando não é, quando, na verdade, é muito difícil. Talvez ela esteja tentando esconder a tristeza abaixo da superfície ou talvez esteja mesmo pronta. Estou descobrindo esse desejo enquanto ela já está pensando nisso faz tempo, já imaginou de mil formas diferentes o momento em que Joe encontra as caixas. Talvez ela esteja fingindo animação por minha causa.

— Tá bom — digo. Suspiro e solto um pigarro. — Mas vamos fazer um acordo, Joy: se conseguir entregar os presentes para todo mundo você mesma, eles vão descer antes de Joe descobri-los sozinho.

— Combinado. — Ela assente. — Sei que é pedir muito, e fico grata, Holly — diz ela segurando a minha mão. — Espero que não seja demais.

É demais. Tudo isso é demais. É demais o tempo todo. E então de repente não é mais. Depende da versão minha que despertou hoje.

— Posso perguntar uma coisa? — Olho para ela em busca de aprovação antes de continuar. — Por que está fazendo isso?

Joy parece confusa.

— Eu sei por quê, mas quero entender o motivo. É porque tem medo de ser esquecida? É porque não quer sentir que foi excluída? É porque não quer que eles sintam a sua falta? — Respiro fundo. — É mais por você ou por eles? Um amigo meu quer saber.

Ela sorri, compreensiva.

— É por tudo isso. Tudo isso e mais. Posso me preparar pelo que vem pela frente, mas não posso abrir mão de qualquer coisa antes que o pior aconteça. Não posso desistir sem mais nem menos. Sou mãe e sempre pensei no futuro das crianças. E mesmo que agora os meus filhos também tenham os próprios filhos, não vou parar de planejar. Quero que sintam que estou aqui com eles, e acho que é por isso que não vou desistir. Não vou me render. É a única coisa sobre a qual tenho controle agora. Não sei quando vai ser o meu último dia com qualidade de vida ou mesmo o meu último dia, mas vou me certificar de permanecer aqui além do que o corpo aguenta. Quero viver e estou tentando de tudo: remédios, tratamentos, cuidados, e agora cartas e listas. Posso ter perdido o controle do meu corpo, mas posso controlar o que acontece na minha vida, e como ela pode ser para os que estiverem aqui depois que eu me for. Será a minha última vitória.

Enquanto estou indo para casa, penso nas palavras de Joy.

Última vitória.

A morte não pode vencer. A vida continua.

A vida tem raízes, e, como uma árvore lutando para sobreviver, suas raízes se espalham em busca de água, com o poder de mover fundações e arrancar o que estiver no caminho. Seu alcance é infinito; a presença delas tem um efeito duradouro, não importa como. Você pode derrubar uma árvore, mas não pode matar o que ela criou e toda a vida que surgiu a partir dela.

Para a maioria das pessoas, a morte é o inimigo, algo a ser temido. Não a vemos como algo plácido ou feliz. É o destino inevitável que tememos e fazemos o máximo para evitar, minimizando os riscos, seguindo regras de saúde e segurança, e fazendo todo tipo de tratamento médico que possa nos salvar. Não olhe a morte nos olhos, não deixe que ela o veja, não deixe que ela perceba a sua presença; mantenha a cabeça baixa e os olhos fixos no chão; não me escolha, não me escolha. Pelas leis da natureza, a necessidade de torcer para a vida vencer está no nosso DNA.

Por muito tempo durante a doença de Gerry, a morte era a inimiga, mas, como em geral acontece com quem precisa lidar com um ente querido com uma doença terminal, chegou um momento em que a minha atitude mudou, e a morte se tornou a única coisa que poderia oferecer paz, que poderia interromper o sofrimento dele. Quando não há mais esperança de cura e o inevitável é de fato inevitável, há momentos durante as longas noites passadas ouvindo a respiração entrecortada em que a morte é bem-vinda. Acabe com esse sofrimento, guie, ajude, seja gentil e seja cuidadosa.

Embora Gerry fosse jovem demais para morrer e tenha feito o máximo que pôde para lutar contra isso, quando precisou, ele se voltou para a morte, viu-a como uma amiga e foi com ela. E fiquei aliviada, grata por ela ter livrado o meu marido daquele sofrimento. De uma forma estranha e incrível, aquilo que você mais evitou e temeu está bem na sua frente, banhada pela luz. A morte se torna a nossa salvadora.

Vida é luz, morte é escuridão, morte é luz de novo. O círculo se completa.

A morte está sempre conosco, é nossa companheira constante, uma parceira da vida, nos observando dos bastidores. Enquanto vivemos, também morremos; cada segundo que se passa vivendo é um segundo mais próximo do fim. O equilíbrio inevitavelmente muda. A morte está ao alcance das mãos o tempo todo; nós escolhemos nos afastar e ela escolhe não nos levar.

A morte não nos empurra, ela nos pega quando caímos.

CAPÍTULO 21

— Estou pensando em contratar voluntários — diz Ciara do outro lado da loja.

— Por quê?

— Para ajudar. Talvez a gente precise de mais segurança, várias coisas estão sumindo nos últimos tempos. A gente não consegue ficar de olho em tudo e não posso pagar por uma pessoa. Os outros sempre falam que querem ajudar, sabem que parte dos lucros vai para a caridade. E me ajudaria quando você tiver consultas no médico ou quando eu precisar sair com Matthew atrás de doações.

Uma cliente no balcão pega uma carteira de uma bandeja de descontos: os itens estão quebrados ou em uma condição ruim, então não podemos cobrar o preço cheio, mas, ainda assim, são legais demais para serem jogados no lixo. Ela vira a carteira de um lado para outro.

— É couro de verdade? — pergunta a cliente.

— Acho que sim.

— Por dois euros?

— Sim, tudo na bandeja custa dois euros — respondo, distraída, me virando para minha irmã. — Tentei marcar as consultas no hospital para segunda, Ciara, mas eles insistiram na sexta, desculpa.

— Eu sei, não estou culpando você. Só acho que seria uma ajuda para nós. Alguém para ficar de olho nas coisas, dar uma mãozinha.

— Vou levar — diz a cliente, contente.

Pego a moeda e dou a nota fiscal a ela. A mulher sai da loja.

— E você está um pouco… distraída com essa história de não ir morar com Gabriel, ou, na verdade, *sem falar* com Gabriel, não vender a casa, ajudar o clube, e… Meu Deus, tenho que me sentar, só de pensar na sua vida já fico estressada.

— Não estou distraída, Ciara — retruco, irritada. — Está tudo sob controle.

— Ah, isso com certeza — resmunga ela.

O sino da porta soa quando outra cliente entra. Ela se aproxima do caixa, nervosa.

— Oi, passei aqui faz uns quinze minutos e acho que esqueci a minha carteira no balcão.

Arregalo os olhos.

Ciara me encara de forma assustadora.

— Vai. Pega de volta — sussurra ela.

— Já volto — digo educadamente, mas em pânico. Pego as minhas muletas e saio aos tropeços da loja. Olho de um lado para o outro, vejo a mulher que comprou a carteira virar a esquina e grito atrás dela.

Naquela noite, Ginika se senta à minha mesa de jantar para a nossa aula. Ela cumpriu a promessa e mergulhou na missão de aprender a ler e a escrever, e disse que gostaria de ter aulas todos os dias. Embora seja impossível para mim vê-la diariamente, ela nunca cansa de pedir, e a sua energia e o seu desejo em aprender me inspiram. Ela me diz que pratica durante a soneca de Jewel, à noite, depois que a bebê dorme, enquanto está esperando o tratamento no hospital. Mal assistiu à televisão nessas duas semanas, e quando o fez, foi com legendas. Preciso acompanhar a sua força e a sua determinação.

Jewel está no joelho esquerdo de Ginika, o mais longe possível da mesa, brincando com o mordedor quando não tenta tirar da mãe o lápis, o usurpador de atenção. A bebê aprendeu a odiar os papéis e as canetas e sabe que, ao destruí-los, recebe a atenção das duas mulheres, que param o trabalho para brigar com ela.

Ginika está aprendendo os fonemas do A, com imagens. Logo me dei conta de que a sua habilidade de leitura ficou mais rápida quando acompanhada de um componente visual. A mente dela prefere aprender com imagens, não palavras, mas juntas essas técnicas se complementam. Tudo que Ginika precisava era de outra forma de aprender, e mais tempo. Sempre mais tempo.

Temos quatro palavras no livro, e ela precisa identificar qual não tem o A e circulá-la. As opções são CASA, PALHAÇO, ÁGUA e QUEIJO. Queijo está escrito em amarelo, com furos nas letras, o "o" de palhaço parece um nariz vermelho. A palavra "casa" me deixa nervosa. Ainda não liguei para a imobiliária pedindo para interromper as visitas. Depois de esperar tanto para colocar a casa no mercado, estou levando o mesmo tempo para tirá-la. Fazer isso exigiria uma concentração na minha vida pessoal da qual sou incapaz no momento. Meus olhos se enchem de lágrimas, e desvio o olhar, piscando sem parar para segurar o choro. Quando consigo me controlar, volto para o trabalho de Ginika.

Ela e Jewel estão me encarando.

— Muito bem! — digo, alegre, e viro a página.

Ginika olha de novo para a parede toda esburacada onde ficava a foto de casamento. Ela ainda não perguntou sobre isso, mas sei que logo vai. A garota não se segura, sempre diz o que pensa, aparentemente sem se importar como vai fazer o seu interlocutor se sentir com isso. Ela parece pensar que medir palavras é coisa de gente falsa. Eu digo que se chama ter educação.

— O que aconteceu? — pergunta ela por fim.

— Caiu.

Ela ergue uma sobrancelha, sem acreditar em mim.

— Como é a família adotiva? — pergunto, segurando o pé de Jewel.

Ginika solta um gemido e se move na cadeira.

— Uma mulher chamada Betty pega ela quando tenho consulta ou preciso fazer tratamento. Ela tem três filhos e sotaque do interior. Não quero que Jewel tenha sotaque caipira.

Sorrio.

— Você não tem certeza sobre eles?

Ela dá de ombros.

— Com certeza ninguém vai ser bom o suficiente para você.

— Mas tem que ser. Alguém precisa ser bom o bastante. Não vou embora até encontrar.

A campainha toca. Não estou esperando ninguém e não tenho o tipo de vizinhos que apareceriam do nada. Espero que não seja Gabriel. Evitei as ligações dele, não porque estou sendo dramática, mas porque estou tentando entender como me sinto. Às vezes, acho que a minha mente é uma placa de Petri de informações acumuladas, todas misturadas, e se eu deixar que elas cozinhem juntas por tempo o bastante posso descobrir que, no fim, não estou incomodada com nada, apesar que deveria incomodar. Estou esperando isso acontecer. Mas não quero ter essa conversa com ele agora, sobretudo não na frente de Ginika. Também não quero descobrir a reação dele quando descobrir que não estou apenas ajudando as pessoas a escrever as cartas, mas também estou ajudando alguém a aprender a escrever. Ajudar é uma coisa, outra é deixar isso dominar a sua vida. E é a parte de "dominar" que seria debatida, que *é* todo o debate.

Abro a porta e encontro Denise, segurando uma bolsa envolta por uma capa.

— Oi — cantarola ela. — Queria devolver a carteira que você me emprestou.

Ela me entrega a bolsa e entra.

Olho o embrulho.

— No ano passado?

— E eu estou sendo boazinha — diz ela, indo direto para a sala. — Ia ficar com ela para mim. Ah, oi — comenta, ao ver Ginika e Jewel. — Desculpa, não sabia que você tinha visita.

— Você não perguntou. Denise, essa é a Ginika. Ginika é... — Olho para ela, pedindo permissão, e ela assente. — Ela é uma das pessoas do Clube P.S. Eu te amo.

Denise consegue ocultar a tristeza inevitável que deve sentir ao ouvir isso. Ela abre um sorriso gentil.

— Oi, Ginika, prazer. — Ela se aproxima e se abaixa para falar com Jewel. — E quem é essa lindeza? Oi, gatinha! — Ela faz vários barulhinhos fofos, e Jewel sorri, oferecendo o mordedor para Denise.

— Ah, muito obrigada! — Denise aceita e finge mastigar o brinquedo de plástico. — *Nham nham nham!*

Jewel cai na risada.

— Aqui, obrigada. — Ela devolve o mordedor para Jewel, que pega, baba tudo e devolve para Denise. Denise repete o gesto. Isso acontece mais algumas vezes.

— Você é a Denise que precisou ser resgatada no mar durante as férias em Lanzarote?

Minha amiga abre um sorriso largo e joga o cabelo para trás.

— Ah, sim, eu mesma. Estava de topless, com um fio-dental de oncinha. Foi o ponto alto da minha vida.

— Acho que deixei esse detalhe de fora no podcast.

— Você pulou a melhor parte.

Ginika sorri, o que é raro.

— Denise...

— Conta mais da noite de karaokê — pede Ginika. — Foi mesmo tão ruim quanto Holly contou?

— Ruim? Foi pior, porque eu tive que ouvir. Holly é a pessoa mais desafinada do mundo.

— Chega disso. — Eu bato palmas, tentando chamar a atenção das duas. A única pessoa que percebe é Jewel, que bate palma junto. É o seu novo esporte favorito. — Sinto muito por interromper a sessão fofoca, mas estamos no meio de algo importante aqui, Denise, e Ginika precisa ir embora em uma hora.

Denise olha o relógio.

— Ah, tudo bem. Eu posso esperar. Quer que eu faça chá ou café para vocês? Café para você, sua danadinha? — pergunta ela para Jewel, fazendo cosquinhas. A bebê morre de rir. — Quer que eu cuide dela enquanto as duas trabalham?

Ela olha os papéis na mesa.

— Ah, não — diz Ginika, segurando a cintura da filha com mais força. — Ela não fica com ninguém além de mim.

— Pode acreditar — digo, concordando. — Jewel é toda sorrisos agora, mas, assim que você tirar ela do colo, a bebê enlouquece.

— Ah, não acredito nisso — diz Denise, se abaixando de novo.

— Você quer vir com a Denise? Vir com a Dedé? A Jewel quer brincar com a Dedé?

— Dedé? — pergunto, achando graça.

— Não, é sério, não precisa — diz Ginika, tirando Jewel de perto.

— Tem certeza? — pergunto para Ginika e dou uma piscadela. — A Denise ama crianças.

Só tem um jeito de fazer Denise calar a boca, e é deixar que ela tenha a experiência de enfrentar Jewel.

— Hum... Tá bom — diz Ginika, soltando a filha.

— Oba! — diz Denise, erguendo os braços e comemorando. Jewel ri. — Oba, Dedé!

Jewel ergue os braços também, acertando o mordedor em cheio na cara de Ginika. Então ela abaixa os braços.

— Vem com a Dedé.

Jewel estende os braços e se joga no colo de Denise, mas, assim que percebe o que aconteceu, ela olha para a mãe, confusa. Franzindo a testa, abrindo as narinas, demonstra todo o horror por tudo e qualquer coisa que não seja a mãe. Os sons irritados começam. Denise fica de pé. Jewel começa a chutar sem parar. As meias mal conseguem se segurar nos pezinhos.

— Olha só, olha a mamãe ali. A mamãe tá ali!

Os sons de irritação param, mas Jewel ainda faz cara feia. Ela não sabe bem o que está acontecendo, mas tem quase certeza de que não está gostando. Quase.

— Oi, mamãe! — Denise acena e encoraja Jewel a acenar também. A bebê balança a mãozinha.

Denise começa a andar em torno da mesa de jantar. Aí vai para a sala de estar. Mas assim que chega à cozinha e sai do campo de visão de Ginika, os gritos de filme de terror recomeçam. Ginika se levanta.

— Deixa elas duas um pouquinho — digo. — A Denise vai cuidar disso. — A garota fica nervosa, mas eu insisto. — Vamos terminar a seção de hoje.

Os gritos, berros, a histeria enlouquecedora ecoam pela casa, misturando-se à voz gentil de Denise, que conversa com Jewel e canta para ela, e percebo que Ginika mal consegue se concentrar no que estou dizendo ou no livro à sua frente. Mas continuo, decidida a atravessar a barreira de som, torcendo para que a gente consiga.

Digo algumas palavras e Ginika as escreve.

— Onde você e Gerry foram na lua de mel? — pergunta Ginika de repente.

— Acho que é melhor a gente se concentrar na lição, Ginika — retruco, mas ela se recusa. Tirei o bebê dela e, agora, ela está irritada pela perda do controle. Eu pressiono. Ela resiste.

— Você disse no podcast que Gerry mandou você e as amigas para Lanzarote porque era para onde vocês iam na lua de mel.

— É.

Ela baixa o lápis.

— Então por que não foram? Para onde foram, afinal?

— Outro lugar — respondo, estendendo o lápis para ela.

Ela me encara com um olhar estranho, descontente com a minha resposta. Aqui está ela, completamente vulnerável, e eu me recuso a responder às suas perguntas. Suspiro e estou prestes a explicar quando Ginika ergue a mão para me impedir. Ela inclina a cabeça, ouvindo.

— Qual o problema?

— Não estou ouvindo nada.

Levo um segundo para perceber que Jewel parou de chorar. Na verdade, faz alguns minutos que a casa está silenciosa. Ginika fica de pé de uma vez.

— Está tudo bem, Ginika, tenho certeza de que ela está bem — digo, tentando segurá-la, mas ela se afasta depressa da mesa, atravessa a cozinha e sobe as escadas. Eu a sigo, me apoiando no corrimão e pulando atrás dela o mais rápido que consigo. Ginika não me espera e sobe correndo. Quando chego, ela está parada na porta do quartinho de visitas, bloqueando a minha visão. Sem fôlego, me abaixo para olhar. Denise está sentada na cama, as costas na cabeceira, as pernas esticadas, olhando pela janela, enquanto Jewel dorme tranquila no seu peito, coberta por uma manta. O quarto está escuro, iluminado somente pelos postes do lado de fora. Denise olha para a gente, confusa por estarmos encarando-a.

— Desculpa — sussurra. — Não era para ela dormir? Está tarde, ela parecia cansada.

Ela olha para Ginika e depois para mim, preocupada por ter chateado a mãe da bebê.

— Isso é maravilhoso! — digo, sorrindo. — É perfeito, Denise! Ótimo trabalho.

Tento levar Ginika de volta para a sala, mas ela não se mexe. Na verdade, não parece estar nem um pouco satisfeita.

— Precisamos ir — diz Ginika, alto, fazendo Jewel despertar.

— O quê? Por quê? — sussurro. — A gente vai conseguir produzir bem mais agora.

— Não — responde Ginika, nervosa, e pega Jewel. — Temos que ir.

Ela tira a bebê de Denise e sai do quarto.

CAPÍTULO 22

Apesar da situação constrangedora, de Ginika tirar Jewel dos braços de Denise e declarar que estava indo embora, Denise se oferece para levá-las em casa e Ginika aceita. Pode ser por dois motivos: para marcar ainda mais a sua autoridade como mãe ou porque ela se sente mal de me afastar de novo. Sozinha, confusa, me sento no sofá em silêncio. A pergunta de Ginika sobre a minha lua de mel me faz pensar.

— Quero ir para um lugar relaxante, Gerry — digo, massageando a testa, enquanto ele abre outra revista de aventura. — Depois de organizar todo o casamento, depois da confusão da cerimônia, sinceramente, só quero ir para uma praia e ficar deitada lá o dia todo, tomando um drinque sem precisar me levantar para nada.

Ele me olha, entediado.

— Não quero ficar deitado em uma praia o dia inteiro, Holly. A gente pode fazer isso por alguns dias, mas não a viagem toda. Quero fazer alguma coisa. Quero ver o mundo.

— Olha, estamos vendo o mundo agora mesmo — digo, folheando a revista. — Aqui a Islândia. A Argentina, o Brasil... Olha, oi, Tailândia. Ah, oi, Everest, acho que não tem praia aí por perto, né?

— Eu não falei que quero escalar o Everest. — Ele fecha a revista com força, prendendo o meu dedo.

— Ai!

Gerry fica de pé e se afasta da mesa. Mas não tem muito para onde ir, estamos no nosso primeiro apartamento, um quarto e sala minúsculo. Estou sendo generosa ao descrever como um apartamento;

era quase uma quitinete. A parede do quarto não chega ao teto, só separa a área de estar do quarto. Gerry anda de um lado para outro no espaço apertado entre o sofá e a TV como um leão enjaulado. Percebo que ele está prestes a explodir.

— Por que você é tão preguiçosa, Holly?

— Oi?

— Você... é... preguiçosa — repete ele mais alto.

— Férias na praia não é preguiça, é relaxar. A questão é que você não sabe fazer isso.

— A gente já fez cinco viagens assim. Cinco hotéis diferentes, em cinco ilhas diferentes, e todos foram exatamente iguais. Não tem cultura nesses lugares!

Dou uma risada, o que só o irrita mais. Eu deveria deixar aquilo de lado, mas...

— Ah, sinto muito por não ser tão culta quanto você, Gerry. — Abro um guia de turismo. — Certo, vamos para a Etiópia, viver que nem os nômades e nos juntar à tribo local.

— Cala a boca! — rosna ele.

Espero até as veias de Gerry pararem de latejar no pescoço.

— Olha — falo calmamente. — Tem um lugar em Lanzarote. É um resort, tem praia, mas eles também fazem passeios de barco. Dá para ver golfinhos e baleias. Tem até um vulcão lá, você pode pegar um carro para visitar.

Ergo o folheto.

— Eu vi golfinhos e baleias quando tinha 10 anos — resmunga ele, mas pelo menos está mais calmo. — Se quer ver golfinhos e baleias, vou mostrar um lugar para você. — Ele pula por cima do sofá e procura entre as revistas na mesa da cozinha e tira uma que diz: "Aventuras no Alasca".

— Não ligo para golfinhos e baleias — reclamo. — Essa parte era para você. Não tem praia no Alasca.

Ele bate a revista com força na mesa. Dou um pulo de susto. Então ele pega a revista e joga de novo, dessa vez no chão de azulejos que está rachado e queimado pelos desastres culinários dos moradores anteriores. A revista faz um estrondo.

— Gerry.

— Vamos ver tudo que você não quer fazer e cortar da lista, então?

Ele joga outra revista no chão, ainda mais forte.

— Islândia? Chato, não é? Geleiras e fontes aquecidas são uma merda. Não tem praia. Peru. — Ele joga a próxima revista no chão. — Quem quer ver trilhas incas e o lago com a maior altitude do mundo? Você não. Cuba? Uma bosta. — Ele joga essa no chão também.

A cada *blam* eu penso no casal que mora no apartamento debaixo.

Ele joga mais alguns guias ao mesmo tempo no chão. Faz ainda mais barulho. O fogão treme com a vibração no piso.

— Agora sim! — Ele ergue o folheto de turismo como se fosse um troféu. — Duas semanas, bebendo e pegando sol, mil despedidas de solteiro, cercados de pessoas falando inglês e comendo hambúrguer e batata frita. Isso, sim, parece uma aventura.

Ele joga o folheto na mesa.

Eu fico observando ele, os olhos arregalados, o coração disparado com esse comportamento.

— Quero fazer alguma coisa diferente, Holly. Você precisa sair da sua zona de conforto. Ser mais corajosa, mais interessante! Abrir a mente!

Estou tão irritada com tudo no momento — as decisões do casamento, os convites, os RSVPs, os pagamentos, esse apartamento de merda, o próprio Gerry, o financiamento da casa nova — que nem tento segurar a língua. E por que eu deveria? Meu futuro marido acabou de me acusar de ser preguiçosa e entediante.

— Eu estou saindo da minha zona de conforto, Gerry. Vou me casar com um maluco.

— Ótimo — diz ele, se ajeitando.

Ele sai do apartamento e não o vejo por mais dois dias.

Ainda estou no sofá, perdida nos meus pensamentos, quando o celular toca e uma foto de Denise, de olhos arregalados e um profiterole de chocolate enfiado na boca, aparece na tela.

— O pacote foi entregue — diz ela misteriosamente.

— Obrigada, Dedé, eu agradeço. Espero que Ginika tenha agido de forma normal com você. Ela não fica confortável quando outra pessoa pega Jewel. Ela está começando a conversar com uma possível família adotiva e tem sido difícil, o que dá para entender.

— Ah, que Deus me perdoe, isso parte o meu coração. Mas ela parece animada com as aulas!

— Sério? Fico feliz, porque não tenho certeza de como estamos indo. Não tenho ideia do que estou fazendo. Estou seguindo os livros, mas gostaria de que ela tivesse um professor particular. Seria bem melhor para mim.

— Por que não ajuda Ginika a escrever as palavras da carta? Por que precisa ensinar tudo do zero?

— Porque é o que ela quer. Não quer que ninguém saiba o que está escrito na carta, e quer fazer isso sozinha.

— Então, para ela, o aprendizado é quase tão importante quanto a carta em si. Significa que ela tem controle sobre alguma coisa na vida, para variar. E se, quando chegar a hora, Ginika ainda não conseguir escrever a carta toda, você pode ajudar. Não ache que esse é o único objetivo aqui.

— Verdade.

Silêncio. Só o som da seta, indicando que ela está dirigindo.

— Denise?

— Oi?

— Você sabe por que Gerry mandou a gente para Lanzarote?

— Nossa. Você foi longe agora.

— Ginika me perguntou uma coisa que me fez pensar.

— Bom, deixa eu ver… — Ela pigarreia.

Foi a carta de julho. A quinta carta. Dizia apenas: *Aproveite as férias! P.S. Eu te amo…* Com instruções para ir a uma agência de turismo específica. Ele tinha reservado uma viagem para mim, Denise e Sharon, no dia 28 de novembro, uma época em que não deveria sair da cama. Ele combinou com o taxista para que o esperasse do lado de fora da agência. Barbara, a pessoa que o atendeu, me contou a história, sob pressão, mais de vinte vezes.

— Você não falou que era onde vocês iam passar a lua de mel? Que era tipo uma segunda lua de mel? Algo assim?

— Era onde eu queria ir durante a lua de mel.

— Isso. Bem legal.

Silêncio.

— E os golfinhos. A próxima carta era sobre ver golfinhos.

A carta de agosto. Ele me levou até um lugar em que dava para ver golfinhos da praia.

— Não lembro o motivo dessa, você sempre quis ver golfinhos?

— Não. Sabe, essa é a questão. Eu não queria ver golfinhos, ele que queria.

— Bom, você também não queria ir ao karaokê, até onde lembro.

— Não.

— Acho que a ideia de algumas das cartas era tirar você da sua zona de conforto.

A expressão me assusta.

Você precisa sair da sua zona de conforto, Holly! Ser mais corajosa, mais interessante! Abrir a mente!

Divido as preocupações que nunca contei para ninguém, questões que sempre ignorei até pouco tempo atrás, quando fui forçada a reexaminar as cartas de Gerry com o único propósito de guiar o Clube P.S. Eu te amo. O processo está me fazendo ver as cartas dele de uma forma diferente, de maneiras que só me deixam desconfortável.

— Você acha que aquela carta em especial, aquela viagem, foi tipo um "foda-se"?

Por que golfinhos?

— Como assim?

— Tipo um "lembra aquela vez que você não queria fazer o que eu queria"?

— Holly. Você fez um safári na África do Sul com ele. Ficou em um hotel que tinha girafas. Você deixou ele ver muita coisa. No final, ele conseguiu a lua de mel que queria.

— No final.

Silêncio.

— Então, não, não acho que foi um "foda-se". Não era o estilo do Gerry. Não o Gerry que eu conheci, pelo menos. E não era o lugar que *você* queria ir? Acho que foi um presente. Por que está pensando nisso depois de tanto tempo?

Nós duas ficamos em silêncio. Me dou conta de que o motor do carro dela está desligado e não há barulho de fundo. Fico de pé e vou para a janela. Vejo Denise sentada no carro, do lado de fora da minha casa. A luz interna está ligada, então consigo enxergá-la.

— Acho — diz ela, depois de uma longa pausa — que, talvez, ele estivesse oferecendo um acordo. Talvez tenha se dado conta de que forçou você a fazer uma coisa que não queria e se sentiu culpado. Ou talvez não se tenha se sentido culpado, mas queria ter uma segunda chance.

Apoio a testa na janela fria.

— Denise, por que você está parada do lado de fora da minha casa?

Ela ergue os olhos e me vê na janela.

— Hum, que detetivezinha bizarra.

— Eu estou bem, sabe? Não precisa se preocupar comigo.

— Eu sei, Holly, mas a gente precisa mesmo lembrá-la de que nem tudo gira em torno de você? — Ela sai do carro com uma bolsa de viagem nas mãos. Atravessando o jardim, minha amiga olha para mim enquanto fala no telefone. — Eu me separei do Tom. Posso ficar aqui hoje?

Corro para abrir a porta. Seus olhos estão cheios de lágrimas, e eu a abraço.

— Por outro lado — diz ela, a voz trêmula —, a vida é estranha. Talvez Gerry tivesse um lado sombrio que a gente nunca conheceu, e estava sacaneando você do pós-vida.

Eu a abraço com força.

Gerry e eu nos movíamos em velocidades diferentes. Eu, devagar e inconsistente, para todas as direções ao mesmo tempo, alguns passos à frente, outros para trás; ele, determinado, rápido, curioso, concentrado. Na maior parte do tempo, eu queria que ele reduzisse a velocidade, aproveitasse os momentos, em vez de atravessar tudo às pressas com tanta energia. Ele achava que eu era preguiçosa e que só desperdiçava tempo. Éramos o equivalente de bater na cabeça e esfregar a barriga ao mesmo tempo. Um enigma, uma interferência dupla em forma de relacionamento.

Eu me pergunto se o corpo dele sempre soube o que não sabíamos: que ele tinha menos tempo do que a maioria das pessoas, que ele não tinha o mesmo tempo que eu. Seu ritmo estava de acordo com o seu tempo. Ele precisava se aventurar porque não chegaria aos 30. Meu corpo tinha mais tempo e não teve motivo para acelerar, para se tornar curioso e aventureiro. Quando isso aconteceu, ele já tinha partido. Talvez tenha sido a sua partida que causou isso.

Eu me pergunto se ele ficava frustrado por ficar parado comigo enquanto seu relógio interno acelerava e o estimulava a seguir em frente. Eu me pergunto se eu o atrasei. Eu me pergunto se, caso ele tivesse conhecido outra pessoa, teria vivido uma vida mais interessante, divertida, recompensadora. Eu me pergunto, eu me pergunto tantas coisas assustadoras como forma de punição, mas o meu coração sempre responde. O meu coração me dá a resposta com confiança, firme na certeza de que a gente podia ter ritmos diferentes, mas que sempre estava na mesma sintonia.

CAPÍTULO 23

A garrafa de vinho está aberta. Estou sentada no sofá com Denise, nossos pés embolados, uma de frente para a outra. A taça de Denise treme ao tocar os lábios.

— Começa do começo, sem esquecer nada. Por que decidiu se separar do Tom? — As palavras parecem estranhas.

O reservatório dentro de Denise explode, e ela vai de estar sob controle para desespero completo em um segundo. Procuro deixar que ela chore, mas sou impaciente demais e quero respostas.

— Ele teve um caso?

— Não. — Ela dá uma risada fraca, secando os olhos.

— Ele bateu em você? Machucou você?

— Não, não, nada disso.

— Você bateu nele?

— Não!

Procuro a caixa de lenços mas não encontro, então volto do banheiro com um rolo de papel higiênico. Ela se acalmou um pouco, mas a voz está tão trêmula e fraca que tenho que me concentrar para compreender as palavras.

— Ele quer muito ter um bebê — diz ela. — Cinco anos, Holly. Estamos tentando faz cinco anos. Gastamos todo o nosso dinheiro nisso, não temos mais nada, e, ainda assim, não consigo dar um filho para ele.

— São necessárias duas pessoas para fazer um bebê. Não é culpa sua.

— É culpa minha.

Nunca discutimos esse assunto antes. Nunca perguntei, não é da conta de ninguém, só deles.

— Se eu sair do caminho, ele pode conhecer outra pessoa e ter o resto da vida para aproveitar como bem quiser. Estou impedindo o Tom de realizar o seu sonho.

Fico olhando para ela de boca aberta.

— Essa é a coisa mais ridícula que já ouvi.

— Não é — responde ela, virando para a frente e cruzando as pernas. Ela se justifica para a lareira, não para mim. — Você não sabe como é. Todo mês ele ficava tão animado. Você não tem ideia. Decepção atrás de decepção. Então, toda consulta, toda reunião, toda vez que a gente ia começar a inseminação de novo, ele acreditava que agora seria a vez, e nunca era. E nunca vai ser.

— Ainda pode acontecer — digo com gentileza.

— Não — retruca ela, firme. — Porque não vou mais tentar. Estou exausta. — Ela seca os olhos com uma expressão determinada. — Eu sei que Tom me ama, mas também sei que ele quer isso e que não vai poder ter comigo.

— Então, você acha que partindo o coração dele e pedindo o divórcio, você, na verdade, está facilitando a vida do Tom?

Ela funga em resposta.

— Ele quer ficar com você, Denise.

— Eu sei que ele me ama, mas, às vezes, isso não é suficiente. Nos últimos sete anos desde que a gente se casou, ficamos obcecados com a ideia de ter um bebê. É só disso que falamos. Guardamos dinheiro e planejamos, planejamos e guardamos dinheiro, tudo para ter um filho. Não tem mais nada. E agora não vai ter bebê nenhum. Então que merda a gente é? Se deixarmos para lá, eu sei o que não vou ser. Não vou ser a esposa que não conseguiu ter filhos, e ele não vai ser o marido fiel que aceitou o menos pior. Faz sentido?

— Sim — concordo, por fim. — Mas é errado.

Bebemos em silêncio. Dou golinhos, procurando alguma palavra de sabedoria, algo que em um estalar de dedos vá fazê-la mudar de ideia. Denise toma um grande gole de vinho.

— Já recebeu alguma oferta pela casa? — pergunta ela, mudando de assunto, e vira a taça.

— Não.

— Não entendo por que você não vai morar com o Gabriel logo, enquanto a casa está para vender.

— Eu não vou morar com ele.

Denise arregala os olhos.

— Mudou de ideia?

— A filha dele vai morar com ele, e Gabriel quer esperar até ela se acomodar antes de darmos o próximo passo. E, antes que pergunte, ele acha que essa *transição* pode levar até dois anos.

— Mas que merda! — exclama ela, vinho voando dos seus lábios direto no meu olho. — Desculpe — diz enquanto eu me limpo. Ela me encara, sem acreditar. — Ele está tentando terminar com você?

— Ele falou que não, mas sinto que o futuro é incerto.

Bebo um gole caprichado.

— Mas foi ele quem pediu para você ir para lá.

— Eu sei.

— Ele está insistindo nisso faz meses.

— Eu sei.

— Não faz sentido!

— Eu sei.

Ela estreita os olhos e me encara com desconfiança.

— Isso tem alguma coisa a ver com o clube?

Suspiro.

— Sim e não. Talvez. Provavelmente não ajudou, essa história toda acontecendo ao mesmo tempo.

Esfrego o rosto, cansada.

— Talvez você devesse tirar uma folga do clube, de repente isso não está sendo saudável para você.

— Não posso fazer isso, Denise. Eles estão contando comigo. Você acabou de conhecer a Ginika, o que ela ia fazer?

— Mas as coisas estavam tão bem antes de você se envolver com eles.

— Talvez o clube só tenha ajudado a colocar as coisas em perspectiva.

— Não sei, não, Holly...

— Acho que posso vender a casa mesmo assim. — Olho em volta.
— Esse lugar já deu para mim. Tenho a sensação de que Gerry já não
está aqui faz tempo. Ele se foi — admito, com tristeza. Então, tão
repentinamente quanto chegou, a tristeza se vai, e sinto um choque
de adrenalina. Eu posso fazer isso. Gabriel tem seus próprios planos,
está cuidando da própria vida, por que eu preciso esperar por ele?

— Quer morar comigo? — pergunta Denise.

— Não, obrigada.

Ela ri.

— Melhor assim.

— Você vai voltar para o Tom e vai dizer a ele o que disse para
mim. Conversem como adultos. Isso é só um buraco na estrada.

— Acho que vai ser mais difícil de superar do que um buraco.

Verdade. Foi um péssimo conselho. Não aguento mais esperar.
Mudança exige ação. Eu viro a taça.

— Tá bom — diz ela com um suspiro cansado. — Vou me deitar.
Posso dormir no quarto de hóspedes?

— Pode, mas não me acorde com o seu choro incessante.

Ela dá um sorriso triste.

— Acho que você está cometendo um grande erro — digo com
gentileza. — Por favor, mude de ideia até amanhã de manhã.

— Se vamos trocar conselhos, coisa que sei que não estou em
posição de fazer... Você ama o Gabriel. Esse clube fez alguma coisa
com você, não importa se está disposta a admitir ou não. Trouxe
Gerry de volta, o que poderia ser uma coisa boa, mas não acho que
seja. Gerry se foi, mas o Gabriel está aqui, é real. Por favor, não deixe
o fantasma do Gerry afastar o Gabriel.

CAPÍTULO 24

— Paul, se a sua esposa chegar...

— Ela não vai chegar.

— Mas se ela chegar...

— Ela não vai chegar. Vão ficar fora a tarde toda.

— Paul — repito com firmeza. — Se ela voltar por qualquer motivo que seja, a gente não pode mentir. Não vou participar de mais nenhuma mentira, não é para isso que estou aqui. Não quero que ela pense que sou sua amante ou coisa parecida. Já estou fingindo que sou massagista para o Bert e isso é assustador o suficiente.

Ele ri, quebrando a tensão.

— Não vou pedir para que minta por mim. Sei o quanto isso é difícil para você e o que está fazendo por nós, os sacrifícios que está fazendo depois de tudo que superou.

O que me faz sentir péssima. Meus sacrifícios não são nada comparados aos dele.

— Então, qual o plano? O que quer que eu faça?

— Temos muita coisa em frente — responde ele, animado.

Ele é uma explosão de energia e ideias. Me faz pensar no Gerry. Eles não são parecidos. Paul é dez anos mais velho. Tão jovem, e ainda assim teve dez anos a mais que o meu marido. Aquele monstrinho egoísta aparece, comparando tempo de novo.

— Só vou escrever uma carta, uma carta para todos que explica o que quero fazer; o resto, se você não se importar, é visual.

— Cartas são visuais — digo, na defensiva.

— Quero dar às crianças uma ideia de quem eu sou, do meu humor, do som da minha voz...

— Se você escrever *bem*... — interrompo.

170

— Sim, defensora de todas as cartas já escritas — brinca ele. — Mas os meus filhos ainda não sabem ler. Quero fazer algo um pouco mais moderno, mais conectado com o que as crianças gostam, e elas adoram televisão.

Fico decepcionada, mas deixo para lá. Nem todo mundo aprecia cartas quanto eu, e imagino que Paul tenha razão: seus filhos pequenos provavelmente vão preferir ver e ouvir o pai. É outra prova de que esse processo deve ser conduzido como a pessoa prefere, criado com os seus entes queridos em mente: mensagens dos mortos para os vivos.

— Para começar... — Ele me leva da cozinha para uma varanda envidraçada. — Uma lição de piano.

A varanda dá para o quintal. Uma casinha de brincar, as traves tortas de um gol, bicicletas, brinquedos espalhados. Uma boneca largada na terra, a cabeça de um Lego presa entre as pedras do pátio. A churrasqueira está coberta, sem ser usada desde que o inverno começou, móveis externos que precisam ser lixados e pintados. Casas para passarinhos coloridas estão presas à cerca. Uma portinha das fadas desenhada nas raízes de uma árvore. A paisagem conta a história da vida cotidiana deles. Consigo imaginar a confusão, a loucura, as risadas e os gritos. A varanda parece pertencer à outra casa. Não tem brinquedos ali, nada que ligaria o cômodo ao resto da residência. É um oásis. O chão de mármore cinza-claro. As paredes brancas, um tapete felpudo. Um lustre pende do centro da sala, parando logo acima do piano. E é só, não tem mais nenhum móvel ali.

Paul mostra o instrumento musical cheio de orgulho.

— Este — diz ele com um grande sorriso — foi o meu primeiro bebê, antes de os monstrinhos nascerem. Coloquei ele aqui por causa da acústica. Você toca?

Balanço a cabeça em negativa.

— Eu comecei com 5 anos. Praticava todo dia de manhã, das oito às oito e meia, antes de ir para a escola. Odiava. Mas, quando terminei o colégio e fui para a faculdade, percebi que tocar piano nas festas atraía muitas gatinhas.

Nós dois caímos na risada.

— Pelo menos era divertido.

Ele começa a tocar. Jazz. Improvisado. Divertido.

— "I've Got the World on a String" — conta ele, ainda tocando.

Paul fica perdido no seu mundo, tocando de cabeça baixa, a coluna reta. Nenhuma tristeza, só alegria. Ele pare de repente e ficamos mergulhados em silêncio.

Fico de pé e paro ao seu lado.

— Tudo bem?

Ele não responde.

— Paul, tudo bem?

Eu o observo com atenção. Dores de cabeça, náuseas, vômitos, visão dupla, convulsões. Sei o que ele está sentindo. Já vi. Mas isso não pode estar acontecendo; o tumor dele acabou. Ele está em remissão, já venceu a doença. Tudo isso é uma precaução. De todas as pessoas com quem estou passando tempo, Paul é o que tem mais motivo para ser otimista.

— Voltou — diz ele, com a voz embargada.

— O quê? — pergunto. Sei do que ele está falando, mas o meu cérebro não consegue aceitar.

— Eu tive uma convulsão de cinco horas. O médico falou que voltou com tudo.

— Ah, Paul, eu... sinto muito. — É tão pouco, as palavras não bastam. — Que merda.

Ele dá um sorriso triste.

— É, que merda. — Paul esfrega o rosto, cansado, e espero um momento, a mente à toda. — Então, o que acha? — pergunta ele, me encarando. — Da aula de piano?

O que eu acho? *Acho* que não sei se devo forçá-lo a se esforçar mais. *Acho* que temo que algo vá acontecer com ele enquanto eu estiver aqui e que eu não vou saber como explicar para a sua esposa. *Acho* que, em vez de passar tempo comigo, ele deveria estar com a esposa e os filhos, criando memórias de verdade, não planejando memórias para o futuro.

— Acho... que você tem razão. Isso funciona muito melhor em vídeo do que em carta.

Ele sorri, aliviado.

Coloco a mão no ombro dele e aperto para encorajá-lo.

— Vamos mostrar para as crianças quem você é.

Ergo o meu celular e começo a gravar. Paul olha direto para a câmera e a energia dele retorna, um olhar brincalhão no rosto.

— Casper, Eva, é o papai! Hoje vou ensinar vocês a tocar piano.

Eu sorrio, observando, e dou zoom nas suas mãos enquanto ele ensina a escala musical, tentando não rir enquanto faz piadas e erra de propósito. Não estou ali. Este é um homem falando com os seus filhos do além.

Depois da escala básica e de "Brilha, brilha, estrelinha", vamos para a cozinha.

Ele abre a geladeira e tira dois bolos. Um é de chocolate, para Casper, e o outro é cor-de-rosa, para Eva. Paul procura em uma sacola de mercado e tira uma vela também cor-de-rosa; um número três.

— Para Eva — diz ele, colocando a vela no centro do bolo.

Ele olha a vela por um momento, e nem consigo imaginar a profundidade dos seus pensamentos. Talvez ele esteja fazendo um desejo para si mesmo. Então Paul acende a vela.

Aperto o botão para começar a gravar e dou zoom no seu rosto, meio escondido pelo bolo que ele ergue. Paul começa a cantar "Parabéns a você". Fecha os olhos, faz o pedido, depois apaga a vela. Quando abre os olhos de novo, estão cheios de lágrimas.

— P.S. Eu te amo, meu bebê.

Paro de gravar.

— Que lindo — falo baixinho, sem querer estragar o momento.

Ele pega o celular e revê o vídeo. Enquanto isso, olho a sacola.

— Paul? Quantas velas você comprou?

Paul não responde. Viro a sacola e o conteúdo se espalha pelo balcão de mármore.

— Certo — diz ele, depois de ver a gravação. — Talvez seja melhor dar mais zoom no meu rosto e no bolo, não quero que apareça muito do fundo. — Quando ele ergue os olhos, vê a minha expressão e o conteúdo da sacola no balcão. Velas azuis e rosa numeradas espalhadas pela bancada. Vejo 4, 5, 6... até 10. Também vejo um 18, 21, 30. Todos os anos que ele está se preparando para perder. Paul se remexe, sem jeito. — Esquisito demais?

— Não. — Eu me recomponho. — De jeito nenhum. Mas vai levar algum tempo até a gente conseguir completar tudo. E vamos ter que variar um pouco. Não dá para você aparecer todo ano com a mesma camisa. Você pode pegar algumas roupas diferentes? Algumas podem ser bem doidas. Aposto que vocês têm roupas chiques. Vamos fazer isso ser divertido.

Ele sorri, agradecido.

Apesar da batalha que Paul vai enfrentar, uma batalha que ele já travou, percebo que passar o tempo com ele parece produtivo. Com Gerry eu me sentia tão impotente, estávamos a mercê de qualquer decisão médica, seguindo consultas, cronogramas e tratamentos sem hesitar, sem saber o suficiente sobre nós mesmos para poder tomar decisões claras ou fazer escolhas diferentes. Eu me sentia desarmada. Agora, embora obviamente ainda não tenha o que fazer contra o tumor de Paul, pelo menos sinto que posso fazer algo por ele. Temos um objetivo e estamos chegando a algum lugar. Talvez tenha sido assim que Gerry se sentiu enquanto escrevia as cartas para mim. Embora tudo o mais fosse incerto e fora de controle, isso ele podia controlar. Ao mesmo tempo em que eu lutava para que meu marido sobrevivesse, ele estava fazendo planos para depois da sua morte. Eu me pergunto quando isso começou, em que momento Gerry aceitou isso como fato, ou se começou como um "por via das dúvidas", como foi o caso de Paul.

Passar tempo com Paul é o remédio ideal para a minha confusão pessoal, porque consigo discutir esses pensamentos com ele. Paul quer saber mais, quer me ouvir. O clube precisa de mim, querem que eu participe, e, quando conto histórias sobre Gerry e divido lembranças das cartas, não preciso me controlar a cada frase, não tenho que pedir desculpas ou me segurar como faço com amigos e familiares quando sinto que estou falando sem parar, presa no passado ou retrocedendo. O clube quer ouvir sobre Gerry e as cartas, quer saber da minha vida com ele, quer ouvir o quanto sinto a sua falta e como me lembro dele. E, enquanto eles me ouvem, talvez nas suas cabeças substituam Gerry pela própria imagem, e me substituam pelos seus entes queridos, imaginando como serão as coisas quando morrerem. É um lugar seguro para que eu fale sobre o meu marido, é meu espaço para trazê-lo à vida de novo.

Eu mergulho nesse mundo com toda a alegria.

CAPÍTULO 25

Depois de uma espera de duas horas no hospital, que me faz compreender ainda mais a vida dos membros do Clube P.S. Eu te amo e o quanto visitas a hospitais, filas de espera, check-ups, exames e resultados fazem parte da vida deles, me recosto na maca e observo a enfermeira desenhar uma linha com canetinha no gesso. Seis semanas depois de me prender, os médicos estão contentes com a melhora no meu tornozelo após um exame de raios X. Ela posiciona a lâmina no início da linha desenhada, aplica uma pressão de leve e move o cortador lentamente pelo gesso. Devagar, a enfermeira abre o gesso, revelando a minha pele pálida, vermelha e machucada em alguns lugares em que tive reações alérgicas. Parte da pele sai junto com o gesso, deixando marcas que parecem em carne viva, como se estivesse queimada.

Faço uma careta.

A enfermeira me encara com uma expressão arrependida.

— Perdão.

O tornozelo e a canela estão horríveis, a pele pálida como a de um cadáver quando não está coberta de queimaduras vermelhas, e a perna esquerda parece mais magra que a direita. Ela enfrentou um trauma, está frágil em comparação ao restante do corpo. Mas vai se recuperar. Estou aliviada.

Eu me sinto uma cebola, com menos uma camada. Sinto dor, em carne viva, mas estou livre e exposta.

— Olá? — chamo, entrando no corredor estreito, com pinturas variadas penduradas nas paredes e um tapete comprido protegendo as tábuas de madeira antiga. Atravesso o corredor devagar com a minha nova bota ortopédica, que vai me ajudar a voltar a colocar o peso no tornozelo machucado. Embora eu ainda não esteja totalmente livre, fico feliz por não ter que usar o gesso e as muletas. Respiro o ar daquela casa que quase se tornou o meu lar. Gabriel, que chegou faz pouco tempo do trabalho, ainda está de botas e casaco, sentado em uma poltrona, digitando no celular. Ele ergue os olhos para me olhar, surpreso.

— Holly. — Ele fica de pé. — Acabei de mandar uma mensagem para você. Como foi?

Ele olha para o meu pé.

— Tenho que usar isso por mais algumas semanas. Depois, estou livre.

Gabriel se aproxima e me abraça. Sinto o meu celular vibrar no bolso.

— Minha mensagem.

— A Ava está aqui? — pergunto, me afastando e olhando de um lado para outro.

— Não, ainda não. Ela se muda na sexta, depois da escola. — Ele solta um suspiro ansioso.

— Você vai se sair bem.

— Espero que sim.

— Podemos conversar? — pergunto, me sentando no sofá.

Ele me encara, nervoso, então se senta ao meu lado.

Meu coração está disparado.

Engulo em seco.

— Não culpo você pela decisão que tomou sobre Ava. Desde que a gente se conhece você me fala que queria participar mais da vida dela. Só que não posso mais fazer isso. Não posso mais estar nesse relacionamento. — Minha voz treme, e paro para observar o rosto dele, ver como Gabriel está absorvendo isso.

Ele está chocado, me encarando, os olhos fixos nos meus. Fico confusa: ele não sabia que isso ia acontecer? Tenho que desviar o olhar para continuar. Baixo os olhos para as minhas mãos, apertadas com tanta força que estão pálidas.

— Fiz um acordo comigo mesma algum tempo atrás de que eu pararia de esperar a vida acontecer. Não quero adiar as coisas para algum momento do futuro, quero viver o agora. Acho que a gente acabou, Gabriel. — Minha voz treme, mas tenho certeza das palavras que saem da minha boca, já as falei para mim mesma muitas vezes. É a coisa certa a fazer. A gente se perdeu. Algumas pessoas lutam para se reencontrar, mas não nós. Nós já demos o que tínhamos que dar.

— Holly... — sussurra ele. — Não quero terminar com você. Eu falei isso para você.

— Mas você quis dar um tempo e... — Minha mente se distrai, então afasto os pensamentos insistentes sobre de que maneiras poderíamos fazer isso funcionar, e me mantenho na decisão que tomei. — Você tem outros compromissos. Sei como é importante para você ser um bom pai, você fala disso desde que a gente se conheceu. Essa é a sua chance. Mas não posso ficar sentada esperando isso acontecer. E tem coisas que quero fazer na vida com as quais você não concorda, e não posso fazer isso se tiver que ficar me desculpando sempre ou fingindo que elas não existem.

Gabriel cobre o rosto com as mãos e me dá as costas.

Eu não esperava lágrimas. Coloco a mão nas costas dele e me inclino para observar o seu rosto.

Ele se ergue, com um sorriso forçado, e seca os olhos.

— Desculpa, eu só... fiquei surpreso... Você tem certeza? Quer dizer, já pensou mesmo no assunto? É isso mesmo que você quer?

Assinto.

— Posso tentar fazer você mudar de ideia? Conseguiria convencê--la do contrário?

Balanço a cabeça. Luto contra as lágrimas que querem cair, e o nó na garganta que parece tentar rasgar minha pele.

Odeio despedidas, mas elas nunca são um motivo para ficar.

CAPÍTULO 26

Em casa, tomo banho, aliviada por enfim conseguir lavar o corpo inteiro. Reclamo quando a água bate na pele ferida e arde. Começo o que se tornará o meu ritual diário: massagear com óleos e hidratante a minha pele, movendo a perna delicadamente, esticando e dobrando, tentando me acostumar de novo com a liberdade. Ainda me sinto frágil sem o gesso, não confio que a perna consiga segurar o meu peso sem a bota. Vou ser delicada e paciente até os músculos ficarem fortes de novo, tentando ser tão gentil comigo mesma quanto seria com outra pessoa. E quando o meu peito aperta pela dor de perder Gabriel e pela dor que causei a ele, penso no que ele ganhou, me lembro de que ele tem Ava. E, é claro, penso no que eu ganhei este ano: meus novos amigos do clube e o quê, e quem, eles trouxeram de volta à minha vida.

Nunca senti que a minha relação com Gabriel seria para sempre. Eu era jovem quando conheci Gerry e talvez ingenuamente acreditasse que nós dois éramos almas gêmeas, que ele era "o" homem certo, mas, quando ele morreu, parei de pensar assim. Passei a acreditar que, em diferentes momentos da nossa vida, somos levados a certas pessoas por diferentes motivos, sobretudo porque aquela versão de nós está ligada àquela versão delas naquele momento. Se vocês se esforçarem e seguirem em frente, podem crescer na mesma direção juntos. Às vezes, as duas pessoas se afastam, mas acredito que tem uma pessoa certa para todas as diferentes versões de você. Eu e Gabriel vivíamos no agora. Eu e Gerry queríamos alcançar o para sempre. Só conseguimos uma parte disso. Um feliz no momento e uma parte do para sempre é melhor do que nada.

Ao sair do chuveiro, vejo uma ligação perdida de Joy. Bert piorou e está inconsciente. Ela completa com uma mensagem em pânico: "As cartas dele estão prontas?"

* * *

Escolho uma fonte manuscrita bem clássica para dar um ar mais grandioso às palavras de Bert, depois me pergunto se é exagero, se seria melhor ser mais simples, se isso é muito extravagante. Outras fontes parecem vazias, sem alma, quase como as palavras de resgate de um maluco. Quando penso nisso, não consigo mais deixar de pensar assim. Testo algumas por algum tempo, depois volto para a fonte manuscrita tradicional porque acho que seria o tipo de letra de que Bert gostaria, mas não conseguia fazer. Imprimo as seis cartas em etiquetas douradas e grudo nos cartões azuis-escuros texturizados. Decoro as bordas com adesivos minúsculos. O tema tem um significado para mim, a frase de Gerry: *Mire na lua, porque, mesmo se errar, vai acertar as estrelas.* Sei que Rita nunca vai entender essa conexão. Sou só eu me sentindo conectada, colocando a identidade de Gerry nisso, sendo um cartão temático ou não, que tem sua essência por ter sido ele a plantar essa semente. Espero que Rita goste de estrelas. Espero que ela não ache que isso pareça um trabalho de escola. Escolhi materiais elegantes e caros. Coloco as cartas de Bert em envelopes dourados, depois imprimo os números, experimentando fontes diferentes. Apoio a folha de números impressos na tela do computador e os avalio, esperando que um deles me chame a atenção. Tem tanta coisa se passando na minha mente exausta e sonolenta.

Sentada ali, escrevendo as palavras vivas de um homem nos seus últimos suspiros, não deixo de perceber que estou escrevendo as cartas de Bert onde possivelmente é o mesmo lugar em que Gerry escreveu as minhas. Fico acordada a noite toda até o sol começar a nascer e brilhar sobre o mundo. De manhã, as cartas estão finalizadas, e espero que o querido Bert tenha conseguido sobreviver à noite.

Fico orgulhosa de mim mesma por fazer isso. Não está me entristecendo como outras pessoas, e até eu mesma, acharam que aconteceria. Olhar para trás, voltar, não é fraqueza. Não é reabrir velhas feridas. É preciso força e coragem. É preciso que a pessoa assuma o controle de quem é para observar sem julgar a pessoa que já foi. Sei, sem sombra de dúvidas, que me revisitar só vai me dar forças para ir mais longe, assim como a todos que forem tocados pela minha jornada.

— Você ficou acordada a noite toda — diz Denise atrás de mim, parada à porta da cozinha, os olhos pesados de sono e o cabelo bagunçado. Ela observa a mesa.

— Você ainda está morando aqui — respondo, catatônica.

— Depois falamos sobre isso — responde ela. — De quem são essas cartas?

— Do Bert. Ele piorou ontem de noite. Preciso deixar as cartas prontas.

— Ah, nossa — diz ela baixinho, se sentando ao meu lado. — Precisa de ajuda?

— Na verdade, sim — digo, esfregando os olhos doloridos, a cabeça latejando de cansaço.

Denise me observa por um segundo, pensando algo que não comenta, e sou grata por isso, então começa a trabalhar, encontrando os cartões numerados que faltam e colocando-os nos envelopes correspondentes.

Ela lê o primeiro que pega.

— Ele escreveu poemas?

— Limeriques. É uma gincana. Ele dá uma pista de um lugar, a esposa vai para lá, encontra a próxima pista e por aí vai.

— Que fofo — diz Denise, sorrindo. Ela lê o próximo e guarda no envelope. — Você precisa entregar esses hoje?

— Faz parte do trabalho. Bert não vai conseguir fazer isso.

— Eu ajudo.

— Você tem que trabalhar.

— Posso tirar um dia de folga. Tem bastante gente na loja, e para falar a verdade eu bem que preciso de uma distração.

— Obrigada, amiga — digo, apoiando a cabeça no ombro dela.

— Como ele está? — pergunta ela ao me ver recebendo uma mensagem.

A família está reunida. Seus netos cantaram para ele. Todos se despediram.

Leio a mensagem de Joy em voz alta.

— Não vai demorar muito.

* * *

Enquanto estou trancando a porta, ouço alguém bater a porta do carro atrás de mim e passos fortes e determinados vindo na nossa direção.

— Ops — diz Denise, nervosa.

— Eu sabia! — anuncia Sharon.

— Cadê as crianças? — pergunta Denise.

— Com a minha mãe. Tenho uma ultra hoje.

— Mas achou que valia a pena fazer um trabalhinho de investigação antes? — questiona Denise.

— Liguei para a sua casa. Tom falou que você estava ficando aqui. É verdade?

— Denise está em um momento de dúvida — explico.

— Por que não me falou?

— Porque você é crítica e grossa. E não tem quarto de hóspedes.

Sharon fica de boca aberta.

— Tá bom, principalmente porque você não tem quarto de hóspedes.

— Eu colocaria o Alex no quarto do Gerard, é o que faço quando tem visita.

— Sim, mas aí eu teria que dividir o banheiro, e não gosto de dividir banheiro.

— A Holly só tem um banheiro no andar de cima, entre os dois quartos.

— Sim, mas tem o banheiro de baixo.

Olho de uma para outra para ver se essa conversa é séria. É.

— Se vocês duas querem continuar, podem ficar à vontade para entrar, mas eu preciso ir.

— Você não trabalha na segunda — diz Sharon, estreitando os olhos para mim. — A loja está fechada. Onde vocês estão indo?

— Entregar umas cartas — cantarola Denise.

Sharon arregala os olhos.

— As cartas do clube?

— Sim! — diz Denise, abrindo a porta do carro e se acomodando no banco do passageiro.

— Por que você implica tanto com ela? — pergunto ao fechar a porta do motorista.

— Porque é fácil deixar Sharon nervosa.

Dou a partida no motor, baixo a janela e olho para Sharon, de boca aberta, nos encarando. Ela parece exausta. Bem que gostaria de uma aventura.

— Quer vir com a gente? — ofereço.

Ela sorri e se senta no banco de trás.

— É como nos velhos tempos — digo, olhando para nós três juntas.

— Posso ver as cartas? — pede Sharon. Denise passa para ela.

— Você também está nessa?

— Ajudei a cuidar de uma bebê enquanto Holly ensinava a mãe a ler e a escrever — explica Denise.

— Você está ensinando alguém a ler e a escrever? — pergunta Sharon, surpresa.

— Tentando — respondo, dando a ré.

Espero a resposta irônica. *As pessoas ficam desesperadas quando estão para morrer, né?* Qualquer coisa que diminua o que estou fazendo, mas ela não vem.

— Bela apresentação — diz Sharon, tirando o primeiro cartão para ler.

No salão de dança, um menino parou para ver
O nascer do sol e se surpreender
Mas quando viu a mulher de azul
Que estava mais para o sul
Viu que era com ela que ele ia querer viver.

— Que bonitinho — diz Sharon. — Para onde leva?

— Para um salão de dança chamado Chrysanthemum onde eles se conheceram nos anos 1960. A banda daquela noite se chamava The Dawnbreakers. Mas está cedo demais, o lugar vai estar fechado, então vamos para o segundo local primeiro.

Sharon abre o próximo envelope e lê.

O homem achou que podia acender uma faísca
Ao usar o amor da mulher por poesia como isca
  Eles se sentaram em um banco
  E se beijaram no tranco
Afinal, pensou o homem: "Quem não arrisca, não petisca."

— Primeiro beijo? — pergunta ela.

— Exatamente.

O lugar do primeiro beijo de Bert e Rita em 1968 foi no banco de Patrick Kavanagh na margem norte do Grande Canal na Mespil Road, onde tem uma estátua em tamanho real do poeta sentado em um lado do banco, convidando um estranho para se juntar a ele. Ficamos paradas ao lado do banco e imagino Bert e Rita se beijando, tantos anos atrás, o primeiro beijo deles, e fico emocionada. Olho para as meninas com os olhos marejados, mas a expressão de Sharon não poderia ser mais diferente da minha.

— Não é aqui que você tem que deixar o segundo envelope.

— É, sim.

— Não é, não. O primeiro limerique leva para o salão de baile, então você vai deixar o segundo envelope lá, que vai trazer Rita para cá. Então você precisa deixar o terceiro envelope aqui.

Denise e eu nos entreolhamos, surpresas. Como diabos cometemos um erro tão idiota? Uma gincana não é tão difícil assim.

— Aposto que estão felizes por terem me trazido agora — diz ela, sentando-se ao lado da estátua com um olhar satisfeito. — E onde você vai deixar o envelope? — pergunta, ainda metida. — Com o Paddy aqui? — Ela olha para Patrick Kavanagh. — Paddy, acho que a nossa amiga não pensou nisso muito bem. Seu grande plano está virando cocô!

Denise dá uma risada maldosa de novo, o que me deixa nervosa. Olho para as duas, irritada, e elas se calam na hora.

Observo o banco. Considero colocar o terceiro envelope em um saco plástico e grudá-lo na parte de baixo do banco, mas sei que não é uma solução prática. Não sei quanto tempo de vida Bert ainda tem; podem ser horas, dias ou semanas. Coisas mais estranhas já aconteceram. Se as pessoas podem morrer antes do esperado, com certeza podem viver mais que se imagina também. Também não sei quando Rita vai decidir começar a jornada que Bert criou para ela com a carta inicial. Ela pode levar dias, semanas, até meses. Um envelope suspeito debaixo de um banco no centro de uma cidade cheia de turistas e frequentada sabe-se lá por mais quem durante a noite, não vai durar muito.

— Dá para ver que ela está pensando — diz Denise.

— Porque ela nem pisca — fala Sharon.

As duas riem, tão orgulhosas da piada hilária e poética.

— Ela está com aquela cara — diz Sharon.

— E a gente não sabe por quê — fala Denise.

Eu as ignoro. Não tenho tempo a perder. Tenho quatro cartas a entregar, Bert está morrendo, começando a sua transição enquanto ficamos paradas aqui em um lugar poderoso do seu passado. Leio a inscrição no banco e percebo algo ruim de repente. Algo terrível. Sou tomada pelo medo.

— Espera aí. Bert disse que eles se beijaram pela primeira vez em 1968.

Olho para as meninas. Elas estão abraçando Patrick Kavanagh e tirando selfies, fazendo sinais de paz e biquinhos.

— Esse banco foi colocado aqui em 1991.

Elas param de tirar fotos, sentindo uma mudança no clima, e se levantam para ler a placa. Encaramos o banco em silêncio.

Minha testa está franzida. Meu celular vibra. Leio a mensagem.

— Talvez você possa perguntar para o Bert se ele tem certeza se é esse lugar mesmo — sugere Sharon, tentando ajudar.

— É tarde demais — digo, desviando os olhos cheios de lágrimas do celular.

A mensagem é de Joy.

Nosso querido Bert se foi.

CAPÍTULO 27

Eu me sento no banco com a cabeça entre as mãos.

— Eu sou uma idiota.

— Você não é idiota — retruca Denise.

— Não consigo fazer nada direito — reclamo. — As pessoas estão morrendo, eu fiz promessas e, em vez de cumpri-las, estou aqui, que nem uma amadora. E terminei com o Gabriel.

— O quê? — diz Denise.

— Por quê? — pergunta Sharon.

— Ele queria que Ava fosse morar com ele, não Holly — explica Denise.

— O quê? — Sharon explode.

— Estava tudo... se desfazendo. Estávamos por um fio. Então eu cortei logo de uma vez.

— Bom, na verdade — diz Denise para Sharon —, era Holly que estava por um fio. Ela não queria ter que responder a alguém que não queria que ela fizesse parte do Clube P.S. Eu te amo, porque era óbvio que isso a estava fazendo pirar, e Gabriel provavelmente ficou com medo de perdê-la, o que acabou acontecendo de qualquer forma por não apoiá-la, e ela não queria ter que encarar a verdade e admitir que ele tinha razão, então Holly o afastou como faz com a maioria das pessoas que não concorda com a forma que ela quer fazer as coisas, que deve ser a razão pela qual ela não liga para você faz semanas. Que nem quando o Gerry morreu, lembra?

Sharon assente, olha para mim com uma expressão tensa, depois de volta para Denise.

— A coisa de trancar a porta e não deixar ninguém entrar?

— Exato, só que, desta vez, ela se trancou com um fantasma e afastou uma pessoa de verdade que a ama e que, tudo bem, pode ter reagido mal a tudo isso, mas ele não a conhece tão bem quanto a gente, e para falar a verdade, é humano e ninguém é perfeito, então nem dá para culpá-lo.

— Denise — diz Sharon baixinho, com um tom de aviso.

Eu olho para ela, surpresa. Não, magoada.

— Desculpa — fala Denise, afastando os olhos, nem um pouco arrependida. — Mas alguém precisava dizer.

Ficamos paradas em silêncio.

— Que merda de vida — diz Sharon. — Queria estar em Lanzarote de novo, em uma boia, indo embora para a África. Seria mais fácil — diz ela, tentando deixar o clima mais leve.

Não consigo rir, não consigo esquecer o que Denise falou. Suas palavras ecoam nos meus ouvidos. Meu coração está disparado, em pânico com a possibilidade de ela ter razão. E se eu cometi um erro terrível?

Sharon olha para mim e para Denise.

— Vocês duas não podem pedir desculpas e pronto?

— Por que eu tenho que pedir desculpas? — pergunto.

Denise parece prestes a desfiar todas as minhas falhas de novo, mas se controla.

— Eu já pedi desculpas, mas vou dizer de novo. Desculpa, Holly. Eu… — Ela balança a cabeça. — Estou estressada. Acho que posso ter cometido um erro deixando Tom, e é frustrante ver você fazer o mesmo.

— Você acredita mesmo em tudo isso que falou?

— Sim — responde ela, séria. — Cem por cento.

— Ah, pelo amor de Deus — diz Sharon. — Isso não é pedir desculpas. Sinceramente, não falo com vocês por duas semanas e as duas terminaram os relacionamentos?

— Cuidado, é contagioso — digo com um sorriso fraco.

— Bem que John gostaria — resmunga ela. — Bom, certo, um problema de cada vez. Deve ter algum outro banco em outro lugar. Bert não inventou isso. — Ela procura no Google. — Ah, você não é idiota. Tem um banco que foi construído pelos amigos de Patrick Kavanagh semanas depois da morte dele. Foi oficialmente inaugurado no Dia de São Patrício em 1968. Deve ser esse.

Tento me concentrar, mas parece que tudo está se desfazendo. Ainda estou puta comigo mesma por não ajudar Bert a planejar direito a gincana, mas como eu poderia ter feito isso se nem consigo pensar direito eu mesma? Como eu deveria deixar um envelope em um banco?

Descemos a margem do canal, eu usando uma muleta para apoiar o tornozelo dolorido, em caminhos paralelos às árvores, passando pelos subúrbios arborizados de Raglan Road e pelo canal enfeitado pelos cisnes. Quando chegamos à margem sul perto dos Lock Gates e da Baggot Bridge, em frente ao Hotel Mespil, encontramos um banco simples de madeira e granito. Olhamos para ele em um silêncio respeitoso. A animação do primeiro banco de Patrick Kavanagh não existe mais, este parece mais correto, um banco antigo e simples em que Bert e Rita se beijaram pela primeira vez tantos anos atrás no Dia de São Patrício, 17 de março de 1968, em uma visita ao novo banco celebrando o poeta favorito de Rita. Os tempos eram outros. Bert se foi, mas o banco permanece, madeira e pedra absorvendo as vidas das pessoas que vêm e vão, e ainda observa a mudança das estações e a água do canal. Mas ainda temos o mesmo problema da última vez. Onde deixar o envelope?

O Hotel Mespil fica bem do outro lado da rua.

— O que está pensando?

Determinada, atravesso e entro no hotel. Vou direto para a recepção e peço para falar com a gerência.

— Só um momento.

O recepcionista desaparece atrás de uma porta escondida na parede.

— Olá — diz uma mulher saindo do cômodo escondido com a mão estendida. — Eu sou a gerente do hotel. Posso ajudar?

Sua mão é cálida, nesses dias de burocracia e papelada, então espero que o seu coração também o seja.

— Muito obrigada pela atenção. Meu nome é Holly Kennedy e estou trabalhando em uma instituição chamada Clube P.S. Eu te amo, que ajuda pacientes terminais a escrever cartas para os seus entes queridos. Fui enviada aqui pelo meu cliente Bert Andrews, que infelizmente faleceu poucos momentos atrás... E preciso da sua ajuda.

E é lá que deixamos sua terceira pista. Quando Rita chegar, depois de um empurrãozinho extra da minha parte em direção ao hotel, vai receber a carta bem guardada em um local privado, com um chá especial, por conta da casa.

Nossa segunda parada corre melhor do que a primeira. Vamos ao salão de baile em que Bert viu Rita pela primeira vez. O Chrysanthemum foi um espaço icônico na era mais bem-sucedida das big bands na Irlanda, uma meca da dança de salão no país. Meninas de um lado, meninos do outro. Se um menino perguntasse se você queria uma mineral, isso significava que estava interessado, e se você concordasse com a dança, isso significava que estava interessada também. Aparentemente eram dias mais inocentes, quando a Igreja Católica dominava o país. Milhares de pessoas conheceram seus cônjuges nos salões da Irlanda.

Um segurança permite que a gente entre no prédio, que está vazio enquanto eles se preparam para fazer as provas escolares locais. Ele deixa que a gente dê uma volta. O piso de madeira e os globos de espelhos não existem mais, com fileiras de mesas e cadeiras no lugar, mas, mesmo assim, entrar ali é como voltar no tempo. Imagino o salão, abafado, cheio de pessoas se agitando na pista de dança.

Como se estivesse lendo os meus pensamentos, Denise comenta:

— Se esse papel de parede falasse...

Explico a minha missão para o segurança com mais confiança, facilidade e com a insistência de alguém envolvido em um grande serviço da humanidade. Ele concorda em ficar com o envelope e o coloca em um lugar seguro, com o nome da Rita anotado, o envelope que vai levá-la do lugar onde eles se conheceram ao banco em que se beijaram pela primeira vez. Então, graças à dica que acrescentei em letras miúdas no final do limerique de Bert, do outro lado do banco que marcou o futuro deles, Rita vai encontrar a terceira carta, que nos leva para o próximo lugar, onde Bert a pediu em casamento.

O homem tremia e tremia sem parar
Havia palavras que não conseguia expressar
  De joelho dobrado
  Fez o pedido afobado
Naquele lugar que nunca deixou de amar.

— Estou adorando isso! — admite Sharon. — Por favor, me avise quando tiver que fazer outra gincana, quero ajudar. Para onde agora?

— Que horas você tem que ir embora? Não ia fazer uma ultra hoje?

Ela parece culpada.

— Eu inventei isso. Falei para a minha mãe que tinha que fazer um exame para poder ter algumas horas de folga. Estou exausta — diz ela, os olhos brilhando.

Eu a abraço.

— Esse dia está sendo perfeito. Eu não sabia se concordava com isso, Holly, mas estou do seu lado agora. Não tem nada de *errado* com isso, e se você precisar que eu converse com Gabriel sobre o clube, pode deixar comigo.

Meu sorriso some na mesma hora em que Gabriel é citado, e penso de novo que o perdi. Abri mão dele.

— É tarde demais — digo, ligando o carro.

Vamos para o farol de Howth Harbour e para a torre de Martello, construídos em 1817, onde Bert pediu Rita em casamento com peixe e batatas fritas nas mãos. O faroleiro sai da casinha de estilo georgiano anexa à torre, ouve a minha história e me dá a honra de aceitar a carta de Rita. Assim como com a gerente do hotel e o segurança, percebo que a história de Bert, tão humana, é uma dessas que as pessoas param as próprias vidas ocupadas para ouvir. Elas não me ignoram ou me expulsam. Não estou me aproximando com uma reclamação nem estou tentando ganhar dinheiro com isso. Só peço que escutem e participem do último desejo de alguém. A gentileza desses estranhos me dá esperança, uma fé na humanidade: embora às vezes pareça que as pessoas estejam distantes, sem compaixão ou empatia, ainda conseguimos reconhecer quando algo é real. Não estamos totalmente entorpecidos e insensíveis.

O faroleiro aceita o envelope que contém o seguinte limerique:

O homem era um tolo e se perdeu
Ganancioso, ignorou o que já era seu
   Peço perdão, meu amor
   Com todo o ardor
Foi aqui que senti que o seu ódio irrompeu.

— O que será que ele fez? — pergunta Sharon enquanto voltamos pelo píer em direção ao carro, comendo peixe com batatas fritas também.

— Acho que dá para imaginar — diz Denise, as palavras pesadas com cinismo.

— Não sei por que você está com tanta raiva. Tem um marido perfeito que adora você e que ficou ao seu lado o tempo todo — retruca Sharon.

Não tenho energia para concordar, depois do que Denise me falou.

— Eu sei — responde ela baixinho. — É por isso que ele merece coisa melhor.

Ficamos bem quietas e pensativas na viagem até o próximo destino, Sharon ponderando sobre a chegada de outro bebê em uma vida já caótica, Denise pensando sobre o fim do seu casamento e um futuro que não está seguindo de acordo com os planos. E eu, sobre... ah, tudo.

Estaciono e a gente desce do carro, olhando para o prédio a que Bert nos levou.

— Então foi aqui que Rita perdoou Bert — digo, erguendo os olhos.

O silêncio é quebrado quando o clima pesado é interrompido pelas nossas risadas. O lugar é um estúdio de tatuagem.

— Nunca se sabe, talvez eles tenham ficado chapados e feito tatuagens combinando — sugere Denise.

— O que eu faço?

— Siga o protocolo — diz Sharon, estendendo a mão para que eu fosse à frente.

Dou uma risada, respiro fundo e entro.

Os funcionários dali são os mais simpáticos de todos os lugares por que passamos, ficam emocionados com a história e animados para participar, e até dizem que vão oferecer uma tatuagem de graça para Rita quando ela chegar. Foi um longo dia, estamos quietas, querendo terminar isso. O último destino é uma casa em Glasnevin.

Sharon lê o limerique.

Havia uma mulher chamada Arrependimento
Cuja gêmea a fez passar por um tormento
É hora de se abrir
Da raiva, se despedir
E a partir de agora, aproveitar cada momento.

— Uma mulher chamada Arrependimento — repete Sharon. — Somos nós daqui a alguns meses?

— É sobre a Rita — explico, de novo afastando o horrível temor que Denise me passou. — A casa é da irmã gêmea da Rita, foi onde as duas nasceram e cresceram. Elas brigaram quando a mãe morreu, algo sobre a herança. A irmã ficou com tudo e elas nunca mais se falaram, nem o restante das famílias.

— O dinheiro deixa as pessoas doidas — diz Denise.

— Acho que é melhor você entrar sozinha dessa vez — comenta Sharon.

Concordo.

Atravesso devagar o caminho entre o jardim colorido e bem-cuidado. Toco a campainha. Demora um tempo para a porta ser aberta, e apesar de eu só tenha encontrado Rita poucas vezes, sua irmã realmente é a cara dela, embora mais séria. Ela me olha desconfiada pelo painel de vidro na porta e percebo que não tem intenção de abrir para mim.

— Estou aqui em nome do Bert.

Ela destranca a porta.

— O que eles querem dessa vez? Meu sangue? — resmunga ela, deixando a porta entreaberta e voltando para dentro. Eu a sigo até a sala de estar.

Um guia de programação está aberto na mesa de centro, os programas do dia marcados com caneta. Ela se senta devagar em uma poltrona gasta, fazendo uma careta de dor enquanto se apoia na bengala.

— Posso ajudar? — Dou um passo à frente.

— Não — retruca.

Ela para um momento para recuperar o fôlego e fecha o casaco.

— Cirurgia no quadril — diz ela, e olha para a minha bota. — O que houve com você?

— Um táxi me atropelou enquanto eu andava de bicicleta.

— Eles acham que são donos do mundo. Você é advogada? — interroga ela.

— Não, não sou.

— Então o que veio fazer aqui? O que eles querem de mim?

Pego a carta na bolsa e entrego para ela.

— Bert queria que eu entregasse isso a você. Mas não é para você abrir. Ele queria que eu deixasse aqui para Rita vir buscar.

Ela olha para o envelope desconfiada, como se fosse uma bomba, e se recusa a pegar.

— Diga a Bert que pode ficar com isso. Não sei o que ele tem na cabeça. Esses joguinhos bizarros. Doentes, minha irmã e o marido dela.

— O Bert faleceu hoje mais cedo.

A raiva desaparece do rosto dela. Ela fica de queixo caído.

— Ouvi dizer que ele estava no hospital algum tempo atrás. O que foi?

— Enfisema.

Ela balança a cabeça.

— Ele fumava quarenta cigarros por dia. Eu falava, Bert, essa coisa vai acabar matando você, mas ele nunca ouviu — diz ela, com raiva. — Que Deus o acompanhe — fala baixinho, fazendo o sinal da cruz.

— Passei um tempo com ele antes da morte. Ele queria deixar cartas para Rita em lugares importantes.

— Tentando consertar as coisas, né? Bom, isso é muito bom para ser feito depois de morto. Assim não precisa fazer isso você mesmo. Rita não vai vir aqui — diz ela, ficando com raiva de novo. — Não falo com ela faz sete anos. Não sem advogados ou sem ser por alguma carta horrível que ela mandou. Tenho tudo guardado, se quiser ler, aí sim vai saber quem é o monstro de verdade.

— Não vim para tomar partido de ninguém — digo com gentileza. — Não sei o que houve e não estou julgando. Ele me pediu para entregar isso a você, e eu prometi que faria.

— Ah, vou contar o que aconteceu. E, ao contrário deles, vou dizer a verdade. Eu passava todos os dias com a nossa mãe enquanto ela estava doente, levava ela para as consultas médicas, dava banho, cuidava, vim morar aqui para ficar com ela, e todos pensaram que eu estava fazendo isso tudo só para conseguir a casa. — Ela levanta a voz como se eu estivesse acusando-a. — Que tipo de gente doente pensaria assim? Gente que quer a casa! Dinheiro, era tudo sobre dinheiro para eles. Eu me mudei para cá porque a cuidadora que a Rita contratou estava roubando a mamãe. Roubou até papel higiênico! Você já ouviu uma coisa dessas? Ser paga para ajudar uma idosa e roubar o papel higiênico dela? Economizei um dinheirão vindo cuidar da mamãe e eu que estou roubando? — Ela aponta o dedo para mim, balançando a mão com violência. — Eles me pintaram como uma vigarista, uma ladra. Espalhando rumores desagradáveis que deixou todo mundo por aqui comentando. Dá para imaginar? Eu nunca fiz a mamãe mudar o testamento. Nunca. Foi ela quem fez tudo. Do jeito que eles contam, parece que eu segurei a mão dela e a forcei a escrever. Rita e Bert estavam bem, e a mamãe sabia que eu precisava da casa. Ela deixou para mim. Não tinha como eu mudar isso. — Ela se recosta, recuperando as energias para a próxima explosão. — E quando eles descobriram? Ah, bom Deus, foi a Terceira Guerra Mundial. De repente, eu era um monstro. Eles queriam me obrigar a vender a casa. Achavam que mereciam metade do dinheiro. Mandaram cartas dos advogados e todos os tipos de táticas de terror. E para quê? Para tirarem outras férias? Comprarem um carro novo? Pagarem a faculdade para o filho viciado que reprovou em tudo? Ah, meu Cristo, todo mundo sabe como o garoto era, mas Rita, não, ela fingia que tudo era perfeito, melhor do que todo mundo. Sempre foi assim. — Ela olha para longe, os dentes trincados de raiva. — A mamãe deixou a casa para mim, e eu não tive nada a ver com a decisão dela.

— Não duvido — digo, tentando imaginar como me safar desta situação.

— Todos eles me deram as costas. Até as crianças, meus sobrinhos e minhas sobrinhas, acham que eu sou o demônio. Nem falam comigo. Primos que se adoravam — diz ela, balançando a cabeça. — Destruíram a família, eles dois. Nunca vou perdoar a Rita e o Bert. A mãe me queria aqui. A mente dela estava totalmente sã quando fez o que fez. Não dá para culpar os mortos. Último desejo é último desejo.

Esse é o momento. Coloco o envelope em cima do guia de programação aberto onde sei que será visto.

— E este é o último desejo do Bert.

Entro no carro com um longo suspiro, aliviada por ter saído de lá, ainda ouvindo as suas palavras ecoando nos meus ouvidos. *Não dá para culpar os mortos.*

— Por que demorou tanto? — pergunta Denise.

— Nossa, estou exausta. Que situação péssima.

— Acha que a carta de Bert vai funcionar?

— Olha, não faço ideia — respondo, esfregando os olhos. — Espero que sim.

São seis horas e foi um dia cheio; produtivo, mas cansativo. Seguir na jornada pessoal de outra pessoa nos fez voltar às nossas, nos deixou contemplativas e reflexivas sobre as próprias vidas.

— Acho que ela não vai me deixar usar o banheiro, né? — pergunta Sharon.

Dou uma risada.

— Eu adoraria ver você tentar.

— Vou segurar — diz ela, se remexendo no banco de trás. — Ainda falta um envelope, o primeiro.

— Sim — concordo, preocupada, sem saber como vou conseguir fazer isso.

— Você vai entregar direto para Rita? — pergunta Sharon.

— Mais ou menos — digo, dando de ombros.

— Então não — diz Sharon. — Onde vai colocar a primeira carta, Holly?

Solto um pigarro, nervosa.

— Bert queria que a primeira carta estivesse nas mãos dele, para Rita encontrá-la.

Sharon arregala os olhos.

— No caixão?

Denise cai na gargalhada com tal força que se dobra no banco de trás.

— Como você vai fazer isso? — pergunta Sharon.

— O que vai fazer? — pergunta Denise, limpando as lágrimas de riso dos cantos dos olhos. — Dar uma abridinha rápida no caixão antes do funeral?

— Não sei, eu e o Bert não tínhamos planejado muito bem essa parte, mas acho que vou para a casa funerária e pedir que eles coloquem o envelope nas mãos dele quando o corpo chegar lá.

— Eles não vão deixar você chegar perto do corpo, você não é da família! — diz Sharon, e Denise continua a rir até ficar vermelha.

— Vou dizer que foi ele quem mandou. Era isso que o Bert queria.

— A não ser que você tenha instruções por escrito dele ou da família, de jeito nenhum vão deixar uma estranha colocar uma carta nas mãos do morto. Holly, pelo amor de Deus, você tem que criar algumas regras básicas antes de continuar com isso.

— Eu sei — respondo baixinho, roendo as unhas. — Vai ter uma vigília. Ele vai ficar em casa por alguns dias. Vou pedir para ficar um momento sozinha com ele e aí coloco o envelope nas mãos dele.

— Você teve sorte com o segurança, o hotel e os tatuadores, mas não acho que uma funerária vai deixar você colocar uma carta com conteúdo desconhecido nas mãos do falecido.

— Tá bom, Sharon, já entendi!

Elas ficam quietas. Acho que aceitaram o plano, mas do nada Sharon solta um bufo e as duas explodem em gargalhadas de novo.

Reviro os olhos, agitada, sem achar nada engraçado.

Gostaria de rir junto com elas, mas não consigo. Isso é sério para mim.

Sete anos atrás, Gerry me colocou no caminho de uma nova aventura; sete anos depois, suas ações continuam a me impulsionar nessa aventura.

A vida tem raízes, e a morte, a morte também as faz crescer.

CAPÍTULO 28

— Ah! Perdão! — digo com surpresa, saindo do estoque para a loja. — Ciara — sussurro ao vê-la limpando o espelho do trocador. — Tem um cara ajoelhado no estoque.

— Você sempre fica ajoelhada no estoque.

— Não para rezar!

— É o Fazeel, nosso novo voluntário. Ele começou hoje, vai ficar na segurança. Ele tem que rezar cinco vezes por dia, então não entre no estoque no nascer do sol, ao meio-dia, no meio da tarde, no pôr do sol ou à noite.

— Três desses momentos não são problema para mim, mas ainda não é meio-dia — falo, olhando o relógio.

— Ele disse que dormiu até mais tarde hoje — explica ela, dando de ombros. — São só alguns minutos. A esposa dele teve câncer, ele quer ajudar. — Ela olha a bicicleta que está parada na sala, que eu ia guardar no estoque. — Veio pedalando hoje?

— Não, só achei que seria interessante carregar a bicicleta.

— Não era para você estar pedalando.

— Disseram que eu podia fazer exercícios com a bota. E eu sinto falta — falo, fazendo beicinho. — Além disso, que bom que temos um novo voluntário, porque vou precisar sair por umas horas hoje. — Faço uma careta, esperando ela gritar.

— De novo?

— Eu sei. Desculpa por estar pedindo tanto de você nessas últimas semanas.

— Meses — retruca ela com firmeza. — E tudo bem, porque você é a minha irmã e posso tolerar a sua crise de meia-idade, mas, sério, Holly, o que é agora?

— Bert, um dos membros do Clube P.S. Eu te amo, morreu, e preciso ir ao funeral. Tenho que entregar a última carta. Quer dizer, tecnicamente, é a primeira.

Ela arregala os olhos.

— Por que não me falou?

— Estou falando agora.

— Eu devia ter percebido que tinha alguma coisa acontecendo. Você passou os últimos dias tão calada.

— Na verdade, isso foi porque eu terminei com o Gabriel.

Fecho os olhos com força e me preparo para a explosão.

Ela se joga na cadeira do trocador e fica com lágrimas nos olhos.

— Eu sabia que isso ia acontecer. É culpa minha. Foi por causa do clube, não é? Ele não conseguiu lidar com isso. É por causa do podcast. Eu não devia ter pedido para você participar. A sua vida estava ótima até eu mexer nesse vespeiro.

— Ciara. — Eu me ajoelho na frente dela e sorrio. É típico dela me fazer consolá-la depois que *eu* termino um relacionamento. — A gente não terminou por causa do podcast, não tem nada a ver. A gente teve outros problemas, que só foram evidenciados por causa disso. Foi decisão minha. Em relação ao clube, você teve uma participação em uma coisa incrível. Estou ajudando as pessoas da forma como fui ajudada. É um presente. Vem comigo hoje e você vai ver. E, para ser sincera, eu bem que preciso de uma cúmplice, porque o que tenho que fazer não vai ser fácil.

— Matthew! — grita Ciara, e ele aparece nos fundos da loja. — Eu e a Holly temos que sair por algumas horas, pode cuidar das coisas aqui?

Ela se aproxima dele e lhe dá um beijo apaixonado.

— Mas você não acabou de contratar alguém? — pergunta ele, limpando os lábios.

— Sim, mas ele está rezando.

Matthew nos observa ir embora, confuso, e eu olho para ele com uma expressão de desculpas.

* * *

Joy, Paul e Ginika me esperam na casa de Bert. Eu os apresento a Ciara, que os cumprimenta como se fossem da realeza, e todos me olham, nervosos e ansiosos.

— Rita ainda não achou a carta — sussurra Joy.

— Eu sei. Ainda não consegui entregar.

— Ah, meu Deus — diz Joy, preocupada, torcendo os dedos.

— Olá — diz Rita, vindo da cozinha para receber mais uma visita no corredor. — Muito obrigada por aparecer. — Ela está com um vestido preto simples e um cardigã preto com um broche da cruz de Santa Brígida. Ela segura a minha mão. — Sinto muito, não me lembro do seu nome. Estou vendo tanta gente hoje.

— Eu sou Holly, e essa é a minha irmã, Ciara. Sinto muito pela sua perda, Rita.

— Obrigada, meninas. Esses são os amigos do clube do livro do Bert — diz ela, me apresentando a Joy, Ginika e Paul. — Essa é... era a reflexologista dele — diz.

Ginika arregala os olhos e abre um dos seus raros sorrisos. Ela precisa se virar e enfiar o rosto no cabelo de Jewel para esconder o riso.

— Ah, que interessante — diz Paul, o rosto se iluminando — Onde é o seu consultório?

Olho para ele, irritada, e ele sorri com doçura. Todos acham graça. Um segredinho que compartilham.

— Fui enviada pelo hospital.

— Qual hospital? — pergunta Paul, me seguindo enquanto Rita me leva para a sala. Ciara vem atrás.

— O hospital do Bert — respondo, olhando para ele por cima do ombro. Paul dá uma risadinha. — Na verdade, Rita, eu estava me perguntando se poderia ficar com Bert por um momento, se possível — peço, sem jeito.

Se ela fica desconfortável com o pedido da podóloga, não demonstra. Ao abrir a porta, sou recebida por trinta pessoas apertadas na sala pequena em volta do caixão aberto no centro. Todos olham para mim e Ciara.

Minha irmã, vestida como uma viúva negra, de vestido preto, casquete e véu cobrindo metade do rosto, dá um sorrisinho.

— Sinto muito pela sua perda.

Ela se afasta e fica parada perto da parede, me deixando sozinha.

Vejo Paul, Joy e Ginika fazerem expressões nervosas antes de Rita sair e fechar a porta devagar à minha frente, me impedindo de fugir. Encaro a porta fechada, o coração disparado com a tarefa impossível que devo cumprir.

— O que ela está fazendo, mamãe? — pergunta uma criança em voz alta.

Alguém manda a criança ficar quieta, Ciara me empurra adiante, então me viro devagar para encarar os presentes. Todos ainda estão me observando. Dou um sorriso educado.

— Oi — sussurro. — Meus pêsames.

As crianças estão sentadas no chão, com brinquedos nas mãos, brincando juntas em silêncio. Punhos fechados amassam lenços encharcados de lágrimas, todos estão de preto, com xícaras de chá e café nas mãos. Todas essas pessoas, familiares e amigos de Bert, estão se perguntando quem eu sou e o que estou fazendo aqui.

Por mais que eu queira, não posso dar meia-volta e ir embora. Estou envergonhada dos pés à cabeça. Dou alguns passos à frente e pelo menos a maior parte das pessoas tem a decência de não olhar para me dar um momento de privacidade. As conversas sussurradas recomeçam e a tensão inicial desaparece. Eu me sinto uma intrusa que está prestes a roubar algo precioso. Estou aqui pelo Bert, lembro a mim mesma. Ele me instruiu a fazer algo importante. Vou engolir o meu medo e o meu orgulho e seguir em frente. Preciso me concentrar na tarefa. O último pedido de Bert.

Inveniam viam. Ou vou encontrar uma maneira de fazer aquilo, ou vou criar uma.

Eu me aproximo do caixão envergonhada. Baixo os olhos para Bert, todo arrumadinho no seu melhor terno, azul-marinho, camisa branca e gravata azul-real, com o símbolo do seu clube de críquete. Seus olhos estão fechados, o rosto relaxado. A funerária fez um bom trabalho. Eu não conhecia Bert muito bem, mas sei coisas bastante íntimas dele. As últimas vezes que o encontrei ele estava lutando para respirar, e agora está calmo e tranquilo.

Sinto as lágrimas chegando. Então olho para as mãos dele e arregalo os olhos. Ele está segurando uma Bíblia. Isso não fazia parte do plano. Bert me disse especificamente para colocar o envelope nas mãos dele. Nunca falou nada sobre uma Bíblia.

Olho em volta para me certificar de que ninguém está vendo. Todos continuam as suas conversas em voz baixa, me dando privacidade. Enquanto estão distraídos, pouso as mãos nas de Bert e tento puxar a Bíblia para ver se ela vai se mover.

— A moça está roubando o livro do vovô! — grita uma vozinha.

Dou um pulo de susto e olho para um menino parado ao meu lado, apontando para mim.

A sala fica em silêncio de novo.

— Ah, ela só está segurando as mãos do vovô — diz Ciara com gentileza e um sorriso, parando ao meu lado.

— Thomas, vem cá — diz a mãe do menino, e ele me olha desconfiado antes de se afastar.

Olho em volta de novo e todos estão me encarando. Mais desconfiados. Talvez tenha alguma verdade na declaração do Thomas fofoqueiro. Estou começando a suar; será que não dá para olharem para outra coisa? Enfio a mão na bolsa.

A porta se abre e a chegada de outra pessoa tira a atenção de mim. Uso essa oportunidade para arrancar o envelope da bolsa e colocá-lo em cima das mãos de Bert, mas estou tremendo e sem jeito. A carta se equilibra precariamente na Bíblia por um segundo, depois escorrega para a lateral do caixão, onde nunca vai ser vista.

— Pelo amor de Deus, Holly — resmunga Ciara.

Eu me estico e recupero o envelope, colocando-o em cima de novo, tentando equilibrá-lo onde será visto. Ele escorrega de novo. Abro a Bíblia e enfio a carta entre as páginas, tentando me certificar de que ficará visível, mas não tenho certeza. Bert queria a carta *nas suas mãos*.

— Ela fez alguma coisa com o vovô! — grita Thomas, ficando de pé e apontando para mim.

Thomas não vai muito com a minha cara.

Paralisada e totalmente envergonhada, olho em volta e vejo todos me encarando. As pessoas se aproximam para observar o caixão.

— Quem é ela? — pergunta uma mulher baixinho, mas eu escuto.

— É a Holly — diz Rita de trás de mim. — É a reflexologista do Bert.

Fecho os olhos.

CAPÍTULO 29

Todos estão me olhando. Respiro fundo.

— Meu nome é Holly — digo. — Mas eu não era a reflexologista de Bert.

Todos prendem o fôlego. Mas não de verdade, porque isso não é uma novela, é a vida real, apesar da situação ridícula em que me coloquei. Na mesma hora, Ciara se afasta de volta para a parede.

— Peço desculpas, Rita. — Olho para ela. — Bert inventou isso tudo da cabeça dele. Não foi ideia minha, pode ter certeza. Ele pediu a minha ajuda para fazer uma surpresa para você, como um símbolo do amor dele. Sinto muito que eu tenha falhado na minha última tarefa e não consegui fazer o que ele pediu da melhor maneira. Mas o envelope que coloquei nas mãos dele é para você. Foi escrito por Bert, mas digitado por mim, porque ele falou que você achava a letra dele horrível.

Ela solta uma risada surpresa, um gritinho agudo e repentino, tapando a boca com as duas mãos. É como se a informação sobre a letra dele fosse um código secreto que a faz acreditar em mim, e a aceitação de Rita faz com que todo mundo se acalme.

— O que foi que ele fez? Sabia que estava aprontando alguma! Ah, Bert! — Ela olha para ele com um sorriso e lágrimas nos olhos. Então começa a chorar.

— Lê a carta, mãe — diz uma mulher, parando ao lado dela e a abraçando. É a filha de Bert e Rita, mãe do Thomas fofoqueiro.

Torço as mãos, nervosa. Todos estão olhando para mim de novo. Eu me afasto de Rita e da filha, não mais o centro das atenções, e me aproximo da porta, ao lado de Ciara. Ela aperta a minha mão para me dar forças, me impedindo de sair. Joy, Paul e Ginika estão na porta, se juntando para não me deixar fugir. Devagar olho para o caixão, uma expectadora na nova aventura de Rita.

No mesmo instante sou transportada para o momento em que li a primeira carta de Gerry, como os meus dedos traçaram a sua caligrafia, as idas e vindas da caneta, meus dedos revivendo as palavras, em um esforço de ressuscitá-lo.

As primeiras palavras de Gerry na primeira carta me voltam à mente. *Minha querida Holly, não sei onde você está nem quando exatamente está lendo isso...*

Rita abre o envelope e tira o cartão.

— "Minha amada Rita..." — diz ela, lendo em voz alta.

— Ah, papai — fala outra mulher, choramingando. Fico paralisada. Paralisada no tempo. Presa à memória. *Você sussurrou para mim não faz muito tempo que não conseguiria seguir sozinha...*

Rita continua a ler.

— "Nossa aventura juntos ainda não terminou. Venha dançar comigo mais uma vez, meu amor. Segure a minha mão e me acompanhe nessa jornada. Eu escrevi seis limeriques para você." Limeriques!
— Ela ergue os olhos. — Eu odeio limeriques! — Ela ri e continua.
— "Eu sei que você odeia limeriques..."

Todo mundo ri.

Eu sou só um capítulo na sua vida, você tem muitos mais pela frente.

— "Cada limerique é uma pista. Cada pista leva a um lugar. Cada lugar tem uma lembrança e um significado especial na nossa vida. Cada lugar contém a pista para o seguinte."

Obrigada por me dar a honra de ser a minha esposa. Por tudo, sou eternamente grato.

Então um arrepio toma o meu corpo. Uma quentura começando no peito, descendo pela barriga, pelas pernas, até os pés, e subindo à cabeça. Uma onda de algo estranho me domina. Não é tontura, e sim clareza. Não clareza deste momento nesta sala, mas algo que me leva a outro lugar, me transporta, e tudo em que consigo pensar é Gerry. Sinto-o aqui. Ele está em mim. Está preenchendo cada parte da minha alma. Está aqui. Ele está aqui. Está aqui nesta sala.

Tremendo, paro de ouvir as palavras de Rita, que lê o limerique. Todos estão focados nela e esqueceram de mim. As pessoas sorriem, está acontecendo. O desejo de Bert se torna realidade. Mas eu estou tremendo, meu corpo todo. Joy, Ginika e Paul se aproximaram de Rita. Todos chegaram mais perto, o círculo próximo e junto. Olhos e narizes escorrem. Sorrisos estampados em todos os rostos. Aperto a mão de Ciara e me afasto, abrindo a porta em silêncio.

Meu corpo está tremendo e só consigo olhar para o chão. Uma explosão de adrenalina me tomou como se eu tivesse bebido várias doses de café. Estou em alerta total, meus sentidos aguçados, me conectando a outra coisa.

Sinto um braço segurar a minha cintura.

— Tudo bem? — sussurra uma pessoa no meu ouvido.

Fecho os olhos. É Gerry, sinto a sua presença de novo.

De repente, sinto como se estivesse flutuando através da sala, passando pelo corredor, saindo pela porta. O braço de Gerry está firme na minha cintura, sua respiração na minha cabeça. Ele segura a minha mão.

Gerry. É Gerry. Ele está aqui.

Ele abre a porta e o sol atinge o meu rosto, o ar fresco enchendo os meus pulmões. Respiro fundo.

Percebo que ainda estou segurando as suas mãos e olho para ele. Não é Gerry.

É Ciara, é claro que é, mas está fazendo a mesma coisa que eu. Respirando fundo. Devagar.

— Você está bem?

— Sim — sussurro. — Foi… estranho.

— É — concorda ela, parecendo assustada. — Aconteceu alguma coisa?

Eu reflito. O que quer que tenha dominado o meu corpo, a minha alma e a minha mente sumiu, mas ainda estou nervosa pelo que senti.

— Aham.

— Eu fiquei observando você, seu rosto se transformou. Achei que fosse desmaiar. Parecia que tinha visto um fantasma.

É como se ela soubesse que Gerry estava ali.

— Foi isso?

— Isso o quê?

— Você viu um fantasma?

Ela não está rindo, não está de brincadeira.

— Não.

Ciara parece decepcionada.

— Por quê? Você viu?

— Eu senti como se Gerry estivesse lá... — sussurra. — Tive uma... sensação. — Ela solta a minha mão e esfrega os braços, totalmente arrepiados. — Parece loucura?

— Não. — Balanço a cabeça. — Eu também senti.

— Uau. — Ela arregala os olhos à beira das lágrimas e me abraça. — Obrigada, Holly, você tem razão. Foi um presente maravilhoso.

Eu a abraço com força e fecho os olhos, querendo lembrar cada parte daquela experiência. Ele estava ali.

Estou quase intoxicada. Flutuando em amor, adrenalina e novas energias estranhas. Pareço possuída. Não por Gerry — a sensação passou —, mas pela conexão com ele, que permanece. Ciara nos leva de volta à loja e me manda tirar o resto do dia de folga; ela mesma está bastante abalada. No caminho recebo uma ligação da agente imobiliária. Fizeram uma oferta na casa, não o preço cheio, mas o mais próximo que ela acredita que receberemos. Tem uma placa na loja de Ciara, acima de um Buda alegre, que diz: "Você só pode perder aquilo a que se apega." Posso me agarrar ao passado, a todas as minhas coisas, ou posso abrir mão delas e guardá-las no coração.

Depois de uma consulta rápida com Ciara, ligo para a imobiliária e aceito a oferta alegremente. Não preciso da casa para sentir o espírito de Gerry. Estava em uma casa sem qualquer ligação com ele, cercada por pessoas sem conexões físicas ou emocionais a ele, e ele estava presente. A nossa casa se tornou uma coleira para mim e abrir mão dela me empodera. Posso recriar a beleza de nós dois em outro lugar, em infinitos pontos do mundo, posso levá-lo comigo enquanto crio algo novo. Está na hora de ir embora. Já me despedi dela. Não era para eu ter ficado tanto tempo. Era para ser a primeira casa em que Gerry e eu moramos, mas acabou se tornando o nosso último lugar.

Subo na bicicleta e corro pelas ruas. Deveria estar me concentrando na via mas não consigo. Não deveria estar pedalando, na verdade, ainda mais com tanto ímpeto, mas não consigo parar. Sinto que tenho asas e estou voando. Quando me aproximo de casa, nem consigo me lembrar do caminho até aqui. Quero ligar para alguém, quero dançar, quero gritar do topo dos prédios com alegria que a vida é incrível, é maravilhosa. Eu me sinto bêbada.

Subo a entrada de carros da minha casa. O carro de Denise não está lá, ela está no trabalho ou talvez não vá voltar. Espero que seja isso. Então, quando desço da bicicleta, sinto uma dor ardente no tornozelo. Fiz força demais. Pensei que era invencível. Eu me sinto pesada ao apoiar a bicicleta no muro lateral. A onda acaba e a minha cabeça lateja com o efeito imediato de uma ressaca. Entro na casa silenciosa e me apoio na porta, olhando em volta.

Nada.

Imóvel.

Silêncio.

As últimas palavras da carta de Gerry.

P.S. *Eu te amo.*

Eu me desfaço.

Forcei demais o tornozelo. Está inchado e latejando. Apoio o pé em uma almofada, com um saco de ervilhas congeladas em cima. Fico deitada na cama e não me mexo a noite toda, nem quando o meu estômago ronca, nem quando começo a me sentir vazia, como se estivesse consumindo a mim mesma, nem quando fico enjoada de fome. Preciso comer, mas não posso pisar com o pé machucado. Vejo as nuvens passando pelo céu, azul e branco, grandes plumas seguidas por tiras finas, vejo a luz do dia se tornar escuridão. Não quero, não *posso* me levantar para fechar as cortinas. Estou paralisada, imóvel, congelada. Não consigo me mexer, não quero me mexer.

Meu tornozelo lateja, minha cabeça lateja, essa baixa imensa depois de uma onda tão forte.

Começo a pensar e penso demais. Sobre antes, sobre o passado, sobre o início, sobre coisas que já foram. Sobre as primeiras vezes.

A campainha toca. No meu quarto, eu tiro outro vestido, totalmente frustrada, e o jogo no chão. Minha cabeça está tão quente que a maquiagem está derretendo e sujando todas as peças de roupa que tocam o meu rosto. Mesmo que fossem uma opção, agora estão sujas e não são mais. O chão do quarto está coberto de roupas que descartei em pânico e raiva. São tantas que não consigo ver o chão, mas não tenho nada para vestir. Solto um gemido, odiando como pareço fraca. Eu me observo no espelho de corpo inteiro, me examino na lingerie nova de todos os ângulos, observando o que Gerry vai ver.

Ouço a voz dele lá embaixo, a risada de Jack. As provocações provavelmente já começaram. *Melhor cuidar da minha irmã*, a mesma coisa que falam já faz um ano desde que começamos a sair oficialmente, em vez de momentos roubados antes da aula, no recreio e na caminhada de volta para casa. Dois anos juntos, um ano de verdade, e Gerry já se tornou parte da família, alguém que os meus pais vigiam com atenção.

Meu pai sempre falou sobre o seu irmão favorito, Michael: "É um cavalheiro, mas rouba no Banco Imobiliário." Ele diz o mesmo sobre Gerry.

— Gerry não rouba no Banco Imobiliário — respondo, revirando os olhos. — A gente nem joga isso.

— Pois deveriam.

Mas eu sei do que ele está falando.

Hoje, espero que Gerry vá roubar no Banco Imobiliário, e, como o banco, estou totalmente disposta a facilitar o crime. Dou uma risadinha com a minha própria piada, animada e ansiosa, mas uma batida na porta me silencia. Embora a porta esteja trancada, pego um vestido para me cobrir.

— Holly, querida, Gerry chegou.

— Eu sei! — grito de volta para a minha mãe, irritada. — Ouvi a campainha.

— Tá bom, cruzes — responde ela, magoada.

Eu sei que, se não tomar cuidado, esta noite pode ser tirada de mim antes mesmo de começar. Foi necessária muita persuasão para convencer os meus pais a me deixarem ir a esta festa. É a primeira festa com álcool a que posso ir sem supervisão, e nós combinamos que posso tomar uma bebida. O acordo subliminar é que esse não é um objetivo realista para ninguém, muito menos para uma menina de 16 anos com um namorado de 17 que já bebe, então duas bebidas são aceitáveis. Vou me policiar para não passar de quatro. Um acordo justo, acho.

É o aniversário de 21 anos do primo de Gerry, Eddie. Em uma boate na Erin's Isle, em uma associação esportiva da qual ele faz parte. A família estará presente, mas a regra é que os adultos têm que sair antes das onze horas, quando o DJ começa a tocar. É a regra de Eddie — aos 21 anos, ele não se considera um adulto, o que diz muito sobre ele. Gerry o idolatra. Quatro anos mais velho, Eddie sempre foi o primo favorito. Ele joga no time sub-21 de Dublin e parece que vai seguir a carreira esportiva. Eddie é descolado e confiante. Eu o acho assustador, o tipo de pessoa que escolhe alguém em uma multidão e começa a fazer piadas, perguntas e comentários engraçadinhos às suas custas se achar que vai ser engraçado. Gerry diz que é só uma implicância boba, todos eles fazem isso, mas ninguém faz isso tão alto quanto Eddie, pelo que vejo. Todo mundo ri do que ele diz — e ele é mesmo engraçado, um comediante nato —, mas sendo uma pessoa quieta, não exatamente tímida, ficar perto de gente imprevisível como Eddie me deixa nervosa. Às vezes, fico irritada de ver como Gerry idolatra o primo; às vezes, acho que ele preferiria estar com Eddie do que comigo, porque isso acontece muito. Os pais de Gerry são bem menos controladores que os meus. Aos 17 anos, Gerry dirige o carro do pai e vai a boates com o primo mais velho sempre que é convidado. Gerry meio que o segue para todo lado como um cachorrinho, que é o que acontece com a maioria das pessoas que gosta de andar com

Eddie. Mas Eddie me faz rir bastante, é verdade, e nunca foi cruel comigo, só chama a atenção para mim quando essa é a última coisa que quero, e fico com ciúmes de quanto tempo Gerry passa com ele, e a atitude servil do meu namorado é tão vergonhosa que fico com raiva de Eddie por isso.

Observo a tragédia que é o meu quarto, avaliando as roupas em busca de combinações possíveis, descartando e rearrumando as pilhas de tecidos.

Outra batida na porta.

— Já falei que vou sair daqui a pouco! — grito.

— Sou eu, escandalosa — diz a minha irmã. Aos 11 anos, Ciara já é mestre no sarcasmo e consegue encarar qualquer um, inclusive os nossos pais. Como ela divide o quarto comigo, sou obrigada a abrir a porta.

Ela entra e logo observa o quarto e eu parada no meio daquela confusão, usando roupa de baixo.

— Bom, está ótimo.

Ela pula por cima das pilhas de roupas, saltando nos pequenos espaços em que o carpete leva até sua cama. Ela está com um pote de Häagen-Dazs e uma colher na mão, e se senta de pernas cruzadas na cama, me observando.

— O papai falou para a gente não pegar o sorvete dele.

— Eu disse que estou menstruada — responde ela, enfiando uma colher cheia na boca.

Nosso pai odeia conversa sobre menstruação.

— Um fluxo bem intenso.

Faço uma careta.

— Cruzes, Ciara.

— Eu sei, ele teria me dado qualquer coisa só para me fazer calar a boca. Você deveria tentar.

— Não, obrigada.

Ela revira os olhos.

— Se não tomar cuidado, ele vai mandar você para o hospital. Você não está menstruada já faz umas três semanas?

Ela arregala os olhos com uma expressão inocente.

— Eu sei! É por isso que preciso tanto do sorvete. — Ciara cai na risada. — Então, qual é a parada? Você vai transar com o Gerry hoje?

— Cala a boca!

Ciara sorri.

— Vai! Uau. Que gostosona.

Fecho os olhos.

— Ciara, eu não falava desse jeito quando tinha 11 anos.

— Bom, eu já tenho quase 12 e falo assim. Vai, me diz as opções.

— Tudo isso, nada disso. — Suspiro e pego algumas peças. — Isso. Ou isso. Na verdade, comprei isso para a festa. — Levanto uma saia jeans e uma blusa. Claramente, nesta luz, as duas coisas não combinam.

Mesmo que ela só tenha 11 anos, confio na opinião de Ciara e tenho fé no seu estilo, mas me falta a confiança para seguir as suas recomendações.

Ela deixa o sorvete de lado, deita de bruços na beirada da cama e revira as roupas no chão.

— E aí, onde vocês vão transar?

— Eu falei para calar a boca.

— No clube, do lado da estátua do Sam Maguire? Ou você vai *sentar* no colo do Sam Maguire?

Eu a ignoro.

— No banheiro, perto dos vários velhotes de chapeuzinho xadrez comendo sanduíche de maionese? Na sala de descanso, recostada nos sacos de batata frita?

Isso me faz rir. O mais engraçado de Ciara é que ela não se acha engraçada. Ela nunca ri, nem quando diz as coisas mais hilárias, e nunca parece ficar sem ideias. Ela solta piada atrás de piada, como se seu melhor humor ainda estivesse por vir, como se estivesse praticando, tentando melhorar.

Não respondo e ela continua sugerindo lugares em que posso fazer sexo no clube, mas fico observando a minha irmã avaliar as roupas enquanto penso no nosso plano verdadeiro de ir para a casa do Gerry. Os pais dele, junto com todos os tios, tias e parentes que não querem ficar surdos com músicas que odeiam, vão sair da festa de Eddie e continuar a festejar na casa dele — os pais de Eddie são famosos pelas festas em que o karaokê segue até altas horas da madrugada. O que significa que a casa de Gerry vai ficar vazia.

Lembro que a minha mãe me falou que, numa casa pequena com nove crianças, ela e os irmãos naturalmente aprenderam a encontrar os próprios esconderijos, que, em um lugar tão lotado de personalidades e individualidades, era necessário, quase como uma estratégia de sobrevivência, criar espaços no mundo que fossem seus, para se perder na própria imaginação, para brincar, ler, ficar sozinho, ser autêntico, se isolar e se acalmar em meio ao caos. O espaço dela era o vão atrás do sofá em que a base não encostava na parede. Os irmãos que não acharam o próprio espaço ficaram, e continuam, um pouco distantes de si mesmos. O mesmo pode ser dito das minhas amigas. Estamos sempre em busca do nosso espaço para ficar com os nossos namorados, uma casa vazia é um grande presente, e, mesmo assim, lá dentro, é uma caça competitiva por espaço, uma parte do sofá, um canto escuro ou um cômodo vazio. Hoje, finalmente, eu e Gerry vamos ter o nosso espaço, o nosso tempo, para ficarmos juntos de verdade, sem ninguém observando ou entrando de surpresa, criando um caos pessoal no meio da calma. Não dá para dizer que esperar um ano não foi o suficiente. Eu e Gerry somos praticamente santos comparados aos nossos amigos. O encontro de hoje foi ideia minha, eu que o persuadi. Não foi difícil. *Eu estou pronta, e você?*, perguntei.

Gerry pode ser bagunceiro e divertido, mas também é contemplativo. Na maioria das vezes, ele pensa antes de fazer as besteiras. Ele faz mesmo assim, mas sempre pensa primeiro.

Batem na porta e me sinto a ponto de explodir.

— O Gerry está esperando — diz o meu pai, obviamente enviado pela mamãe, que não quer me ouvir gritar de novo.

— Roma não foi construída em um dia — diz Ciara.

— Essa construção vai acabar antes de Holly ficar pronta — responde ele. Ciara dá uma risada sarcástica, e ouvimos ele descer as escadas.

— Você é sempre tão má com ele — digo com uma risada, sentindo pena do papai.

— Só na cara dele. — Ela tira um vestido de uma pilha de roupas. — Esse aqui.

— Foi com esse que eu comecei.

Estico o vestido na frente do corpo e me olho no espelho.

— Definitivamente fica melhor de frente — comenta Ciara às minhas costas, olhando direto para a minha calcinha.

É um vestido de cetim preto de alcinhas e bem curto.

— O preto vai esconder as manchas de sangue — diz ela.

— Ciara, você é horrível. — Eu balanço a cabeça.

Ela dá de ombros e pega o sorvete antes de ir embora.

Eu desço. Minha mãe sai da cozinha para olhar para mim. Seu olhar é ao mesmo tempo orgulhoso, preocupado e cauteloso. Todas as três expressões são reconhecíveis e compreensíveis. Tudo que os meus pais fazem tem grande significado. É como quando eles dizem "divirta-se", mas o tom sugere que querem que eu me divirta de acordo com os padrões deles, e se me divertir do jeito que eu quero, terei que enfrentar as consequências.

Meu pai está assistindo *Beadle's About* na TV com Ciara e Declan, que morre de rir. Jack e Gerry estão na sala jogando Sonic no novo Mega Drive do meu irmão. Assim como Eddie, Jack e seu Mega Drive são o segundo vício que tira Gerry de mim. Passei noites e fins de semana infinitos naquela sala com eles. A sala que em geral fede a chulé e meias sujas hoje está tomada pelo cheiro de loção pós-barba.

Gerry está com os olhos fixos na tela enquanto joga.

Jack dá uma olhada para mim e solta um assobio zombeteiro. Espero na porta para Gerry terminar e me notar, sabendo que vou ouvir mais comentários de Jack e que vou ignorar. Sei que ele gosta de Gerry, sei que ele prefere a companhia do meu namorado à minha e que todos os seus comentários reclamões típicos de irmão mais velho são só por obrigação, vergonha e expectativa.

O rosto de Gerry está concentrado, os lábios franzidos, as sobrancelhas cerradas. Está de calça jeans, camisa branca de botão, gel no cabelo. Seus olhos azuis brilham. Está usando perfume suficiente para todos os homens na festa. Enquanto eu o observo, abro um sorriso. Como se sentindo o meu desejo, ele enfim tira os olhos do jogo.

Ele me olha da cabeça aos pés, rápido, depois devagar. Sinto um frio na barriga. Gostaria de nem ir à festa.

— Ah, não! — grita Jack, jogando as mãos para o alto e nos assustando.

— O quê? — Gerry olha para ele.

— Você morreu.

— Não me importa. — Gerry abre um sorriso e joga o controle para Jack. — Tchau.

— Tira as suas mãos da minha irmã.

Gerry sorri ao se aproximar de mim. A gente olha um para o outro. Ele ergue as mãos, de forma que Jack não veja, abre as palmas e finge apertar os meus peitos. A porta se abre atrás de mim.

É Ciara.

Ela observa enquanto Gerry baixa as mãos e fica vermelho.

— Que gracinha. Já nas preliminares?

A festa em Erin's Isle é tudo que imaginei que seria, mas, quando eu estava imaginando, estava do lado de fora. É mais fácil quando estou dentro. O lugar está cheio de primos, tios e tias de Gerry, conversando comendo sanduíches, asinhas e salsichas. Terminei o meu drinque alcoólico às dez horas, e meu secretamente compreensível mas jamais citado segundo drinque às onze. Os convidados mais velhos vão embora nesse horário como combinado, com Eddie começando uma fila de conga em uma última volta pelo local antes de levá-los para os seus carros e táxis esperando. Então o DJ começa a tocar, e a música é tão alta que é impossível ter qualquer conversa civilizada. Tomo um terceiro drinque, supondo que vou ter tempo para o quarto, começando a pensar que os nossos planos de sair mais cedo foram prejudicados pela atenção que Eddie dá a Gerry a noite toda. Quando ele vai para pista de dança exibir os seus cômicos passos de break, tenho certeza de que é melhor pedir outra bebida, porque Gerry em geral é o parceiro animado desse showzinho. Mas eu estou errada. Desta vez, Gerry me escolhe.

Gerry se inclina para sussurrar algo para Eddie, que sorri e dá tapinhas nas costas dele. Estou morrendo de vergonha, torcendo para que Gerry não tenha dito ao primo exatamente o que estamos prestes a fazer, mas o fato de estarmos saindo cedo já diz tudo. Eddie arrasta Gerry pela pista de dança na minha direção, então me abraça e me aperta com tanta força que mal consigo respirar. Gerry está tão satisfeito com esta reunião das pessoas que são donas do seu coração que não faz nada para detê-lo.

Eddie, suado e bêbado, nos puxa para perto.

— Vocês dois... — Ele nos abraça com força. — Você sabe o quanto eu amo esse moleque. — Um pingo de cuspe cai no meu lábio, mas sou educada demais para limpar. O suor da testa dele escorrendo pelo meu rosto. Só consigo pensar na minha maquiagem indo embora. — Eu amo esse moleque, amo mesmo. — Ele dá um beijo desajeitado na cabeça de Gerry. — E ele te ama.

Eddie nos abraça de novo. Embora eu saiba que ele tem boa intenção e que esse é um momento importante, está dolorido. Esse cara que derruba homens enormes no campo de futebol não conhece a própria força. Seu sapato formal de bico aperta o meu dedão. Eu me concentro em me encolher o máximo possível enquanto ele continua.

— Ele te ama — repete ele. — E você ama ele também, né?

Olho para Gerry. Diferente de mim, ele parece emocionado com a demonstração de carinho e intimidade desse bêbado. Não aparenta se incomodar por estar apertado, suado e babado. Ou pela sua namorada ser forçada a declarar seu amor.

— Amo — digo.

Gerry está me olhando com carinho, as pupilas dilatadas, o que me diz que está bêbado, mas tudo bem, porque também estou altinha. Ele abre um sorriso tão bobo que me faz rir.

— Chega, vocês dois, fora daqui — diz Eddie, nos soltando, bagunçando o cabelo de Gerry com um beijo na testa antes de voltar para a pista de dança para desafiar um colega de time.

Vamos para a casa de Gerry o mais rápido que podemos, determinados a não perder um segundo do nosso tempo mágico. Gerry é fofo, é cuidadoso. Nós dois somos. Nós dois pensamos no outro, o que só torna tudo melhor. Ele acende uma vela e coloca uma música para tocar. Com 16 e 17 anos, somos os últimos no nosso grupo de amigos a transar, e o casal que está junto há mais tempo. Sou metida o bastante para achar que eu e Gerry seremos diferentes, e somos metidos o bastante para nos certificar de que as coisas serão exatamente como a gente quer. Odeio a palavra "metida", mas é assim que os outros nos veem. Temos confiança suficiente em nós dois para agir como queremos, sem imitar ninguém. Isso incomoda as pessoas, nos isola de vez em quando, mas temos um ao outro e não nos importamos.

Fazemos amor e é gentil e profundo, ele encontra seu esconderijo em mim, e o meu refúgio o envolve. Nós dois encontramos um lugar no mundo juntos. Depois, ele me beija devagar, me encarando em busca dos meus sentimentos, sempre querendo saber o que estou pensando.

— O abraço do Eddie doeu mais — digo, e ele ri.

Queria passar a noite com ele e acordar nos seus braços de manhã, mas não posso, não temos permissão. Nosso amor é limitado e decidido por outros, o simples mas distante ato de acordarmos juntos com o nascer do sol será um prazer apenas quando "eles" deixarem. Meu toque de recolher era às duas da manhã e a essa hora ainda estou me despedindo de Gerry e entrando no táxi.

Mal dormi quando a minha mãe me acorda, e acho que fui descoberta, mas a ligação no início da manhã não teve nada a ver com isso. Gerry está do outro lado da linha, chorando.

— Holly — diz ele com a voz embargada, soluçando. Entro em pânico. — O Eddie morreu.

Depois que a festa acabou em Erin's Isle, Eddie e o grupo de amigos foram para uma boate na Leeson Street. Eddie estava bêbado demais e se afastou do grupo para tentar pegar um táxi para casa. Foi encontrado caído na rua, inconsciente. Atropelado. Morreu antes de chegar ao hospital.

A morte de Eddie acaba com Gerry. Ele ainda está de pé, mas é quase como se não estivesse funcionando direito. Tanto ele quanto eu sabemos que Gerry nunca mais vai voltar a ser o mesmo. Eu não o perco; na verdade, acontece o contrário. Todas as partes de Gerry que eram bobas desaparecem, e todas as partes que eu amava, e mais, se destacam.

Nunca vou saber se foi porque, no momento em que fizemos amor, Eddie estava vivendo as suas últimas horas, quando misturamos as nossas antigas formas e nos remoldamos em algo novo, ou se foi a morte de Eddie. Tenho certeza de que foi tudo isso junto. Aquela perda foi um evento tão monstruoso nas nossas vidas que é impossível saber que evento mudou o que na gente. O que percebo é que esses dois acontecimentos nos aproximam, e o que sei sobre nós dois é que, quanto mais o mundo muda, mais nós nos aproximamos.

É chegado o dia do funeral.

Então algo novo acontece.

Estamos na sala com os pais e irmãos de Eddie, todos em choque. Gerry lamenta por não estar com Eddie na volta para casa; sabe que, se estivesse lá, não teria deixado Eddie voltar sozinho, teria chamado um táxi e ido com ele para casa. Mas o que nós dois sabemos é que Eddie sabia que estávamos apaixonados, Eddie amava isso, nos incentivou a ficar juntos, nos abraçou e se despediu da gente. Não há motivo para culpa, só um arrependimento por Gerry não poder ter salvado Eddie.

— Se eu me arrependesse de não ir para a boate com Eddie, então me arrependeria do que aconteceu conosco naquela noite — argumenta Gerry quando estamos sozinhos. — E não me arrependo nem um pouco.

A mãe de Eddie nos leva ao andar de cima para mostrar os presentes ainda fechados com os cartões de aniversário nos envelopes. Uma pilha de presentes pelos seus 21 anos que Eddie nunca pôde abrir. Seus pais trouxeram tudo para casa em um saco plástico enorme na noite da festa.

— Não sei o que fazer com tudo isso — diz ela.

Olhamos para os presentes. Deve ter umas trinta ou quarenta caixas empilhadas.

— Quer que a gente ajude a abrir? — pergunta Gerry.

— E o que vou fazer depois?

Olhamos para o quarto de Eddie. Está cheio das coisas dele. Coisas que ele tocou, amou, coisas que têm o seu cheiro, a sua energia, que significam alguma coisa e têm uma história. Troféus, camisas, pôsteres, pelúcias, jogos de computador, livros da faculdade; itens que mantêm a sua essência. Os presentes fechados não têm nada de Eddie, nunca tiveram chance de absorver a sua vida.

— Quer que a gente devolva? — pergunto.

Gerry olha para mim, surpreso por eu ter sugerido algo tão errado, e por um momento temo que ele tenha me entendido mal.

— Você faria isso?

Eu me ajoelho e abro um cartãozinho preso a uma caixa embrulhada com papel azul decorada com bolas de futebol.

— Paul B — leio.

— Paul Byrne — diz Gerry. — Do time.

— Você conhece todos eles, Gerry — diz a tia dele.

— E os presentes têm cartões — falo. — A gente pode fazer isso. — Olho para Gerry, que ainda parece incerto. — Um presente de Eddie para os amigos.

Não sei por que falo isso. Acho que é porque estou tentando convencer Gerry, porque sei que é isso que a tia dele quer, mas depois de um tempo começo mesmo a acreditar. Um último presente de Eddie, de onde quer que ele esteja.

E Gerry se agarra a isso. Nas semanas seguintes, nós dois embarcamos em uma missão para devolver os presentes que Eddie recebeu. Identificando o presenteador, localizando-o, devolvendo o presente. Cada item conta uma história sobre a pessoa que Eddie era. E a pessoa que recebe o presente divide essa história conosco, quer que a gente saiba. Por que escolheram aquele presente, a história por trás daquilo, e cada motivo é mais um momento em que Eddie está vivo. E embora estejam recebendo os presentes de volta, também estão ganhando um pedacinho de Eddie. E vão guardá-lo. Era o presente de Eddie, guardá-lo vai mantê-lo vivo, seja uma camisa de futebol, uma cueca com estampa engraçada ou uma bússola do tio para o sobrinho escoteiro, para que nunca mais se perdesse. Seja o que for, pequeno ou grande, sentimental ou divertido, representa uma parte daquela amizade, e Gerry e eu devolvemos isso para eles, durante as férias de verão. Temos empregos de meio-expediente, mas passamos todos os momentos livres no carro do meu sogro, Gerry dirigindo com a carteira provisória, só nós dois, fazendo essa coisa adulta e importante com a nossa liberdade recém-descoberta.

Nós derretemos e nos remodelamos juntos. Eu vi acontecer, senti. Ele estava nos meus braços. Ele estava em mim.

Sexo, morte, amor, vida.

Tenho 16 anos. Gerry tem 17. Tudo que se quebra ao nosso redor nos une com ainda mais força, porque não importa quão caótico o mundo seja, todos precisamos dos nossos esconderijos, ou é impossível ouvir os próprios pensamentos. Nosso esconderijo é um no outro.

Nós criamos o nosso espaço e vivemos nele.

CAPÍTULO 30

O saco de ervilhas descongelou durante a noite e deixou uma poça na ponta do colchão. A umidade invade os meus sonhos; sempre que os meus pés tocam aquela parte do lençol, sonho que estou molhando os pés, primeiro uma caminhada tranquila em uma praia, areia macia e fofa e água brilhante batendo, depois em uma piscina, minhas pernas balançando, se movendo livremente sob o azul. Mais tarde, em um sono mais profundo, estou presa pelo tornozelo, um aperto firme bem no ponto que dói e lateja, sendo mergulhada na água de cabeça como Aquiles. Em teoria, o ato é para me deixar mais forte, mas quem quer que esteja me segurando pelo tornozelo se distrai e me deixa mergulhada por tempo demais. Não consigo respirar.

Acordo com um susto, sem fôlego. O verão trouxe uma manhã clara, com os passarinhos cantando e um raio de sol que atravessa a janela e acerta direto o meu rosto como se um gigante estivesse mirando uma lupa em mim. Protejo os olhos e tento umedecer os meus lábios ressecados com saliva. O céu está azul, tem um alarme de carro apitando em algum lugar, um pássaro imitando o som. Um pombo responde, uma criança ri, um bebê chora, alguém chuta uma bola na cerca do jardim.

Foi uma noite inquieta. Desestabilizada pelo funeral do Bert e pela sensação da presença de Gerry, mais uma vez me sinto destruída pelo luto.

Esse é o problema de amar e perder, de manter e abrir mão, de ser abraçada e então abandonada, de se reconectar e então desconectar. Sempre tem o outro lado da moeda, não há meio-termo. Mas preciso encontrá-lo. Não posso me perder de novo. Preciso racionalizar, preciso me controlar, me firmar, colocar as coisas em perspectiva. Não posso achar que tudo isso tem a ver comigo, com os meus sentimentos, as minhas necessidades, os meus desejos, as minhas perdas. Preciso parar de sentir tão profundamente, mas não posso me anestesiar; preciso seguir em frente, mas sem esquecer; preciso ser feliz sem rejeitar a tristeza; preciso abraçar sem me apegar; preciso eliminar, mas não aniquilar; preciso ser gentil comigo mesma, mas também ser forte. Como a minha mente pode permanecer firme quando o meu coração está em pedaços? Tantas coisas a ser e a não ser; não sou nada, mas sou tudo, e preciso, preciso, preciso.

Há mais que posso fazer, há mais que devo fazer. Cartas não são suficientes. Preciso aprender com Bert, posso fazer mais por Ginika e devo isso a Jewel. É por aí que vou começar, e essa dor lancinante da cabeça aos pés com certeza vai passar em algum momento. Tem que passar, e preciso fazer isso. Estou imóvel, mas não impotente. Mexa-se, Holly, Mexa-se.

Denise bate de leve na porta do quarto. Eu embrulho o edredom em volta do pescoço, finjo estar dormindo e torço para que ela vá embora. A porta se abre devagar e ela entra pé ante pé. Percebo Denise se aproximar e me observar. Ouço o barulho de cerâmica na mesa de cabeceira quando ela coloca alguma coisa ali. Sinto cheiro de café e torradas com manteiga.

— Obrigada — falo pela primeira vez, a voz rouca.

— Você está bem?

— Estou. Tive um despertar espiritual.

— Ah, que ótimo.

Dou um sorriso.

— Falei com a Ciara. Ela me contou que deu tudo certo no funeral do Bert ontem.

Finalmente abro os olhos e a encaro, tentando ver se ela está segurando uma risada, mas não. Está sendo sincera, preocupada e piedosa.

— A minha parte poderia ter sido melhor. — Eu me sento na cama. — Mas funcionou, e é isso que importa. — Olho para a mesinha e estou certa sobre a comida. Ovos mexidos cremosos com manteiga em uma torrada de pão integral. Meu estômago me lembra de que não como desde a manhã de ontem, antes de ir para o trabalho. — Obrigada.

— Tenho que pagar a estadia. — Ela dá um sorriso triste.

— Aconteceu alguma coisa?

Ela cutuca a cutícula.

–— Fui ver Tom ontem. Disse que sentia muito. Que entrei em pânico e cometi um erro.

— E?

— Ele mandou eu ir me foder.

Faço uma careta.

— Ele está com raiva, tem motivo para reagir assim. Mas vai mudar de ideia.

— Espero que sim. Vou ter que reconquistá-lo. E não sou muito conquistadora. Posso comprá-lo com presentes, você tem alguma ideia?

Eu me distraí enquanto ela falava.

— Vocês já pensaram em adoção?

— Você acha que eu adotar um bebê vai reconquistá-lo?

— O quê? Não. Eu estava pensando em adoção ou lar temporário. Sei que não é a mesma coisa, não é um bebê nascido de vocês, que é o que os dois querem, mas pensa em como você se deu bem com a Jewel, pensa em como foi amorosa, cuidadosa e maravilhosa com ela. Imagina quantos bebês estão por aí, precisando do amor que você pode dar. — Eu paro, a mente vagueando, quando um novo pensamento me ocorre. — Denise! — exclamo, de olhos arregalados.

— Pode parar — diz ela, me interrompendo. — Eu sei o que você está pensando. Já procurei saber.

— Sério?

— O curso leva um ano e meio, e mesmo depois disso, mesmo que por algum milagre eu pudesse virar a vida de Jewel de cabeça para baixo e traumatizá-la ainda mais por tirá-la de um novo lar em que ela já estivesse por 18 meses, não é como se você pudesse escolher a criança que quer. O serviço social é que decide.

— Mas e se de alguma forma você *pudesse* ser a guardiã da Jewel, como será que Tom se sentiria? — pergunto, minha mente se adiantando.

— Preciso que ele comece a *falar* comigo primeiro, antes de sequer poder começar uma discussão tão importante. Até fazer ele me olhar nos olhos seria um começo. De qualquer forma, é tudo hipotético. Teria que ser decisão da Ginika. Eu não poderia sugerir isso, não seria certo.

— Talvez ela também queira. Não seria pelo menos válido perguntar? Ela está procurando um lugar seguro para a filha crescer. Você foi mais do que gentil e amorosa com as duas. Você quer *tanto* isso.

Denise me olha.

— E sem querer pressionar, mas o Tom vai ter que receber você de volta, porque aceitei uma oferta pela casa ontem à noite. Temos três meses antes de ficarmos sem teto.

— O quê? Sério? — Denise tenta parecer animada, mas vejo o esforço para manter a expressão calma. — Parabéns. Onde vai morar?

— Não faço ideia.

— Meu Deus, Holly, não que eu possa julgar, mas o que aconteceu? — pergunta ela. — Em tipo um mês, desde o podcast, parece que você jogou tudo para o alto.

Eu reclamo e me jogo na cama.

— Por favor, não me fala essas coisas assustadoras, eu não aguento. — De repente me dou conta da caneca que ela colocou ao meu lado. É a caneca do *Star Wars* do Gerry. A que eu tinha quebrado. — Você colou essa caneca?

— Não. Estava na bancada quando cheguei do trabalho.

Ontem. Eu tinha passado na cozinha quando cheguei para pegar as ervilhas congeladas, mas não prestei muita atenção; fui direto para a cama. Eu me inclino para a frente e observo a caneca, com vapor saindo do café. Procuro as rachaduras na alça e na beirada.

— Espera um segundo.

Eu jogo as cobertas longe e saio da cama, descendo as escadas correndo até a cozinha. Denise vem atrás.

Abro o armário. A caneca quebrada sumiu.

— Estava do lado das chaves — explica Denise, apontando para a torradeira.

Então me dou conta do que aconteceu.

São as chaves do Gabriel.

Ele colou Gerry.

A manhã de sábado é sobre dar partida, mas não de carro nem de bicicleta; hoje vou pegar o ônibus, especificamente a linha 66A. Ginika me contou sobre isso, reclamou bastante nos seus momentos de frustração. Seu pai, que é motorista da linha, o demônio na direção do 66 que leva as pessoas para Chapelizod e a leva para a insanidade.

Ele não está no ônibus das 9h30. Eu espero, sentada nos degraus de concreto de um prédio georgiano na Merrion Square enquanto bebo um café para a viagem, erguendo o rosto para o sol e torcendo para que, ao focar a minha energia nele, ele seja gentil e retribua. Às 10h30, sei que é ele. É a cara de Ginika. Seus olhos grandes e atentos, as maçãs do rosto proeminentes.

Ele abre a porta do ônibus e entro na fila para subir. Observo-o atentamente enquanto as pessoas entregam as moedas ou passam os cartões e sobem no veículo. Ele assente de leve para os passageiros que o cumprimentam, uma presença silenciosa e reservada. Ele não é como Ginika retratou. Não é o arrogante capitão desse navio, só um profissional cansado e quieto com olhos fundos. Eu me sento onde consigo vê-lo e fico de olho nele a viagem toda. Da Merrion Square até a O'Connel Street, ele entra e sai de ruas, erguendo a mão pela janela para agradecer os carros que o deixam passar. Paciente, calmo, cuidadoso, tranquilo no trânsito complicado do centro em um sábado de manhã. Mais oito minutos até Parkgate Street, mais dez até Chapelizod. Eu revezo o olhar da vista da vila para o pai de Ginika várias vezes, examinando ambos com o mesmo interesse. Sete minutos até o shopping de Liffey Valley, onde a maioria das pessoas desce. Dez minutos até Lucan Village, mais doze até River Forest, onde finalmente sou a última pessoa no ônibus.

Ele olha por cima do ombro para mim.

— É a última parada.

— Ah. — Eu olho em volta. — O senhor vai voltar para a cidade?

— Só daqui a vinte minutos.

Eu me levanto e paro ao seu lado. A identificação dele diz Bayowa Adebayo. Fotografias e lembrancinhas decoram a área ao redor do volante. Crucifixos, medalhinhas religiosas. Uma fotografia de quatro crianças. Uma delas é Ginika. É uma foto de escola, uniforme cinza e gravata vermelha, um sorrisão aberto de dentes tortos, seus olhos castanhos brilhando de alegria e travessura, uma covinha brincalhona na bochecha.

Sorrio com a imagem.

— Você perdeu o seu ponto? — pergunta ele.

— Não. Hum. Eu só estava aproveitando a viagem.

Ele me observa com uma curiosidade discreta. Talvez me ache estranha, mas não demonstra.

— Certo. Bom, o ônibus sai de novo em vinte minutos.

Ele puxa uma alavanca e a porta se abre.

— Ah.

Saio do ônibus e olho em volta. As portas se fecham atrás de mim na hora. Dou alguns passos até o terminal e me sento no banco. Ele sai do banco do motorista e vai até os fundos do ônibus com um saco plástico nas mãos, então senta e come um sanduíche, bebe algo de uma garrafa térmica. Ele percebe que estou esperando no terminal e volta a atenção para o sanduíche.

Vinte minutos depois ele atravessa o corredor do ônibus, abre a porta, sai, fecha as portas pelo lado de fora, amassa o saco e joga na lixeira. Ele se alonga, puxa a cintura da calça para cobrir a ligeira barriguinha e abre a porta do ônibus. Ele entra e fecha a porta imediatamente enquanto se senta de volta atrás do volante. Quando está pronto, abre a porta, e eu subo de novo. Ele assente para mim, sem fazer perguntas, sem querer conversar, não é da conta dele o que estou fazendo e ele não está curioso ou, se está, não demonstra. Eu me sento no mesmo lugar na volta. Levanto-me no ponto final, na

Merrion Square, deixo todo mundo sair antes de mim e me aproximo da janelinha do motorista.

— Você vai voltar para o ponto final de novo? — pergunta ele com um brilho de diversão nos olhos, um sorrisinho nos lábios.

— Não — digo, pronta desta vez. — Eu sou amiga da sua filha, Ginika.

O sorriso não desaparece, mas o modo como se congela no seu rosto demonstra o mesmo sentimento.

— Ela é incrível e muito corajosa. Ela me inspirou e me ensinou muito. O senhor deveria ter orgulho dela.

É tudo o que tenho coragem de dizer. Tudo o que, talvez, eu queira dizer. Porque ele tem o direito de saber. Não, mais que isso: ele *precisa* saber. É melhor saber enquanto a filha ainda está viva o quanto ela é incrível, corajosa e inspiradora. Não é suficiente que lhe digam depois nem que ele perceba depois. Eu desço do ônibus rápido, antes que ele grite comigo, ou me chame, ou eu me envolva mais do que quero me envolver. É o suficiente, acho. Espero.

Está na hora do almoço e, animada pelo meu breve encontro com o pai de Ginika, estou quase saltitando, com uma sensação de dever cumprido me levando à próxima tarefa que prometi cumprir. Tenho um envelope cheio de dinheiro que guardei com cuidado na bolsa, uma lista de compras amorosamente anotada e um imenso desejo de continuar a expulsar os cantos escuros da minha mente frágil. Não posso deixar as nuvens se aproximarem do centro, elas precisam seguir em frente, como as nuvens que observei pela janela ontem. É o primeiro sábado de junho, e tenho que começar as compras de Natal de Joy.

Ela tem três filhos: Conor, Robert e Jeremy. Conor é casado com Elaine e tem dois filhos, Ella e Luke. Robert é casado com Grainne e tem quatro filhos pequenos, os gêmeos Nathan e Ethan, Lily-Sue e Noah. Jeremy tem um menino chamado Max com Sophie e está esperando um bebê com Isabella.

Joy tem três irmãs e um irmão: Olivia, Charlotte, Emily e Patrick. Três são casados, um divorciado, mas Joy continua próxima da família da ex-cunhada. No total, eles têm onze filhos, e desses, cinco têm filhos. Joe tem duas irmãs e um irmão, que têm oito filhos e sete netos no total. E a lista de Joy não estaria completa sem Joe, sua rocha, e suas duas melhores amigas, Annalise e Marie.

Todos esses nomes foram escritos na lista de Natal de Joy, cada um com um presente específico. Ela pediu que eu, a agente do Clube P.S. Eu te amo, cumprisse essa missão, e não para os filhos, nem para as noras, nem para as amigas, porque quer que as coisas continuem como sempre, sem que nada pareça diferente, mesmo quando a vida tomou uma direção que ninguém desejava. Ela não quer que ninguém da sua vida se sinta excluído; todos que ela ama vão receber seus últimos presentes.

Entregar as cartas de Bert, fazer as compras de Natal para Joy e ajudá-la a cozinhar as refeições favoritas de Joe, fazendo anotações para o seu caderninho de segredos, ser convidada para a casa de Paul, filmando as suas mensagens pessoais e conhecendo os seus pensamentos mais íntimos e as suas memórias, tudo isso tem sido uma visita bem-vinda aos mundos mais preciosos e escondidos das pessoas. Tenho uma sensação de propósito, de responsabilidade para com aqueles que me confiaram essa importante tarefa. Embora sem dúvida tenha me distraído das minhas próprias obrigações, também foi uma bênção por me aliviar das minhas preocupações. Eu me percebo envolvida na tarefa. Seguir a lista de compras de Joy, escolhendo as coisas de acordo com o orçamento, depois riscando cada nome e item da lista, é muito satisfatório. Estou ocupada. Tenho um propósito importante: realizar o desejo de Joy.

Quando volto para casa, eu me sento no chão da sala, os presentes espalhados ao redor, e me preparo para embrulhar. Em geral odeio embrulhar pacotes e terceirizo essa tarefa para as lojas no Natal, mas não é Natal, e esse é a minha missão. Usando papel Kraft e barbante, tomo mais cuidado do que nunca para me certificar de que os cantos estão bem dobrados e a fita está escondida.

Denise volta para casa às sete horas com Sharon. Sinto uma pontada de irritação por ter meu isolamento estragado, e embora Sharon seja minha amiga também, não gosto de não ter sido consultada.

Estou tão acostumada a ter o meu espaço, a ficar sozinha. Mesmo quando estava praticamente morando com o Gabriel, cada um ter sua casa significava que a gente podia ter momentos sozinhos, e mesmo juntos éramos bons em nos dar espaço.

— Está embrulhando presentes de Natal? — pergunta Sharon, me observando da porta.

— Sim, para a Joy — respondo, me preparando para a resposta engraçadinha.

— Tá bom. Não vou atrapalhar. Vou ficar na cozinha com a Denise.

Ela sai na mesma hora, melhorando o meu humor. Momentos depois, ouço música. Um instrumento de cordas e o tom suave e calmante de Nat King Cole cantando "The Christmas Song" vindo do celular da Sharon. Ela coloca uma taça de vinho tinto e um pote de batatas chips ao meu lado, dá uma piscadela e sai, fechando a porta.

Cada embrulho tem um cartão: Para Conor, Para Robert, Para Jeremy... para todos na lista, cada um assinado com *P.S. Eu te amo.* Eu junto todos os embrulhos em três caixas de papelão normal e escrevo na tampa "Pisca-piscas de Natal", já que o plano é guardar os presentes no sótão até Joe começar a decorar a casa para as festividades do fim de ano.

Falei para Gabriel que a minha vida voltaria logo ao normal, que eu conseguiria me distanciar da vida dessas pessoas no momento certo depois de terminar minhas obrigações. Mas ele tinha razão: eu não consigo fazer isso. Só que ele estava errado em acreditar que isso seria ruim. Não é algo a evitar; esta é a minha vida agora. Esta vida está me alimentando. Fiquei para baixo ontem, mas estou diferente agora. Aprendi com os meus erros e hoje recolhi meus pedaços.

CAPÍTULO 31

Sem poder tirar mais folgas no trabalho e ainda me sentindo empolgada depois da minha grande epifania da semana passada, decido começar os meus dias mais cedo. São sete da manhã de sábado, e estou animada para a minha próxima missão com Paul. Espero no amplo estacionamento vazio de uma loja de departamentos, que foi o endereço que ele me deu. Não faço a mínima ideia do motivo por ele ter marcado aqui. Não tenho controle sobre as ideias de Paul, sou apenas a cinegrafista, e é só isso que ele quer que eu seja. Eu me pergunto se deveria fazer mais, se ele vai me dar abertura para isso.

Um carro enfim entra no estacionamento e não consigo deixar de rir. É um Morris Minor verde-garrafa, que não é o carro de sempre de Paul. Começo a filmar a sua chegada, segurando o riso e tentando não tremer a filmagem. Eu não devo ser vista ou ouvida. Ele para ao meu lado e abre a janela, o que demora um pouco, já que o processo é manual, à manivela, mas isso só torna a cena mais engraçada.

— Oi, Casper — diz ele para a câmera. — Você está fazendo 16 anos, seu bonitão. Aposto que as meninas adoram você. Este é o carro em que o meu pai, seu avô Charlie, me ensinou a dirigir. Não era um carro maneiro na época e não é maneiro agora, mas hoje vou levá-lo na sua primeira aula de direção no mesmo carro em que seu avô me ensinou. Entra aí — diz ele com uma piscadela.

— Qual é o problema? — Paul olha para mim, incerto, depois que terminamos de filmar a aula de direção. — Ficou ruim? Acho que você não curtiu muito essa.

— Ficou ótimo!

Abro um sorriso, mas estou preocupada. Ele fez alguns comentários que acho que não serão relevantes daqui a dezesseis anos, e acredito que Paul não pensou muito bem nisso. Está agindo como se essa aula de direção estivesse prestes a acontecer com o seu filho de 2 anos amanhã, mencionando amigos que o menino tem agora, fazendo referências a situações do presente ou a coisas que são impossíveis de prever quinze anos antes. Não digo nada porque não quero estragar o bom humor de Paul. Seu desejo é a minha ordem, e é divertido estar com ele quando está tão feliz. Preparar as cartas e os vídeos não nos deixa deprimidos como poderia se imaginar, como Gabriel temia; é tudo positivo, divertido e focado no futuro. Gostaria que Gabriel me visse agora; sorrindo, aproveitando o tempo que tenho com alguém que ele imaginou que me arrastaria para uma depressão profunda.

— Tudo certo para gravarmos os vídeos da Eva amanhã? — pergunta ele, animado, ansioso e preocupado, como se eu fosse recusar.

— Sim.

— Ótimo — comenta. — Então estamos quase acabando. Preciso estar com tudo pronto até semana que vem.

Depois que o meu compromisso com Paul acabar, só vai ficar faltando uma pessoa. O que vou fazer então?

— Por que semana que vem?

— É quando vou fazer a craniotomia.

Sem dúvida, qualquer cirurgia no cérebro é provavelmente o tipo mais perigoso que se poderia fazer. Craniotomias são comuns para se retirar um tumor cerebral, em que o cirurgião corta parte do crânio para chegar ao cérebro. Muitas vezes não é possível retirar o tumor todo, então o cirurgião remove a maior parte possível; isso se chama depuração. Os riscos são de infecção, hemorragia, coágulos, inchaço, convulsões. Alguns pacientes têm derrames por conta da baixa pressão arterial.

— Meu marido fez uma.

— Vai ser a minha terceira. O cirurgião deu a entender que posso ficar com paralisia do lado esquerdo do corpo.

— Eles precisam avisar sobre os riscos.

— Eu sei. Mas quero deixar as mensagens prontas, por via das dúvidas. Já escrevi a carta para Claire, e temos vários vídeos. Você está com todos preparados, não é? — Ele balança a perna nervosamente embaixo do volante.

— Estou mandando os vídeos para o e-mail que você criou para Casper e Eva — respondo com calma, tentando influenciar o seu estado de espírito.

— Eu escrevi na carta para Claire o que fazer para as crianças — explica ele.

Assinto. Espero que Claire ache que essa foi uma boa ideia, senão vai ter que passar o restante da vida encaminhando esses e-mails para os filhos. Eu me pergunto se deveria perguntar sobre essa questão, mas, em vez disso, quero saber de outra coisa.

— Paul, era para você estar dirigindo?

Ele fica irritado com a pergunta.

— Só estou perguntando porque fico preocupada.

Por quase quatro anos minha vida girou em torno do que Paul está passando. Sei que a vista fica turva, que a pessoa tem convulsões, fica imobilizada. A carteira de motorista de Gerry foi suspensa.

— Depois da semana que vem, não vou mais poder dirigir. Depois da semana que vem, não vou poder fazer várias coisas. Obrigado pela ajuda, Holly.

Ele é seco, e entendo que é a minha deixa para sair do carro.

Uma batida na janela me assusta.

Paul ergue os olhos e solta um palavrão.

Olho para fora e vejo uma mulher mais ou menos da minha idade, com um tapete de yoga debaixo do braço, encarando a gente com uma expressão furiosa.

— Merda — sussurro. Olho para Paul, que está pálido. — É a Claire?

Ele abre um sorriso enorme e sai do carro.

— Paul — sussurro, meu coração disparado.

— Só concorda com o que eu disser — fala ele por entre os dentes cerrados no sorriso.

Claire se afasta da porta do carona.

231

— Oi, amor! — fala Paul, cheio de charme e, na minha opinião, falsidade.

— Merda, merda, merda — sussurro para mim mesma antes de respirar fundo e abrir a porta.

Claire não abraça o marido e a linguagem corporal dela é gélida.

— Mas que merda vocês dois estão fazendo? — Ela me encara. — Quem é você? O que está fazendo com o meu marido?

— Querida, essa é a Holly — diz ele com a voz calorosa. — Olha para mim. Essa é a Holly. Ela é amiga da Joy e faz parte do clube do livro.

Claire me encara de cima a baixo, e não consigo encará-la de volta. Essa situação é péssima, tudo que eu temia. Até eu me odeio. Se eu tivesse encontrado Gerry sentado em um carro com outra mulher uma semana antes de uma operação, depois de ter dedicado a minha vida a cuidar dele, ia querer estrangular os dois também. Isso não é bom.

— Você disse que ia comprar brinquedos para as crianças — diz Claire. — Nem era para estar dirigindo, mas não reclamei. Estava tão preocupada, liguei mil vezes. Tenho uma aula agora e precisei pedir para a mamãe cuidar dos meninos. Caramba, Paul, o que você está fazendo? E por que pegou o carro velho do seu pai?

Claire está explodindo de frustração. Estou com ela.

— Desculpa, me esqueci da sua aula. Vou direto para casa ficar com as crianças, sua mãe pode ir embora. E você tem razão, eu não deveria ter saído com o carro. Encontrei Holly na loja, não estava me sentindo bem e pedi para ela me acompanhar. Nada sério, só uma dor de cabeça e um pouco de tontura. Mas não achei bom vir dirigindo, então estava mostrando para ela como o carro funciona, só isso.

Ele fala rápido demais. É difícil acreditar naquilo, mas também é difícil interrompê-lo para começar uma discussão. Claire olha para mim. Dou um passo para trás, pronta para ir embora.

— Ela só estava me ajudando, só isso. — Paul olha para mim. — Estava me fazendo um grande favor. Não é?

Eu olho para ele.

— É.

De jeito nenhum Paul se safou dessa, mas não vou esperar para ver. Não vou mentir por ele.

— Prazer em conhecê-la, Claire — digo, envergonhada, me sentindo nervosa com o meu tom de voz, as minhas palavras, a minha expressão, tudo. — Cuidado ao voltar para casa, Paul — digo, séria.

Eu me ofereci para ajudar, não para mentir, nem para ser saco de pancada. Mesmo que isso o ajude, cada golpe me atinge.

No final do dia de trabalho, sinto que estou no auge da exaustão ao me sentar com Ginika. Estamos misturando todos os sons para criar palavras. Abro um guarda-sol para a gente poder ficar ao ar livre, com as abelhas zumbindo ao nosso redor, se refestelando nas flores coloridas. Os móveis do jardim foram limpos, lixados e envernizados, bem a tempo das duas semanas de onda de calor. Denise está em um cobertor com Jewel, rolando no chão, rindo e cantando, mostrando passarinhos, abelhas e flores, o dedo gordinho da bebê apontando para tudo.

A palavra favorita dela no momento é "uau", e atualmente o mundo inteiro é uau.

— Olha, Jewel, um avião! — diz Denise, deitada de costas e apontando para o céu, onde um avião solitário corta o azul, deixando um rastro de nuvens brancas para trás.

— Uau — diz Jewel, pronta para apontar.

Enquanto Denise abre os olhos de Jewel para o mundo ao redor, fico grata por uma Ginika igualmente atenta, que manteve a sua palavra. Não sei se ela foi mesmo uma estudante dispersa na época da escola, mas sem dúvida é bem diferente agora. Esforçada, pontual, preparada, Ginika se dedica de corpo e alma a aprender a ler, como se a sua vida dependesse disso.

— M-e-r...

— Essa é uma sílaba só, as letras ficam juntas.

— Mer — fala ela, e eu sorrio, orgulhosa. — Mer... da — diz, falando as letras separadamente. Ginika franze a testa e repete. — Merda — diz de repente, se dando conta do que está lendo, então olha para mim. — Merda.

Abro um sorriso.

— Queria que a minha escola fosse assim — diz ela, rindo.

— Próxima palavra.

— Ca-ra-lho. Caralho. Caralho! — Ela gargalha.

— Próxima.

— A-fli-c-a-o. Aflição.

— Isso! — Dou um soco no ar. — O ç tem um som suave, e o til torna o som anasalado. Perfeito. — Ergo a mão para um high five.

Ela revira os olhos e bate na minha mão sem muito entusiasmo, envergonhada pelo elogio.

— Você é tão boba. Merda, caralho e aflição — repete ela. — Está de mau humor?

— Essas são palavras com sílabas mais complicadas, então precisamos treinar — digo, ignorando a pergunta.

Ginika estala a língua.

— Eu sei, não é fácil, de vez em quando aparece alguma coisa do nada, bem quando estamos começando a pegar o jeito.

— Tipo um câncer.

— Ginika!

Ela ri.

— Infelizmente, muitas palavras comuns são assim, então a gente tem que treinar mesmo.

A garota revira os olhos e dobra as mangas.

— Certo. Deixa eu dar uma olhada nessas escrotinhas.

Eu sorrio.

— Por exemplo, esta palavra... — Eu escrevo. — Tem muitos sons similares...

— Ex-ce-ção — fala Ginika, marcando o x e o c. — O que diabos isso significa?

— Perfeito. — Eu sorrio.

— Acertei?

— Não exatamente. É complicado, se pronuncia *exceção*, o x e o c formam um som de s suave.

— Ah, pelo amor de Deus, então por que escreve assim? Como alguém pode aprender isso?

Ela joga o lápis longe, e ele cai na mesa. A ponta marca o verniz recém-aplicado. Finjo que não vi a explosão de raiva dela; não é a primeira vez.

— Ginika — chama Denise. — Desculpa interromper. — Sua voz está estranha; ela parece nervosa. — Uma amiga minha ia jogar fora algumas coisas de bebê, os filhos já estão maiores, e uma das coisas de que ela ia se desfazer era um carrinho. Eu peguei, pensando que poderia ser útil para a Jewel. Você não precisa usar se não quiser...

— Ela odeia carrinhos, você sabe disso. Ela gosta de ficar no colo — responde Ginika com firmeza, sem tirar os olhos do caderno.

— Claro, você é a mãe, é quem a conhece melhor. Mas achei que valia pegar em vez de deixar ir para o lixo. Deixa eu mostrar para você.

Denise corre para dentro, e nós ficamos observando Jewel de barriga para baixo, examinando a grama, o dedo apontando, tocando devagar, e de repente... agarrando e puxando. Denise volta para o jardim com o carrinho.

Não parece nem um pouco usado. Está novinho em folha.

Dou uma olhada em Ginika, que encara o carrinho, mil coisas passando pela cabeça dela.

— Posso testar, dar uma voltinha pelo quarteirão, nada longe — sugere Denise, a voz leve e descompromissada. — Só para mudar de ares.

Eu fico quieta. Continuo a preparar a lição de cabeça baixa.

Ginika permanece em silêncio. Ela é do tipo que explode quando é pressionada, em especial quando se trata da filha. Sua resposta, depois de um momento, nos surpreende.

— Tá bom.

Jewel chuta bastante quando é colocada no carrinho, mas logo se distraí com a cordinha cheia de brinquedos — também nova — que Denise prende na alça. Ela coloca o livrinho favorito da bebê ali, e Jewel fica contente.

Ginika continua em silêncio depois que elas saem. Desvia o olhar dos livros e encara o tapetinho de brincar vazio na grama. Ela parece cansada, está cansada. Olheiras fundas. Perdeu muito peso. O câncer se espalhou pelo fígado, intestino e pélvis. Ela faz uma careta de dor ao tentar pegar a bolsa, então eu a ajudo. Ela procura uma embalagem e tira um pirulito, mas sei que não é um doce. É um pirulito de fentanil, para pontadas de dor forte.

— Vamos dar um tempo — digo. — Quer entrar? Está meio quente.

— Não quero dar um tempo — retruca ela.

— Tudo bem. Quer que eu pegue alguma coisa para você?

— Não.

Silêncio.

— Obrigada — completa ela com a voz mais gentil.

Para dar uma folga para Ginika, tiro a minha cadeira da sombra e relaxo, me recostando. Fecho os olhos, ergo o rosto para o céu, ouço os pássaros cantando com alegria, as abelhas ao meu redor, meus pés tocando a grama cálida. O dia ruim começa a se dissipar.

— Seu marido usava esses? — pergunta Ginika.

Abro os olhos e vejo ela me mostrando o pirulito.

— Não. Morfina. Intravenosa.

— Esses são mais fortes — diz ela com o pirulito na boca. — A morfina estava me deixando mal.

O tanto que ela mudou desde que nos conhecemos é impressionante, mas de uma maneira nada óbvia. Sim, seu corpo está passando por transformações, mas a mente também. Ela está mais magra, mas a mente se expandiu. Ela fala mais de si, quando não faz força para se proteger, e temos conversas de verdade. Ginika está mais confiante, mais certa do que quer. É claro que sempre soube, mas agora expressa as suas opiniões e as suas emoções de um jeito diferente. Admitiu a alegria que sentiu ao conseguir ler as instruções no xarope para tosse de Jewel. Lê uma historinha para a filha toda noite. Conseguir ler lhe deu mais confiança, fazendo com que se sinta menos perdida e confusa no mundo.

— Acho que a sua casa é mal-assombrada. As fotos estão sempre mudando.

Eu sigo o olhar dela, para a sala do outro lado das portas abertas do jardim. Imagino que está se referindo à lareira, onde a minha foto com Gabriel em dias melhores foi substituída pela fotografia do meu casamento, em uma moldura menor. Vi que Ginika percebeu a mudança quando chegou e estava esperando que ela questionasse assim que visse, mas, para a minha surpresa, ela se segurou.

— Eu e o Gabriel terminamos.

Ela me olha, surpresa.

— Por quê? Ele traiu você?

— Não. Ele tem uma filha que precisa de ajuda, e essa é a prioridade no fim das contas.

Na mesma hora, me sinto culpada por pintar Gabriel como o vilão da história, e isso me diz que sei que não foi Ava quem causou o término. A poção de negação está perdendo o efeito.

— Quantos anos ela tem?

— É da sua idade — digo, fazendo essa ligação pela primeira vez. Ginika parece anos mais velha.

— Então por que ela precisa dele? Está doente?

— Não, acho que ela está em uma fase difícil. Com problemas na escola, fazendo besteira. Bebendo, fumando, saindo demais. Não se dá bem com a mãe e o padrasto. Gabriel achou que seria melhor ela ir morar com ele.

— Em vez de morar com você.

— Basicamente. — Eu suspiro. — É.

— Então ele largou você porque tem uma filha insuportável?

— Ela precisa de estabilidade. — Tento esconder o cinismo na minha voz. — E não foi ele quem terminou, fui eu. — Estou cansada de só dar partes da história para Ginika. É o que ela faz comigo e, se continuarmos assim, nunca vamos chegar a lugar nenhum. Eu me inclino para a frente, apoio os cotovelos na mesa e coloco o rosto na sombra. — Cansei de esperar por ele, Ginika. E ele não apoiava isso que estou fazendo.

— Ciúmes — diz ela, assentindo, olhando para o cobertor vazio ainda com os brinquedos de Jewel.

— Não. — Eu franzo a testa, confusa. — Por que diz isso?

— É óbvio. Seu marido fez uma coisa incrível que outras pessoas estão tentando imitar. Ele começou algo imenso. Não dá para competir com um marido morto, né? Não importa o quanto ele seja maravilhoso cortando árvores ou sei lá o quê. Então ele pensa: "Se ela vai passar esse tempo todo com o ex-marido, vou chamar a minha filha para morar comigo. Vamos ver se ela vai gostar."

Olho para Ginika, surpresa. É um ponto de vista que não considerei, talvez de uma forma um tanto inocente.

Será que Gabriel estava com ciúmes de Gerry? Faz sentido. Por que não foi assim que me senti?

— Ginika, você é uma das pessoas mais sagazes que conheço.

— Eu nem sei escrever sagaz — resmunga ela, desconfortável com o elogio.

— Não acho que essa seja a definição de sagaz.

— E qual é?

— Não sei — respondo com um sorriso irônico.

— Cinco minutos e eu dava um jeito nessa filha dele — diz Ginika, me defendendo. — Posso não ter mais a energia para uma boa briga, mas eu ia enfiar esse pirulito aqui direto onde o sol não bate.

— Obrigada, Ginika, fico agradecida, mas pode parar de puxar o meu saco.

Ela pisca.

— Estou do seu lado, *tia*.

— E é uma gentileza da sua parte, porque ao mesmo tempo ia doer, mas também ia diminuir a dor.

Ela dá uma risada alta, uma verdadeira gargalhada, o rosto inteiro se iluminando.

— Posso perguntar sobre o pai da Jewel... de novo? — falo, sentindo que estamos tendo um bom momento.

— Eu só quero escrever uma carta.

— Desculpa — falo, pegando o livro.

— Não é isso que quero dizer — fala, segurando a minha mão em cima do livro. — O que quis dizer é que quero que Jewel tenha uma carta minha para ela. Não preciso que você faça essa história toda de reencontrar os entes queridos que fez para a esposa do Bert com a irmã.

— Tá bom. — É como se ela conseguisse me ler todinha. Será que ela sabe? Será que está me testando? O pai dela entrou em contato? Não posso mentir. — Então, sobre isso, Ginika... — digo, nervosa. — Encontrei o seu pai no fim de semana.

Ela estreita os olhos, e sinto seu olhar afiado.

— Você o quê?

— Eu senti que não estava fazendo o bastante, que...

— O que você disse? Onde você o encontrou?

— Peguei o ônibus. O 66A. Você me falou que era a linha que ele dirigia. Entrei no ônibus e fui e voltei o caminho todo — explico. — Então, quando estava saindo, falei que conhecia você, que você é incrível, muito corajosa e uma das pessoas mais inspiradoras que já vi, e que ele deveria ter muito orgulho de você.

Ela franze a testa, me analisando para ver se estou falando a verdade.

— O que mais?

— Mais nada. Foi só isso, juro. Quero que os seus pais saibam como você é incrível.

— O que ele falou?

— Nada. Não dei tempo para ele responder. Só saí do ônibus.

Ela desvia o olhar e absorve isso. Espero que eu não tenha estragado tudo, colocado a nossa relação em risco, a nossa relação que agora percebo ser uma amizade, algo que não quero perder. Definitivamente passei dos limites e só posso torcer para que ela me perdoe. Às vezes não faço o suficiente, como com Paul. E, às vezes, faço demais, como com Ginika. Preciso encontrar um meio-termo.

— Quando você foi vê-lo?

— Sábado de manhã. No ônibus das 10h30.

— Como ele estava? — pergunta ela, baixinho.

— Quieto. Ocupado, trabalhando. Concentrado. Ele... — Eu dou de ombros.

Ela olha para mim, me estudando.

— Você está bem?

— Não, estou me cagando de medo de você me matar.

Ela sorri.

— Eu deveria. Mas não. Quer dizer, você enlouqueceu? Passou o sábado de manhã sentada em um ônibus com o meu pai, e para quê? Por mim?

Assinto.

— Caramba.

— Desculpa.

Ginika fica em silêncio.

— Obrigada por dizer isso a ele. Acho que ele nunca ouviu ninguém falar nada assim de mim. — Ela se ajeita na cadeira, fica mais reta. — Você também falou com a minha mãe?

— Não. — Ergo as mãos para me defender. — Você não me disse onde ela trabalha.

— Graças a Deus.

Nós duas sorrimos.

— Ele tem uma foto sua perto do volante. Uma foto da escola. Uniforme cinza, gravata vermelha, um sorrisinho danado.

— Tem — diz Ginika, desaparecendo um pouco. — Ele prefere aquela menina.

— Qual versão de si mesma você prefere?

— Quê? — pergunta ela, franzindo o cenho.

— Eu estava pensando este ano que Gerry não me conhece agora, nunca chegou a conhecer a pessoa que eu me tornei. Eu prefiro esta versão de mim, mas só me tornei como sou hoje porque o perdi. Se eu tivesse o poder de desfazer tudo, não ia querer me livrar da pessoa que virei.

Ela pensa sobre isso.

— É, entendi. Gosto mais de mim agora.

E o que Ginika teve que passar para chegar a esta versão de si mesma.

— Desculpa se fiz uma coisa errada. Prometo que não vou procurar o seu pai de novo.

— Você fez mesmo uma coisa errada — concorda ela, lambendo o pirulito. — Mas foi uma coisa boa. Só meio sem noção.

Antes que ela volte a se proteger, eu continuo.

— Eu estava pensando na Jewel, no futuro dela, em onde ela vai morar e em quem vai cuidar dela. Sei que você tem uma família para dar um lar temporário para ela, mas talvez possa pensar em guardiões que conheça para cuidar da sua bebê. Você tem total controle sobre isso, sabe, só precisa colocar no seu...

— O quê?

— No seu testamento.

Ela estreita os olhos.

— Você tem alguém em mente?

— Quer dizer, eu... — Engasgo. É um momento vulnerável da vida dela e não quero ser acusada de influenciá-la, não em algo tão importante assim. Enrolo. — Bom, o pai dela, para começo de conversa. Ele sabe o que está acontecendo? Ele sabe da Jewel? Sabe que você está doente?

Ginika me olha de cara feia.

— Desculpa. — Eu recuo. — Pensei que a gente estava tendo um momento.

— Você estava tendo uma porra de um momento de loucura, isso sim. Vamos voltar para o trabalho.

Abrimos os livros e recomeçamos.

— Você já desejou que o seu marido tivesse escrito cartas diferentes? — pergunta ela de repente, enquanto escreve a palavra *amor* várias vezes. Estou escolhendo palavras que sei que ela vai precisar para a carta para Jewel.

Fico tensa.

— Como assim?

— Você entendeu — responde ela, ríspida.

— Não.

— Mentirosa.

Irritada, ignoro o comentário.

— Você já sabe o que vai escrever na sua carta?

— Estou pensando nisso — diz ela de cabeça baixa, concentrada de novo na caligrafia cursiva. Agora é *querida querida querida querida*. — Sei que não quero que seja como as coisas do Paul — diz depois de terminar a linha.

— Por que não? — pergunto, surpresa.

— Sério? — Ela me encara de novo. — Paul costurou todos os segundos da vida dos filhos, pelo que parece. Aniversários, aulas de direção, casamento, primeiro dia de aula, primeira vez que limpam a bunda... Parece que ele acha que sabe quem essas crianças vão ser. Mas e se elas não forem assim? Eu conheço Jewel melhor que ninguém no mundo inteiro, mas nem eu sei o que ela vai fazer daqui a cinco minutos, que dirá amanhã. Vai ser estranho para eles, sabe? — Ela estremece ao pensar no futuro das crianças. — Então é por isso que perguntei das cartas do seu marido. Talvez ele tenha errado em alguma coisa, algo que não combinou com você depois da morte dele.

Ginika está olhando para mim de novo. Suas palavras me atingiram com força, e minha mente está a mil.

— Porque se teve uma carta que você não gostou, sei lá, talvez você devesse falar com o Paul. Não que ele vá ouvir, não o "sr. Eu Consigo Fazer Tudo Sozinho". Qual é a desses caras? Ele e Bert. Se eles só queriam que alguém entregasse as cartas, deveriam ter mandado pelo correio. Eu? Eu preciso mesmo da sua ajuda.

— Não sei, Ginika — suspiro, tudo se desfazendo de novo. — Às vezes, eu me pergunto quem está dando as aulas aqui.

CAPÍTULO 32

No dia seguinte tenho outro encontro com Paul, o último antes da cirurgia. Não estou no melhor dos humores, principalmente depois do que aconteceu na nossa aula de direção ontem. Estou faltando a um almoço de domingo na casa dos meus pais e fico um pouco ressentida por isso, apesar de também estar aliviada por não ter que responder perguntas sobre o meu término com Gabriel e o meu envolvimento com o clube, ou sobre como estou destruindo o casamento de Paul em vez de ajudando. Só posso imaginar o que Ciara vai contar a eles. Escolhi estar aqui, mas ainda parece errado perder um compromisso pessoal, como se Paul devesse saber o que estou sacrificando por ele.

Ele parece envergonhado quando chega.

— Sinto muito por ontem. Claire acreditou em mim, se isso faz com que se sinta melhor.

— Não, não faz — retruco. — Eu nem queria vir hoje.

— Fiquei com medo de que você não fosse aparecer.

— O que aconteceu ontem vai contra tudo que estou tentando fazer. Não quero mentir para a sua esposa. Não quero que ela me odeie. Não quero estragar nada, o objetivo é dar um presente a ela, não um pesadelo. É para eu ser invisível, não causar problemas.

— Prometo que não vai acontecer de novo, Holly. Não vou mentir. Se acontecer qualquer coisa, vou contar a verdade.

— Se você não contar, eu conto — digo com firmeza.

— Entendido.

Eu respiro fundo, me sentindo um pouco melhor.

— Certo, vamos terminar isso.

A "Iniciativa P.S. Eu te amo", como batizei durante a nossa troca de mensagens, conseguiu chegar a um acordo favorável com o Donard

Castle, um castelo do século XV que era propriedade particular até pouco tempo e atualmente é um local de festas bastante popular. Vai haver uma recepção de casamento lá hoje e, enquanto o casal está em uma igreja próxima, trocando votos, eu e Paul temos permissão de usar o salão decorado para gravar o vídeo para Eva.

O discurso do pai da noiva.

Quando ele dividiu a ideia comigo algum tempo atrás, fiquei emocionada, mas agora, parada em meio ao falso casamento de Eva, estou agoniada. Depois das pérolas de sabedoria de Ginika ontem, não consegui esquecer a pergunta sobre as cartas de Gerry. Elas foram todas úteis? Ele errou em alguma coisa? Ouço alarmes. Estou fazendo alguma besteira? Não tem a ver só com segurar a câmera e gravar um vídeo. Fui chamada para o Clube P.S. Eu te amo por causa da minha experiência pessoal. Posso oferecer mais a Paul, e não fiz isso.

Durante uma doença, especialmente uma como a dele, existem alguns momentos de luz, e não queria ser a pessoa a atrapalhar isso. Não interrompi nem interferi nos planos animados dele, porque não queria estragar o que ele tinha planejado. Mas ao ficar quieta com certeza não coloquei a família dele em primeiro lugar. Como fiz com a minha. Olho a hora. Meus pais e os meus irmãos devem estar se sentando para comer agora. Não tenho ideia de como Gabriel está se saindo com Ava. Talvez eles estejam comendo com Kate e Finbar, e pensar neles brincando de família feliz e unida sem mim me deixa triste.

— O que acha? — pergunta Paul, mostrando o terno. — Meu nome é Murphy. Paul Murphy.

Dou um sorriso e ajeito a gravata-borboleta torta.

— O pai da noiva mais jovial que já vi.

Ele dá uma olhada no salão do casamento, impressionado.

— Holly — diz ele sorrindo. — Você se superou.

Os noivos escolheram um tema cor-de-rosa e prata, com peônias no centro das mesas redondas para dez pessoas. As toalhas são brancas e as cadeiras foram cobertas por tecido branco com laços rosados e prata alternadamente. A mesa principal é longa e voltada para o salão, e atrás dela há um palco em que a banda acabou de fazer a passagem de som e depois saiu para nos dar os trinta minutos que foram combinados. Foi o maior espaço de tempo que consegui sem ter que pagar.

— Pronto? — pergunto para Paul, tirando-o do transe ao observar o salão, absorvendo o cenário fantasioso do futuro casamento da filha. Tentando guardar cada detalhe na memória, como se estivesse lá.

— Ah, sim — diz ele, talvez surpreso pelo meu tom ríspido.

— A mesa principal fica ali.

Ele me segue, andando ao lado da mesa devagar, lendo os nomes, talvez imaginando quem vai estar no casamento de Eva.

— O pai da noiva fica aqui — digo, interrompendo os seus pensamentos. — Trouxe uma garrafa de champanhe. Sem álcool, porque sei que você não pode beber.

Pego a garrafa na bolsa, tiro a rolha sem rodeios, encho uma taça que também trouxe e entrego a ele.

Paul me observa em silêncio.

— É para o brinde.

— Está tudo bem, Holly? Você parece meio...

— O quê?

— Nada — diz ele, recuando. — Se é por ontem, peço desculpas de novo.

— Obrigada. A gente só tem vinte minutos antes dos noivos chegarem.

— Certo. Ok.

Ele para no lugar do pai da noiva.

— Quanto da mesa você quer que eu filme? Se eu der muito zoom, você poderia estar em qualquer lugar, o que estraga a ideia de estarmos aqui. Se me afastar, vou filmar a mesa e vai ficar óbvio que está sozinho.

Ele pisca, parecendo perdido.

Eu tomo a decisão.

— Posso pegar as flores se ficar aqui. Em um, dois... — Faço um gesto para indicar a gravação.

— Oi, macaquinha. Minha querida Eva. Estou honrado por estar aqui com você nesse seu dia especial. Você está tão linda. E este homem...

Eu devo ter feito uma careta, porque ele para.

— Falei alguma coisa errada?

Paro de filmar.

— Não. Por quê?

— Você fez uma careta.

Dou de ombros.

— Ignore a minha cara e se concentre no discurso. Vamos de novo.

— Minha querida macaquinha, Eva. Estou honrado de estar aqui...

— Certo. — É claro que fiz mesmo uma careta, porque a mesma coisa me incomodou de novo. Abaixo o celular. — Eva tem um ano agora, e entendo que você a chame de macaquinha, mas você considerou que vai estar usando esse apelido no dia do casamento dela?

Ele pensa.

— É engraçado?

— Talvez ela não ache... lembre-se de que você está chamando ela de macaquinha. Isso vai ser daqui a pelo menos vinte anos.

— Certo. — Ele pigarreia. — Minha querida Eva, estou tão feliz por estar aqui no seu dia especial. Você está tão linda no seu vestido...

— E se ela não estiver de vestido?

— Toda noiva usa vestido.

— Em 1952.

Paul olha para mim sem entender.

— Ela poderia estar em uma praia, de biquíni, ou em Las Vegas usando uma fantasia de Elvis. Você não sabe como ela vai estar vestida. Provavelmente você vai aparecer em uma tela em algum lugar. As pessoas vão ficar chocadas. Emocionadas. Confusas. Imagine como Eva vai se sentir. Você só precisa dividir os seus sentimentos, não entre em detalhes, porque se estiver errado vai ser... estranho.

— Certo. É. Faz sentido.

Ele começa de novo.

— Oi, minha querida Eva. Estou tão feliz de estar com você no seu dia especial, e embora não possa estar pessoalmente, quero fazer um brinde a você do melhor lugar da casa. Também quero parabenizar o noivo. Espero que esse cara saiba como tem sorte... — O sorriso dele some, dando lugar à irritação. — O que foi agora?

Paro de filmar de novo.

— E se ela não se casar com um homem?

Ele revira os olhos.

— Pense nisso. Ela tem um ano e pode parecer bastante hétero para você agora — digo, com sarcasmo. — Mas ela vai mudar. Se estiver se casando com uma mulher, seu discurso vai estragar o casamento.

Paul está ficando irritado comigo, mas se controla e começa de novo.

Está tudo indo bem, até que...

— Como pai da noiva, em meu nome e de Claire.

Paro de gravar.

— Paul — falo, gentilmente.

— O quê? — retruca ele com raiva.

Eu me aproximo. Estamos ficando sem tempo. Está na hora de eu me abrir com ele.

— Por favor, me permita falar francamente.

— Porra, isso não foi falar francamente? Os noivos já vão chegar e a gente não conseguiu gravar nada! Eu deveria ter mostrado o discurso para você antes.

Ele está suado, pingos brilhando na testa e no lábio superior.

— Eu me ofereci e você recusou. Você queria fazer isso sozinho. Agora me escute.

Ele se acalma.

— Eu não fui honesta com você. Esse tempo todo estou seguindo o seu entusiasmo, sendo levada pela sua missão, mas estaria fazendo um desserviço se não parasse isso agora.

Um golpe direto no coração, e ele se prepara para mais.

— Suas ideias são maravilhosas. São interessantes. São emocionantes. São amorosas... mas são mais para você. — Eu paro e vejo como ele reage. Nada bem. Continuo. — Elas servem para fazer você se sentir incluído nesses momentos. E também para que eles sintam que o pai está presente, mas você já vai estar nos pensamentos deles. Deixar de fazer isso tudo não significa que você vai desaparecer.

Ele olha para baixo, a emoção fazendo o seu queixo tremer.

— E se Casper não quiser dirigir? E se ele quiser, e Claire quiser ensiná-lo? E se Eva nunca se casar? E se ela se casar com uma mulher e Claire quiser fazer o discurso? Você não pode decidir o futuro deles assim.

— Eu entendo o que está dizendo — responde ele com a voz trêmula. — Mas não quero que meus filhos sintam que tem algo faltando. Que cresçam vazios, com um buraco em cada espaço das suas vidas. Um lugar vazio na mesa onde o pai deveria estar.

Penso se deveria falar o que estou pensando ou não. Até Gerry chegou a uma conclusão que não ocorreu a Paul, sua última carta abrindo o caminho para que o espaço dele fosse preenchido.

— E se o lugar não estiver vazio?

— Ah, caramba, Holly. Isso é… Putz. Você esperou o melhor momento para falar isso — reclama ele, irritado. — Olha, isso foi uma péssima ideia. Já chega. Vou gravar a minha mensagem sozinho.

Ele sai do salão batendo os pés.

Vou atrás dele, assustada. Meu objetivo era encher o Clube P.S. Eu te amo de esperança, mas consegui partir ainda mais o coração de um homem perto do fim da vida. Muito bem, Holly. Corro pela sala de conferências, atravesso o bar, passo pela cabine de fotos com um baú de fantasias bobas prontas para a festa, e saio pela porta do bar.

Ele está do lado de fora, em uma mesa externa decorada com balões rosa e prata, olhando a vista. Tenho certeza de que Paul preferiria ficar sozinho agora, mas ainda não terminei. Só vou terminar quando ele entender. Eu me aproximo, meus passos esmagando o cascalho. Ele se vira para ver quem é, então volta a observar a vista.

— Vá embora, Holly, a gente terminou por aqui.

Eu me sento na frente dele mesmo assim. Ele não olha para mim e continua me ignorando, mas pelo menos não está discutindo. Entendo isso como um sinal positivo, considerando tudo.

Respiro fundo.

— Na metade das cartas do meu marido, eu comecei a querer que ele parasse.

Isso chama a atenção de Paul.

— Ah, agora você está sendo honesta. Bem que poderia ter falado isso alguns meses atrás, não? — pergunta ele, mas a raiva passou.

— Quando o Gerry morreu, eu estava em uma depressão horrível da qual não conseguia fugir. É fato. Completamente na merda. Eu estava com raiva, triste, tudo era injusto. Por que e como o mundo continuava girando sem o Gerry? Pobre de mim, era assim que eu pensava, de verdade. Eu não era forte. Não era sábia. Não estava lidando bem com aquilo. Então desisti. As cartas me deram um propósito. Companhia. Me deram mais *dele*, que era exatamente o que eu queria. As cartas me forçaram a me levantar e sair de casa. Ele me forçou a me mexer, e, quando voltei à vida, senti que esperar mês após mês por outra carta estava me segurando. Cada carta era um lembrete de que ele tinha morrido, de que todos ao meu redor estavam seguindo em frente. Meus amigos ficavam noivos, tinham filhos, e eu continuava esperando mais cartas, um guia do meu marido morto, com medo de fazer qualquer coisa por mim mesma no caso de isso ir contra a próxima missão. Eu amava as cartas, mas me ressentia delas ao mesmo tempo. Depois de um ano, as cartas pararam e eu sabia que era o fim. Uma conclusão.

"A carta certa pode ser uma bênção; a errada, um perigo. Pode ser um retrocesso, pode prender a pessoa em um lugar que não é nem cá, nem lá. Meu marido acertou com as cartas porque me conhecia bem e pensou em mim. Se ele tivesse escrito cartas para a minha vida inteira... não funcionaria, porque ele não me conhece agora. Se tivéssemos filhos, talvez ele não soubesse que alguém teria me ajudado a criá-los, amando-os, talvez até sendo chamado de pai, um homem que talvez os levasse ao altar. Você não pode substituir pessoas, Paul, você *nunca* será substituído, mas papéis são substituíveis.

"Ao escrever as cartas ou fazer os vídeos, você não pode ignorar as outras pessoas. Sei que não tem como prever o futuro, ninguém está pedindo que acerte tudo perfeitamente, mas, se o que quer é estar presente para a sua família, por Claire, Casper e Eva, então não pode decidir o futuro por eles. Você nem sempre vai fazer parte do cotidiano deles, mas a sua memória, sim."

Penso em como senti Gerry preencher o meu corpo com a sua energia no funeral de Bert.

— E talvez você esteja presente de outra maneira, talvez eles sintam a sua presença de maneiras impossíveis de planejar ou imaginar. Acredito nisso agora.

Paro de falar e encaro o campo ao redor do castelo. Espero que Paul se levante e vá embora, mas, depois de um momento, ele continua lá. Dou uma olhada e vejo que está limpando lágrimas do rosto.

Dou a volta correndo e me sento ao lado dele, passando o braço por cima dos seus ombros.

—Sinto muito, Paul.

— Não — diz ele com a voz trêmula. — Foi o melhor conselho que já me deram.

Eu sorrio, aliviada, mas sinto a tristeza dele, um peso no meu peito.

— Eu deveria ter dito isso muito tempo atrás. Para todos vocês.

— Provavelmente eu não teria escutado. — Ele seca os olhos. — Eu estou morrendo — diz ele por fim. — Só estou tentando fazer tudo que posso para deixar mais de mim para eles.

— Eu sei, mas você precisar dar espaço para que eles se lembrem de você por si mesmos. — Um pensamento me ocorre, límpido e vívido e dirigido para mim. — E eles não podem deixar que o seu fantasma ocupe o lugar de outra pessoa.

Depois de encontrar Paul, desisto da ideia de me reunir com a minha família e vou para casa. Pego as cartas de Gerry na minha mesa de cabeceira. Eu nunca as deixo distantes de mim, mesmo depois de tantos anos, e abro a que preciso examinar com novos olhos.

A quarta carta do Gerry era uma que amei demais e pela qual fiquei muito grata. Nela, ele me encorajava a me livrar das suas coisas — não tudo, é claro, mas ele me guiou na escolha do que manter e do que jogar fora, do que doar e para quem. Ele disse que eu não precisava das coisas dele para senti-lo comigo, que ele sempre estaria ali, me abraçando, me guiando. Gerry estava errado. Na época, eu realmente precisava das coisas dele para senti-lo comigo. Eu cheirava as suas camisetas que me recusei a lavar e me abraçava vestindo os seus casacos para me enganar e fingir que eram os braços dele ao meu redor. Aquela carta foi uma das minhas favoritas porque me manteve ocupada, não foi um evento único, me tomou um mês. Foram semanas de trabalho, reunindo as coisas, pensando, me apegando a elas e depois me libertando ao encontrar novos lares.

Eu gostaria de ter esperado mais antes de seguir as instruções de Gerry. Gostaria de ter pensado na minha vida com mais cuidado, no que eu precisaria. Em vez disso, ele me deixou instruções pensando na mulher que eu era quando ele me conhecia, em vez de na mulher que me tornei depois que ele morreu. Gostaria de ter mantido alguns itens que dei, e, mais importante, alguns itens preciosos para o meu marido, que ele me pediu para guardar, hoje sei que não deveria ter guardado. Guardei essas coisas porque ele mandou, e eu o usei como desculpa para as minhas necessidades e a minha ganância.

Foi a entrega da carta de Bert para a irmã de Rita que fez a minha cabeça pensar nisso. *Não dá para culpar os mortos*, dissera Rachel, respeitando o último desejo da mãe, como se as decisões dos moribundos fossem sempre corretas, sagradas e intocáveis. Eu concordava com ela, mas talvez a gente estivesse errada. Talvez quem nos deixa nem sempre saiba de tudo, mas coloque nas nossas mãos a responsabilidade de tomar decisões melhores.

Entro na vila Malahide e viro à esquerda na igreja, descendo a Old Street em direção à marina, onde fica a oficina de barcos onde o pai de Gerry ainda mora. Depois da morte dele, eu encontrava os meus sogros algumas vezes por ano; ainda eram parte da minha família, eu ainda era a nora deles, mas, com o tempo, depois que o intermediário da nossa relação deixou de existir, o mesmo aconteceu com a nossa conexão. As conversas às vezes eram forçadas ou estranhas, trabalhosas e cansativas, porque, embora houvesse uma relação construída com base no amor, era impossível evitar o fato de que também era construída com base na perda. Como o tempo não é amigo de ninguém, e também por conta da minha tentativa de seguir em frente, acho que deixei essa parte da vida de lado. Cartões de Natal e presentes de aniversário primeiro eram entregues em mãos, depois enviados pelos correios. Assim nós nos distanciamos.

O pai de Gerry não está me esperando; até quando eu ainda era casada com o filho dele, eu nunca visitava o meu sogro. Mas preciso fazer isso e preciso fazer isso hoje. Estar envolvida no Clube P.S. Eu te amo me deu novas perspectivas sobre os motivos de Gerry para escrever as cartas, e parte dessa lição foi descobrir que ele nem sempre estava certo, e que eu nem sempre fiz a coisa certa ao obedecê-lo.

Chego à marina e, naturalmente, os portões de metal estão fechados. Atrás dele, homens estão ocupados limpando, consertando, mexendo em barcos de tamanhos variados apoiados em cavaletes de metal. Por fim, chamo a atenção de um funcionário que está suando sob o sol, sem camisa, e aceno.

— Estou procurando Harold — grito. — Harry?

O homem abre o portão e eu sigo atrás dele. Harry está de camisa — ainda bem —, trabalhando no motor de um barco imenso.

— Harry! — grita o meu guia.

O pai de Gerry ergue os olhos.

— Holly — diz ele, surpreso. — O que traz você aqui?

Ele baixa a ferramenta e se aproxima de mim de braços abertos.

— É bom ver você, Harry — digo, feliz, examinando o rosto do meu sogro em busca de um vestígio do seu filho, o Gerry que eu conhecia e um vislumbre do velho Gerry que ele jamais pode se tornar. — Desculpa aparecer sem avisar.

— É ótimo ver você. Quer tomar um chá no escritório? — Ele apoia a mão nas minhas costas e começa a me guiar.

— Não, obrigada. Não vou demorar.

Sinto uma onda de emoção, como sempre acontece quando tenho algum lembrete físico de Gerry. O pai dele o traz de volta à vida, vida enfatizando a morte, e a certeza de sua morte é sempre devastadora.

— O que houve, querida?

— Comecei um projeto novo este ano, inspirado no Gerry.

— Conta mais — pede ele com um tom curioso.

— Eu estou ajudando pessoas com doenças terminais a escrever cartas para os seus entes queridos. A gente chama de Clube P.S. Eu te amo.

Diferente da maioria dos meus familiares, que odiaram a ideia, ele sorri de imediato, os olhos se enchendo de lágrimas.

— Que ideia maravilhosa, Holly. Que ótima forma de se lembrar do Gerard.

— Fico feliz que o senhor aprove. Isso me fez pensar nas cartas dele de novo, no que estava certo, no que estava errado.

O Clube P.S. Eu te amo tem sido um tesouro cheio de lições valiosas para mim. Protegi a experiência das cartas com todas as minhas forças nos últimos seis anos, mas assim que falei sobre ela no podcast, surgiram buracos e perguntas. As cartas foram para mim, como eu pensei, ou foram para o próprio Gerry? Eu queria que elas continuassem para sempre? Ele sempre tinha razão quanto ao que escrevia? Eu gostaria de mudar algo em alguma das cartas? Para ajudar o clube a escrever as próprias cartas, tive que ser honesta sobre o que funcionou ou não para mim, e isso não significava uma traição à memória de Gerry, como eu temia.

— Enfim. — Enfio a mão na bolsa e pego uma caixinha, que ele reconhece na hora. Um som dolorido escapa do fundo da sua garganta. Harry pega e abre. É o relógio que ele deu para Gerry no seu aniversário de 21 anos; uma peça cara que Gerry usava todos os dias.

— O Gerard deixou isso para você — diz ele, com a voz embargada.

— Ele estava errado — digo. — Foi um presente de pai para filho. O pai deveria ficar com ele.

Harry para, então balança a cabeça em agradecimento, os olhos cheios de lágrimas, a mente perdida em pensamentos que não imagino, mas talvez na lembrança do momento em que ele deu aquele presente para o filho, tão jovem, aquele grande momento, e todos os momentos depois que passaram falando sobre o relógio, sobre a conexão que o relógio simbolizava.

Gerry deixou o relógio para mim porque era algo de valor para ele, mas tem ainda mais valor para o pai.

Harry tira o relógio da caixa, que me entrega, e coloca o acessório no pulso, com cuidado para prender bem o fecho. Então seca as lágrimas dos olhos.

Eu me lembro do momento em que o relógio parou, dois dias depois da morte de Gerry. Ele ficava na minha mesa de cabeceira. Eu estava escondida debaixo do cobertor, em um mundo de escuridão, os olhos fixos em outro lugar, sem querer me envolver, mas ainda observando, ouvindo o relógio tiquetaquear, vendo os braços girarem, a face que eu via no pulso do meu marido todos os dias. E, de repente, ele parou.

Harry gira a corda algumas vezes e o relógio volta a funcionar.

CAPÍTULO 33

— Para aqui — diz Ginika de repente, parecendo em pânico, enquanto estou levando-a para casa depois de uma aula.

Eu ligo a seta rápido e faço uma curva brusca à direita na Drumcondra Road, achando que ela está se sentindo mal, vai vomitar ou desmaiar.

Paro o carro.

— Você está bem? Quer água?

— Estou ótima — diz ela baixinho, distraída. — Segue essa rua.

Eu nem tinha notado onde estamos, não achei que importava, mas enquanto seguimos a longa rua me dou conta de que estamos no HomeFarm FC, um clube de futebol. Confusa, embico o carro na vaga que ela indica, em frente a um campo, onde um time está fazendo o aquecimento. Olho para Ginika, esperando uma resposta, mas nada. Ela observa os rapazes jogando, e, percebendo que ela precisa de tempo, relaxo e a deixo em paz.

— Eu jogava aqui — conta Ginika.

— Sério? — pergunto, feliz por ela estar se abrindo. — Não imaginava que você fosse jogadora de futebol.

— Eu era atacante — diz ela, os olhos fixos nos garotos no campo.

— Claro que sim.

Isso faz Ginika abrir um sorrisinho.

Jewel começa a chorar no banco de trás. Eu me viro e pego o bolinho que ela deixou cair e devolvo para ela, que pega com um "ta ta" baixinho e enfia na boca de novo. Com uma das mãos no bolinho e a outra no dedão do pé, Jewel se estica e enfia o pé na boca, decidindo do que ela gosta mais.

— Tá vendo aquele cara ali? — Ginika aponta para um assistente alto e bonito. — É o pai da Jewel.

— O quê? — grito tão alto que assusto a bebê. — Desculpa, desculpa.

Eu faço carinho no pé dela até Jewel se acalmar. Seu lábio treme por um momento, mas aí ela se concentra no bolinho de novo.

— Cruzes, fica quieta! Ele vai ouvir! — Ginika me dá um tapa na perna.

— Desculpa. Eu só não acreditei que… você estava me contando. É ele. — Eu me inclino por cima do volante para examinar o rapaz. — Ele é lindo.

— É, bom. O nome dele é Conor. Você não parava de perguntar dele, então, é isso.

Eu não perguntei tantas vezes assim, mas ela está mudando, pensando, planejando o fim. Fazendo a transição. Meu coração se aperta.

— A gente pode ir embora agora. — Ela indica o volante com a cabeça para me apressar, talvez em pânico com a possibilidade de eu fazer um escândalo.

— Não, espera. Vamos ficar aqui um pouquinho. — Eu continuo observando o rapaz, o personagem misterioso sobre quem eu queria tanto saber.

— Bom, a gente não vai sair do carro.

— Eu sei. Bom. Tudo bem. Mas… — Eu o observo, fazendo os aquecimentos com meninos mais novos. — Quantos anos ele tem?

Ela pensa.

— Dezoito agora.

Olho de Jewel para Conor. Ela está tão perto do pai. Provavelmente o mais perto que já esteve.

— Não — diz Ginika. — Eu sabia que isso era um erro.

— Não, eu não vou fazer nada — digo, determinada. — Só me diz uma coisa. Ele sabe? Ele sabe da Jewel?

Ela balança a cabeça.

— Eu não consegui contar. Não queria que ele tivesse problemas. Não queria estragar a vida dele. O Conor é legal, sabe? Eu descobri que estava grávida, e logo depois que estava doente. Larguei a escola. Não consegui contar.

— Eu entendo, Ginika, tudo bem.

— Sério? — Ela parece surpresa. Aliviada. — Achei que ia me julgar.

— Quem sou eu para julgar?

— Você, sabe...

— O quê?

— Sua casa, sua vida... você é tão perfeita.

— Ginika. — Olho para ela, surpresa. — Eu estou longe de ser perfeita.

— Não é o que parece.

— Bom, obrigada, mas... eu tenho várias merdas.

Ela dá uma risada. Então eu a acompanho. Nós duas, emocionadas e malucas, dividindo esse momento.

— Então por que a gente veio aqui? — pergunto, gentilmente. — O que quer que eu faça?

— Não sei. — Ela dá de ombros. — Não sei. Talvez depois, quando eu, você sabe... Sei lá. Talvez ele possa descobrir depois. Talvez ele queira saber, talvez não. Mas aí eu já não vou estar mais aqui e o que acontecer, aconteceu. — Ela olha para mim. — Ninguém sabe que ele é o pai dela. Achei que eu devia contar a alguém. Eu confio em você.

— Cacete — digo, suspirando.

Ela me olha, surpresa, e ri de novo.

— Nunca ouvi você falando palavrão, e é o segundo agora.

— Tá. — Eu tento compreender a situação. — Vamos pensar. Já que a gente está conversando, podemos falar sério agora?

Ela se prepara.

— Tá bom. Mas dá para sair daqui primeiro?

Nós vamos para o apartamento no porão de Ginika, e discretamente observo a quitinete, com uma cama de solteiro e um berço. Um abajur cor-de-rosa ao lado da cama, almofadas da mesma cor e cobertor combinando, pisca-pisca rosa em volta da cabeceira. Não imaginaria que Ginika gostasse tanto de rosa. É um quarto jovem e feminino, e só torna a situação da mãe e da filha ainda mais triste. Dou uma olhada pelas cortinas fechadas e vejo um grande jardim com grama que não vê um cortador faz anos. É um ótimo lugar para esconder um colchão sujo e rasgado, um fogão velho, e uma bicicleta e peças de carro enferrujadas que antigos moradores ou até os proprietários descartaram.

— Não é exatamente um palácio — diz Ginika, envergonhada, me observando.

Não é por falta de tentativa da parte dela; a falta de manutenção é a responsável pelo mofo, pelo cheiro de guardado, pela sujeira. Tem mais coisas neste apartamento para Jewel que para Ginika, outro sinal do seu caráter. Todos os sacrifícios que fez foram pela filha. Ginika coloca Jewel no cadeirão e pega um dos muitos potinhos de comida de bebê em uma prateleira.

— Posso dar comida para ela? — pergunto.

— Tá bom, mas cuidado. Ela gosta de puxar a colher.

Como avisado, Jewel agarra a colher. Nós lutamos pelo talher, a mãozinha gorda de Jewel mais forte do que eu imaginava, e a comida voa para todos os lados. Por fim eu venço. Vou ser mais rápida da próxima vez.

— Então — diz Ginika, nervosa, torcendo as mãos, esperando que eu recomece a conversa de onde paramos no estacionamento.

Concentrada na tarefa impossível de alimentar a agitada Jewel, que apesar de ter ingerido três bolinhos de arroz no caminho continua comendo mais rápido do que consigo encher a colher, sou lembrada do motivo pelo qual estamos aqui.

— Eu estou evitando essa conversa já faz muito tempo, provavelmente tempo demais, porque senti que não era da minha conta. Mas agora é diferente. Como sua amiga... e eu considero você minha amiga, Ginika... eu não estaria sendo boa o bastante se não dividisse os meus sentimentos com você, ou pelo menos não ouvir o que você pensa sobre isso. Não quero colocar ideias na sua cabeça nem confundir você, mas...

— Caramba, para de enrolar, eu sei — diz ela, me interrompendo e revirando os olhos. — Vai, fala logo. Você acha que Conor deveria ficar com Jewel.

— Na verdade, não — digo, surpresa. — Quer dizer, não é que eu *não* ache isso, mas eu tinha outra pessoa em mente. Fico me perguntando se você já pensou na Denise.

— Denise! — Ela arregala os olhos e pensa por um momento. — Denise — repete baixinho. — Você gosta da Dedé, né, filha?

Jewel está com a boca bem aberta, inclinando-se para a frente na direção da colher cheia parada no ar enquanto eu falava. Abro um sorriso, enfiando a colher na boca de Jewel, seguida por outra colherada, dando Ginika tempo para pensar.

— Na verdade, Denise e Tom — falo.

— Mas eles não estão separados?

— Essa separação não vai durar muito. — Eu me pergunto o quanto contar ou o que a Denise já revelou para ela. — Eles querem muito ter filhos, mas estão tendo dificuldade. Para engravidar, quero dizer.

— Ah. — Ginika parece interessada, concentrada.

— Provavelmente eu não deveria dizer mais nada, é você que tem que conversar com eles. E com a sua assistente social, família temporária, com quem mais precisar falar. Eu só queria que soubesse que existe essa possibilidade, que vale a pena pensar nisso. E pelo menos Denise não tem sotaque caipira — digo, sorrindo.

— Não — responde ela, séria. — Mas e o marido?

Dou uma risada e continuo a dar comida para Jewel.

— Vou ter que conhecer ele primeiro.

— É claro.

— Achei que você ia dizer que queria ficar com a Jewel.

— Eu?

Pela minha surpresa, ela percebe que errou de longe.

— Eu adoro a Jewel, mas... — Parece horrível ter essa conversa na frente da bebê, tenho certeza de que essa espertinha está prestando atenção em tudo. — Eu não sou... Eu não conseguiria. Não sei como...

— Você seria uma ótima mãe — diz Ginika, baixinho.

Não sei como responder. Envergonhada, dou outra colherada para Jewel.

— Você tem mais ou menos a idade da minha mãe. E olha como você é legal comigo. Não estou dizendo, tipo, que acho que você é a minha mãe, mas você entendeu. Você está do meu lado, me ajudando, do jeito que uma mãe faria. Aposto que você era bem legal com a filha do seu ex-namorado.

Eu não era. Deveria ter sido. Percebo que posso ser.

— Você está chorando?

— Entrou um pouco da papinha no meu olho — digo, piscando para afastar as lágrimas.

— Vem cá, sua manteiga derretida — diz ela, e me abraça.

Enquanto estou de costas, Jewel agarra o potinho de comida e a colher e balança os dois animadamente, fazendo a papinha voar no seu rosto, cabelo e no tampo da cadeira.

— Na verdade — Ginika completa com sua voz seca de sempre. — Você é meio merda.

Dou risada.

— O que vai fazer depois que a gente morrer? — pergunta ela, limpando a comida do cabelo da bebê.

— Ginika — falo baixinho, balançando a cabeça. — Não quero conversar sobre isso. Você está aqui agora.

— Mas não estou falando de mim, estou falando de você. O que *você* vai fazer depois que nós três morrermos?

Dou de ombros.

— Vou continuar trabalhando na loja. Vender a casa. Encontrar outro lugar para morar.

— Com o seu namorado.

— Não. Acabou, eu já falei.

Ginika me encara.

— Não — diz ela, me dando um cutucão. — Acabou nada. Ele é gato. Só fala isso para ele. — Ela ri. — Fala para ele que você é tipo uma árvore. Ele trabalha com árvores quebradas, né?

— Mais ou menos.

— Então. Diz para ele subir nos seus galhos e, em vez de cortar, tentar fazer um conserto. — Ela dá risada. — Estou vendo o programa do dr. Phil de manhã, acho que é contagioso. — Ginika me observa. — Normalmente ele só fala merda. Mas às vezes tem umas *sementes* de sabedoria — diz ela com ares de grandeza, agitando a colher. — Liga para ele, boboca.

Dou risada.

— Veremos, Ginika.

No caminho de volta para casa fico triste ao pensar na pergunta de Ginika, ao imaginar um mundo sem ela, Paul e Joy, sem que eles estejam sempre na minha mente. Digo a mim mesma que tenho muito tempo antes de ter que me preocupar com aquilo. Mas a doença de Ginika tem o seu próprio ritmo e, menos de duas semanas depois daquele dia na sua cozinha, rindo e brincando cheia de animação, falando sobre o futuro, o futuro dela decide parar, se aproximar e observá-la mais de perto.

Sento-me ao lado da cama de Ginika no hospital. Se antes ela era fogo, agora é cinzas, mas continua a brilhar e aquecer o cômodo, uma prova de que a chama permanece, um símbolo de vida.

— Escrevi a minha carta ontem — fala, com olheiras profundas nos olhos.

— Sério? — Eu seguro a sua mão.

— Estava tão silencioso aqui. As enfermeiras estavam por perto, mas estava calmo. Fiz uma ligação de vídeo com Paul. Você falou com ele?

Assinto.

— Ele está horrível. Todo inchado. Disse que não consegue enxergar nada com o olho esquerdo. Não consegui dormir depois daquilo, pensando nele, pensando em tudo. As frases apareceram na minha cabeça e eu não conseguia esquecer, então comecei a escrever.

— Quer que eu releia para você?

Ela balança a cabeça.

— Seu trabalho acabou. Obrigada, *tia* — diz ela, tentando brincar, mas o seu humor de sempre não está lá.

Meus olhos se enchem de lágrimas e elas transbordam, e desta vez Ginika não me manda parar. Não me diz que sou idiota ou manteiga derretida, porque está chorando também.

— Estou com medo — sussurra ela, tão baixo que mal consigo ouvir.

Eu a abraço com força.

— Eu sei. Estou do seu lado. Joy está aqui. Paul está aqui. Denise está aqui. Estamos todos aqui com você. Você não está sozinha.

— Seu marido também ficou com medo? No fim? — pergunta ela, lágrimas escorrendo pelo rosto. Sinto a umidade no meu pescoço.

— Ficou — sussurro. — Ele quis que eu segurasse a mão dele o tempo todo. Mas aí algo aconteceu e ele se foi. Foi calmo. Tranquilo.

— Pacífico?

Eu assinto, chorando.

— É — digo. — Foi tão pacífico, Ginika.

— Tá — responde ela e se afasta. — Obrigada.

Eu pego a caixa de lenços ao lado da cama e estendo um para ela, depois pego um para mim também.

— Ginika Adebayo, você é uma mulher incrível e maravilhosa, e sinto um amor e respeito imenso por você.

— Ah, Holly, obrigada. Eu sinto o mesmo — diz ela, pegando a minha mão com firmeza, o que me surpreende, e apertando. — Agradeço por tudo. Você fez mais do que a gente pediu. — Ela olha para a porta e a expressão muda. Ela solta a minha mão. — Merda. Eles chegaram, e eu estou um horror.

— Não está nada. — Pego outro lenço e seco o seu rosto.

Ela ajeita o turbante, estica o cobertor e devagar, dolorosamente, ajusta a sua posição. Então abre a gaveta da mesinha ao lado e tira um envelope. Reconheço como sendo o que ela e Jewel escolheram no dia em que arrumei os papéis de carta na casa de Joy. Meus olhos transbordam de novo, não consigo me controlar. Ela me entrega o envelope, me olhando nos olhos.

— Agora você precisa ir. Vai, tchau, xô — diz ela.

— Boa sorte — sussurro.

Tenho que lembrar que, para cada adeus, houve um olá. E que não há nada mais maravilhoso que o olá entre duas pessoas. O som da voz de Gerry cada vez que ele atendia o telefone. Quando ele abria os olhos de manhã. Quando eu voltava do trabalho. Quando ele me via chegando e me fazia sentir como se eu fosse o seu mundo inteiro. Tantos olás tão lindos, só um adeus verdadeiro.

Ginika está ocupada agora, consertando o que pode, preparando o mundo para o buraco que vai deixar, se preparando para o adeus mais importante para a pessoa mais importante do mundo para ela.

A mãe do lar temporário de Jewel chegou com ela, e Ginika pediu que Denise e Tom estivessem presentes. Eles esperam do lado de fora, com o advogado. Ginika tem um testamento a escrever, com os guardiões de Jewel a citar. As regras em geral só permitem que dois visitantes entrem por vez, mas, pelas circunstâncias, o hospital permite que todos entrem. Para dar privacidade, saio do quarto assim que todos chegam, mas fico enrolando do lado de fora. Vejo Ginika usar toda a força que lhe resta para pegar Jewel dos braços de Betty e colocá-la no colo de Tom. Um lindo olá.

Se ao menos Gerry soubesse ao que ele deu início.

É claro que nunca vou saber o que Gerry estava pensando quando escreveu as cartas para mim, mas estou aprendendo uma coisa. Não era tudo para mim, como eu acreditava na época, foi a forma dele de tentar continuar a viver quando a vida já não tinha mais forças e a morte se aproximava para apanhá-lo. Era sua forma de dizer, não só para mim, mas para o mundo, *lembre-se de mim*. Porque no fim, é tudo que todos queremos. Não se perder, nem ficar para trás, nem ser esquecido, fazer parte para sempre dos momentos que sabemos em que estaremos ausentes. Deixar a nossa marca. Sermos lembrados.

CAPÍTULO 34

— Você tem que quebrar alguns ovos para fazer uma omelete — digo em voz alta, olhando em volta para a zona que o meu quarto está enquanto tento empacotar tudo para a mudança.

— Ovos me dão diarreia! — grita Ciara, de mais longe que achei que estava, no quarto de hóspedes ao lado.

— Ciara!

Ela aparece na porta, vestindo uma mistura de roupas curiosa que eu tinha empacotado para a loja. Todas as peças juntas ao mesmo tempo, totalmente descombinadas.

— Era para você me ajudar a encher as bolsas, não tirar coisas delas e brincar de se fantasiar.

— Mas se eu fizesse isso, não estaria linda como estou agora. — Ela faz uma pose sensual no batente da porta. — Acho que vou usar esse *look* na sexta à noite.

— Qual? — pergunto. — Você está usando uns três *looks* ao mesmo tempo.

Colocar dez anos de tralha em sacos de lixo ou guardar tudo para que continue sendo tralha na minha nova casa está levando mais tempo do que eu esperava, porque cada carta, recibo e bolso de cada calça jeans ou casaco *conta uma história* e me faz mergulhar em memórias. Estou acostumada a fazer isso de forma muito eficiente no trabalho, mas como é pessoal, cada item me prende e me puxa para outro momento da vida. Apesar da sensação de estar suspensa no tempo, uma hora se torna duas, dia se torna noite. Sou mais impiedosa com roupas, sapatos, bolsas e livros que não têm valor sentimental. Tudo que não usei no último ano e não entendo sequer por que comprei vai direto para doação.

No início é estressante. Tudo largado em pilhas ao meu redor, uma bagunça maior do que estava no início, todos os itens tirados de seus esconderijos, meu excesso revelado.

Triagem, é como Ciara chama.

— Não sei como as coisas sequer chegam às prateleiras da loja.

— É por isso que o seu trabalho é esvaziar as caixas e bolsas. Tenho o hábito de querer as coisas que os outros não querem — diz ela, animada. — Matthew diz que é uma maldição, mas sei que é um dom, porque foi exatamente por isso que me casei com ele, e já falei isso.

Dou risada e me sento no chão, as costas apoiadas na parede. Hora de uma pausa.

— Estou tão feliz por você estar fazendo isso — comenta Ciara, relaxando no chão com as pernas esticadas, meias finas por cima da meia-calça. Ela está usando um par de sandálias por cima das meias e da meia-calça. — Estou orgulhosa de você. Todos nós estamos.

— Vocês devem ter uma expectativa muito baixa de mim se vender uma casa é motivo de orgulho.

— É mais do que isso, e você sabe.

Eu sei.

— E se eu falasse que foi menos uma questão de maturidade emocional e mais pelo fato de que a cozinha precisa de reforma, as janelas precisam ser substituídas, o aquecedor está com problema e as tábuas da sala de jantar estão empenadas, então cobri com um tapete para que os compradores não percebessem?

— Eu diria que estou orgulhosa de você por não afundar com o navio. — Ela sorri e tenta manter a expressão alegre, mas falha. — Fiquei tão preocupado com você nesses últimos meses.

— Eu estou bem.

— Agora só precisa encontrar um lugar para ficar — diz Ciara, cantarolando e girando uma echarpe de tule como se estivesse fazendo uma rotina de ginástica artística.

— Tudo que vi é tão sem graça. O último lugar tinha um banheiro verde-abacate direto dos anos 1970.

— Coisas retrô são legais.

— Quarenta anos sem bactérias de cocô dos outros é melhor.

Ela dá uma risadinha.

— Acho que você está inventando desculpas. Acho que sabe bem onde quer morar.

Sinto o meu coração partido me dizendo que continua ali, sem esperança de cura. Não importa o quanto eu tente me concentrar em outra coisa, ele não tem intenção de melhorar sem que eu lhe dê atenção. Olho em volta para o quarto.

— Vou sentir falta das lembranças.

— Eca — brinca ela.

— Não quero esquecer tudo, na verdade, não quero esquecer *nada*, mas quero... — Fecho os olhos. — Quero ir dormir em um quarto em que não sinto tanta saudade de alguém que se foi e não vai voltar. E quero acordar em um quarto em que não tive os mesmos pesadelos de sempre.

Ciara não responde, então abro os olhos. Ela está remexendo em outra bolsa.

— Ciara! Estou abrindo o meu coração aqui.

— Desculpa, mas... — Ela tira uma calcinha velha. — Estou começando a ter uma ideia das memórias dolorosas que você precisa esquecer. Há quantos anos você tem essa calcinha? E, por favor, me diga que ninguém nunca viu você usando isso.

Dou uma risada e tento arrancar a calcinha da mão dela.

— Esse saco é do que vai para o lixo.

— Não sei, não, acho que eu poderia reutilizar isso como chapéu. — Ela enfia a calcinha na cabeça e faz pose. Eu arranco dela. — Raízes e asas — diz Ciara, séria de repente. — Eu estava ouvindo, tá bom? Fui com Matthew pegar umas coisas para a loja com uma mulher que estava vendendo a casa em que cresceu. A mãe dela tinha morrido, e foi difícil para ela vender o imóvel. Ela me perguntou se era possível que algo tivesse ao mesmo tempo raízes e asas. Continuar na casa a ajudava a manter a ligação com a mãe e com as lembranças, mas vender ia lhe dar segurança e abrir novas possibilidades. Raízes e asas.

— Raízes e asas — repito, gostando daquilo. — Eu odeio despedidas — digo com um suspiro, então completo, mais como um mantra para mim mesma: — Mas odiar dar adeus não justifica a permanência.

— E temer dar adeus também não justifica ir embora primeiro — fiz Ciara.

Olho para ela, surpresa.

Minha irmã dá de ombros.

— Só estou dizendo.

Enquanto levamos as coisas para a van, meu celular toca em casa. Eu corro para atender, mas, mesmo assim, perco a ligação de Denise, o que faz o meu estômago revirar de medo. Respiro fundo por um momento para me acalmar e ligo de volta. Ela atende na hora.

— Acho que é melhor você vir para cá.

— Tá bom. — Minha garganta está apertada.

— Os pais dela acabaram de sair. Ela não está consciente, mas acho que sentiu que eles estavam aqui.

— Estou indo.

A casa de Denise está calma. As luzes principais estão desligadas, e velas e luminárias iluminam os corredores e cômodos. É quieto, mas tranquilo, sem uma sensação de urgência, e todos falam baixo. Agora que Denise e Tom são os guardiões oficiais de Jewel, Ginika e a bebê passaram o último mês morando com eles, recebendo cuidados em casa, e foi bom para Ginika, mesmo na condição em que ela está, ficar no lugar em que sua filha vai crescer, respirando o mesmo ar. Segurando e abrindo mão. Tom me guia até o quarto de Ginika, onde Denise está com ela.

A respiração de Ginika é lenta, quase inexistente. Ela passou os últimos dias inconsciente.

Eu me sento ao lado da cama e aperto a outra mão dela, a direita, a mão com que ela escreve. Dou um beijo nela.

— Oi, querida.

Uma mãe, uma filha, uma atacante, uma guerreira. Uma jovem inspiradora que só recebeu uma fração do todo, mas que deu a mim e a todos nós tanto. Não parece justo, porque não é mesmo. Segurei a mão de Gerry enquanto ele partia, e cá estou de novo, me despedindo de alguém que amo, e eu *amo* essa menina, ela ganhou um lugar no meu coração. Testemunhar essa transição, dizer adeus, nunca fica fácil, mas me preparar e ajudá-la a se preparar diminuiu o sofrimento, a raiva que surge quando somos confrontados pela realidade brutal. Dizem que o que vem fácil vai fácil, mas não neste caso. A chegada neste mundo é uma maratona para mãe e filho, a vida faz força para vir ao mundo, e partir é uma luta para ficar.

Eu e Denise ficamos ao lado de Ginika pelas horas seguintes, uma partida gentil deste mundo como ela o conheceu. Depois de se prender à sua respiração por tanto tempo, ela inspira pela última vez e não expira, e é quando a vida termina e a morte a acolhe. Embora a doença tenha sido dolorosa, sua passagem é pacífica, como prometi que seria, e ela fica parada na cama, sem que as pálpebras se movam, que seu peito suba e desça, que a respiração seja difícil. Imagino, torço e desejo que a alma solar que habitava o seu corpo agora tenha a liberdade de dançar, girar e flutuar. Do pó ao pó, mas meu Deus, *voe*, Ginika, *voe*.

É uma honra testemunhar um momento assim, por mais trágico e pesado que seja. Talvez seja egoísmo da minha parte, mas, com o tempo, vai ser bom que eu tenha passado esse momento com ela. Sempre vou me lembrar de como eu e Ginika nos conhecemos, e sempre vou me lembrar de como nos despedimos.

Como se soubesse, como se sentisse a sua maior perda, no outro quarto, Jewel acorda com um grito.

Em torno da mesa da cozinha, de olhos inchados e exaustos, eu, Tom e Denise nos reunimos. Pego uma caixinha de joias na minha bolsa e coloco na mesa.

É a carta de Ginika.

— Isso é para você, Jewel. Da mamãe.

— Mama — diz ela com um sorriso, agarrando os dedos do pé gordinho e puxando.

— Isso, mama. — Tento sorrir e seco uma lágrima. — Sua mamãe te ama demais. — Eu olho para Denise. — Isso é responsabilidade sua agora.

Denise pega a caixinha e passa os dedos pela tampa.

— Que linda.

É a caixinha de joias espelhada que encontrei na loja. Colei na tampa os cristais que estavam soltos, e tirei a divisória interior, o que a transformou uma caixinha de lembranças perfeita, contendo o envelope, as primeiras meias, luvas e o primeiro macacãozinho de Jewel, e uma mecha de cabelo, uma trança dos fios de Jewel e Ginika.

— Ela mesma escreveu a carta — explico. — Eu não li e ela não me falou o que ia escrever. Ela fez tudo sozinha.

— Que menina corajosa — diz Denise, baixinho.

— Vamos abrir — fala Tom, encorajando-a.

— Agora? — pergunta Denise, olhando do marido para mim.

— Tenho certeza de que Jewel vai adorar ouvir o que diz, não acha? — diz ele, beijando a testa da esposa.

Denise abre a caixa e pega a carta. Desdobra. Ver a letra, o trabalho e o esforço de Ginika me faz cair no choro mais uma vez.

Querida Jewel,

Você tem treze meses.

Você ama batata doce e maçã cosida.

Seu livro favorito é a largata comilona e você morde os cantinhos.

A música do mapa da Dora a esploradora te faz rir mas que tudo.

Você ama istourar bolhas de sabão.

Você ama a sua coelhinha Pula Pula.

Você ri quando espirra.

Você chora quando rasgam papel.

Você ama cachorros.

Você aponta pras nuvems.

Você fica com solusso quando bebe água rápido demais.

Você ama a música do ABC do Jackson 5.

Uma ves você colocou uma lesma na boca e puchou da concha. Eca. Você não gosta de lesma.

Você ama sentar no meu joelho e não gosta de ficar no chão. Acho que você tem medo de ficar sozinha. Você nunca tá sozinha. Você nunca vai ficar sozinha.

Você não consege ver o vento mas estica a mão e tenta pegar. E isso te deixa confuza.

Você me chama de mama. É meu barulho favorito do mundo.

A gente dansa todo dia. A gente canta brilha brilha estrelina na hora do banho.

Queria poder te ver crecer. Queria poder ficar do seu lado o tempo todo pra sempre. Eu te amo mas que tudo no mundo todo.

Você tem que ser gentil. Esperta. Corajoza. Feliz. Intelijente. Forte. Não preciza ter medo de ter medo. Todo mundo tem medo as veses.

Eu te amo pra sempre.

Tomara que você lembre de mim sempre.

Você é a melior coisa que eu já fiz.

Eu te amo Jewel.

Mama

CAPÍTULO 35

Eu apoio a bicicleta no muro vermelho e dou os poucos passos que me separam da porta, as pernas pesadas e os tênis parecendo de chumbo. Tive um longo caminho para esvaziar a cabeça, mas mal me lembro da viagem até aqui. Toco a campainha.

Gabriel atende e me olha, surpreso.

— Oi — digo, em voz baixa e tímida.

— Oi — responde ele. — Entra.

Eu entro e o sigo pelo corredor estreito até a sala principal, mas os cheiros tão familiares só aumentam meu nervosismo. Gabriel olha para trás para se certificar de que ainda estou lá, caso eu tenha mudado de ideia e ido embora, ou que não seja real. Tem algum disco de jazz tocando, e uma grande TV de plasma na parede.

— Você melhorou — comenta ele, notando o meu pé livre da bota.

— Você comprou uma TV — falo. — Enorme.

— Comprei para você. Ficou guardada por meses — comenta ele, meio envergonhado, nervoso. — Ia ser uma surpresa para quando você se mudasse. Surpresa — diz sem animação, de brincadeira, me fazendo rir. — Chá? Café?

— Café, por favor.

Fiquei acordada a noite toda com Denise e Tom, chorando, contando histórias sobre Ginika, discutindo questões do funeral, pensando em que momento do futuro de Jewel será apropriado entrar em contato com o pai biológico dela. Conversas importantes e simples se misturando. Todos os "mas" e "e se". Estamos exaustos, mas ninguém conseguiu dormir. Não invejo o dia ocupado que terão pela frente com Jewel, mas sei que vão apreciar cada segundo do presente que Ginika deu a eles.

O cheiro do café enche a cozinha quando Gabriel entorna a água fervendo no pó. Eu me afasto, indo para o jardim de inverno, atraída pela luz da manhã. Nada mudou drasticamente, com exceção do escritório, que foi montado em um canto da sala e costumava ficar no quarto de hóspedes que agora é de Ava. Eu não tinha pensado nisso, mas faz sentido; as construções se dobram sem esforço aos desejos dos donos. Eu deveria me inspirar nesta casa. Olho para a cerejeira, as folhas verdes ficando douradas. Lembro-me de esperar, sem a mínima paciência, que ela florisse na primavera, só para acordar certa manhã com praticamente todas as pétalas espalhadas por uma tempestade em uma madrugada, uma cobertura cor-de-rosa suave nas pedras do pátio um dia e, no seguinte, uma maçaroca escorregadia. Como gostaria de vê-la florescer de novo.

Gabriel para ao meu lado e me entrega uma caneca de café. Nossos dedos se tocam.

— Obrigada por consertar a minha caneca — digo.

Em vez de se sentar, ele continua de pé, com uma caneca em uma das mãos e a outra enfiada no bolso da calça jeans.

Ele dá de ombros, talvez envergonhado por ter feito aquilo.

— Você quer dizer a caneca do Gerry. Eu sei que você não é fã de *Star Wars*. Você disse que ia jogar fora, mas sei que tem a tendência a guardar coisas quebradas. Talvez eu devesse ter deixado como estava. Talvez quisesse consertá-la você mesma. Talvez eu tenha pensado demais naquela caneca.

Eu sorrio. Gabriel tem razão, eu realmente guardo coisas quebradas, mas também nunca as conserto. Eu mantinha a caneca ali no armário, uma punição autoinfligida, um lembrete do que tive e perdi. Pessoas, não coisas, é que eu tenho que guardar.

— Ainda está envolvida com o clube? — pergunta ele.

Assinto.

— E como você está? — Seus olhos azuis me observam com atenção, como um exame de raios X na minha alma.

De repente, quero chorar. Ele percebe o que está acontecendo e coloca a caneca na mesa, se aproxima, se ajoelha e me abraça com força, passando a mão pelo meu cabelo enquanto deixo as lágrimas caírem. A imensa exaustão me domina e os meses de trabalho, preocupação, altos e baixos se refletem no meu choro.

— Eu tinha tanto medo de que isso fosse acontecer, Holly — diz ele, sussurrando no meu cabelo.

— Foi uma das melhores experiências da minha vida — digo com uma voz estranhamente aguda, no meio de um soluço no pior momento possível.

Gabriel se afasta, me observando, ainda passando os dedos pelo meu cabelo.

— Sério?

Eu balanço a cabeça com força, ainda chorando, embora seja difícil fazê-lo acreditar no sentimento enquanto ele me vê desse jeito.

— Perdi uma amiga ontem. Ginika. Ela tinha 17 anos e uma filha de 1 ano só. Denise e Tom são os guardiões legais dela agora. Eu ensinei Ginika a ler e a escrever.

— Nossa, Holly — diz Gabriel, limpando as minhas lágrimas. — Você fez mesmo isso?

Assinto mais uma vez. Bert se foi. Ginika se foi. Meu tempo com Paul, que só piora, está acabando. Continuo me encontrando com Joy apesar do seu livro de segredos estar terminado.

— Não quero que acabe.

Ele pensa nisso, olhando para mim, então ergue o meu queixo com delicadeza para me olhar nos olhos, bem de perto.

— Então não deixe que acabe.

— Como? — Seco o rosto.

— Encontre outras pessoas. Continue.

Olho para ele, surpresa.

— Mas você falou que me envolver nisso era um erro.

— Eu estava errado. Estava errado sobre muitas coisas. E se você diz que foi a melhor experiência da sua vida…

— Uma delas — corrijo com um sorriso.

— Eu estava apenas tentando proteger você. Você me falou para não deixar que fizesse mais essas coisas, e eu sinceramente achei que era a coisa certa. Nem quis esperar para ver.

— Eu sei, e você tinha razão, pelo menos em parte. A culpa não é sua, Gabriel. Eu realmente me perdi. Coloquei o clube em primeiro lugar quando deveria ter colocado você.

— Eu não lhe dei muita chance — argumenta ele, sério. — Acho que nós dois cometemos o mesmo erro, escolhemos uma parte das nossas vidas e não nós mesmos. Eu sinto tanto a sua falta.

— Sinto a sua falta também.

Nós sorrimos e ele me olha com esperanças, mas ainda não estou pronta. Pego o meu café e tomo um gole, tentando me recompor.

— E como está indo com Ava?

— Bem — responde Gabriel, puxando uma cadeira ao meu lado e colocando-a de frente para mim. Ele se senta com as pernas junto às minhas, a mão na minha coxa, tudo tão familiar. — Ela está mais calma. Estamos nos ajeitando. Mas tomei uma decisão errada, Holly, cometi um erro horrível ao perder você.

— Eu exagerei — admito.

— Eu não dei o meu apoio. Você pode dar outra chance para nós? Quer vir morar aqui? Comigo e com a Ava?

Olho para ele e me questiono, mas estou cansada de pensar, só sei que parece certo e que o perdão é uma dádiva. Eu me sinto tão aliviada de estar recebendo uma segunda chance.

— A gente tem uma TV — diz ele, sem muita animação.

Eu sorrio e apoio a cabeça no seu ombro, e ele me cobre de beijos delicados.

Quero contar para Ginika o que aconteceu, que ela tinha razão, de novo. Lágrimas rolam. De tristeza e de felicidade.

CAPÍTULO 36

Prendo a bicicleta nas grades da Eccles Street, tendo ido direto do trabalho no fim de tarde ensolarado desta sexta-feira, respirando fundo o ar fresco, vibrante e barulhento com pessoas visitando o Mater Hospital. Meu destino fica do outro lado da rua; uma sequência de prédios georgianos grandiosos, antes casas particulares, depois cortiços, o lar de Leopold Bloom em *Ulysses*, e atualmente escritórios, clínicas, consultórios e centros de atendimento. Tem um ar de positividade na cidade às sextas, a promessa do fim de semana, um humor comemorativo e aliviado por termos sobrevivido a mais cinco dias cansativos. A previsão do tempo para o fim de semana é de calor, nosso veranico; perfeito para churrascos ao ar livre. Os mercados ficarão lotados de pedidos de hambúrgueres e linguiças, as estradas costeiras engarrafadas com carros vibrando com música a todo volume, vendedores de sorvete com sua musiquinha hipnótica circulando pelos condomínios tentando atrair clientes, cachorros passeando, os parques cheios de pele exposta e bêbados desidratados. A manhã de segunda pode ser cheia de arrependimento e faltas ao trabalho, mas hoje, neste momento, sexta-feira às seis horas, o ar está vibrando com planos, um mundo de possibilidades aberto para todos.

— Oi, Holly — diz Maria Costas com uma voz calorosamente profissional, me recebendo no seu consultório com um aperto de mão firme.

Ela fecha a porta atrás de nós e me leva até duas poltronas em frente à uma grande janela. A sala é calma e cheia de luz; um lugar seguro para as pessoas se abrirem. Se essas paredes falassem... teriam que pagar uma fortuna à psicóloga Maria. Tem um cacto na mesa de centro.

Maria vê o meu olhar.

— Essa é a Olivia. Ganhei de presente da minha irmã — explica. — Eu me dei conta de que, se der nome às plantas, a possibilidade de eu matá-las é menor. Meio como as pessoas fazem com crianças.

Dou uma risada.

— Já tive uma planta chamada Gepeto que morreu. Acho que ele precisava mais de água do que de um nome.

Ela dá uma risadinha.

— Como posso ajudá-la, Holly?

— Obrigada por me receber. Como expliquei para a sua assistente, não é uma consulta pessoal.

A psicóloga assente.

— Eu reconheci o seu nome. Ouvi a sua entrevista no podcast e já recomendei a alguns clientes, alguns em luto e outros com doenças terminais.

— Eu estava trabalhando com alguns dos seus clientes: Joy Robinson, Paul Murphy, Bert Andrews e... — Engulo em seco, ainda sentindo a falta da minha amiga. — Ginika Adebayo. Recentemente descobri que eles me encontraram em uma sessão de terapia em grupo com você. Minha história os inspirou a escrever cartas para os seus entes queridos, e eles me procuraram em busca de orientação.

— Sinto muito pela imposição — diz Maria, franzindo a testa. — Joy respondeu tão positivamente à experiência que você dividiu e veio à sessão em grupo tão animada que criou uma discussão ótima sobre o assunto, sobre como eles poderiam se preparar para deixar os seus entes queridos. Eu os encorajei a manterem contato durante esse processo; alguns fizeram isso, outros não. Foi só no funeral de Bert que descobri que ele tinha deixado cartas para a esposa, e achei que fosse uma coisa isolada até falar com Joy recentemente.

— Você estava no funeral de Bert? — pergunto, horrorizada.

— Sim — responde ela com um sorriso. — Aquele garotinho não facilitou a sua vida.

Sinto as minhas bochechas corarem.

— Eu estraguei tudo.

— Foi muito pedir a você que colocasse o envelope nas mãos dele, mas não me surpreende, vindo de Bert.

A gente cai na risada. Quando nos acalmamos, ela continua:

— Fiquei triste ao saber que Ginika faleceu. Ela era uma jovem cheia de vida. Eu amava ouvir as opiniões dela, eram sempre tão certeiras. Queria que o mundo tivesse mais Ginikas.

— Só a original já seria bom. — Dou um sorriso triste.

— E a bebê?

— Com os seus guardiões legais, que a amam muito. São meus amigos, na verdade. Fui visitá-los ontem à noite.

— É mesmo? — Maria me observa. — E a história de escrever cartas continua?

— É por isso que estou aqui. Essa história tem um nome. — Sorrio. — Foi batizado de Clube P.S. Eu te amo pela sua fundadora Angela Carberry, e quero honrar a memória dela e dos outros quatro membros originais ao manter o clube vivo. Gostaria de continuar ajudando e guiando pessoas com doenças terminais a escrever cartas P.S. Eu te amo, e gostaria de saber se você poderia me apresentar a outros indivíduos que precisam de ajuda.

Animada pelo apoio de Gabriel a continuar o clube, descobri Maria Costas através de Joy. Sendo a profissional que deu origem a tudo isso, achei que seria um lugar natural para seguir o projeto.

— Você tem algum interesse financeiro neste clube?

— De jeito nenhum — respondo, ofendida. — Nem de longe. Eu tenho o meu trabalho, tudo isso aconteceu nas minhas horas vagas. Não quero dinheiro, só quero encontrar outras pessoas que possa ajudar. — Me sentindo incompreendida, insisto no pedido ardoroso. — Eu sei que esse conceito das cartas não é para todos, mas descobri que algumas pessoas se sentem compelidas a deixar algo para trás. Meu marido era uma delas. No começo, sete anos atrás, achei que as cartas que Gerry escreveu só tinham a ver comigo, mas, durante isso tudo, descobri que eram para ele também. Faz parte do processo de dar adeus, se preparar para a jornada final. Parte manutenção, parte querer ser lembrado. Eu não tenho uma forma de agir que é padrão; as cartas precisam ser individuais e, para conseguir entender como as cartas seriam recebidas da melhor forma possível pelas famílias, tive que passar algum tempo com essas pessoas e observar as suas relações. Ginika me visitava três vezes por semana, às vezes mais. Se está preocupada com as minhas intenções, quero deixar claro que elas são boas e completamente honestas.

— Bom — diz ela, animada —, com certeza você parece muito apaixonada e sincera. Olha, você não precisa me vender essa ideia. Fui eu que encorajei Joy a dividir a sua história com o grupo, lembra? Como viver sabendo que o seu tempo é limitado é a fase terminal e paliativa com que você vai lidar, e acredito que é uma parte essencial da jornada deles. Vejo que está pensando nas necessidades tanto dos pacientes quanto dos familiares, e embora eu tenha questões óbvias de privacidade em dividir a minha lista de pacientes com você, não tenho problemas em recomendar o seu podcast para as pessoas que estou aconselhando.

— Mas…

— Mas — fala ela — pacientes com doenças terminais são vulneráveis, enfrentando a ameaça de uma morte prematura. Pacientes com pensamento disfuncional são sensíveis e precisam ser tratados com sensibilidade.

— Eu passei os últimos seis meses lidando com pacientes terminais de forma sensível, conheço bem os pensamentos deles. Se você tivesse ideia do que passei, isso sem mencionar a experiência que tive com o meu marido, de quem cuidei durante toda a doença dele…

— Holly — diz ela, me interrompendo com gentileza. — Eu não estou atacando você.

Eu respiro fundo e solto o ar devagar.

— Desculpa. Não quero mesmo que isso acabe.

— Eu compreendo. Para continuar com esse projeto, acho que seria melhor pensar em uma estratégia mais clara. Encontre uma estrutura para o clube; você precisa de regras e guias. Para si mesma e para os outros. Você precisa ter controle de como vai ajudar essas pessoas — diz Maria com firmeza. — Não só por elas, mas por você. Nem consigo imaginar como foi o seu ano, ajudando quatro pessoas nessa jornada sozinha. Deve ter sido devastador.

Minhas defesas todas desmoronam.

— Bom, foi mesmo.

Ela se reclina na poltrona e conclui, com um sorriso:

— Antes de ajudar mais gente, certifique-se de que você mesma está em uma posição segura.

Saio do consultório me sentindo destruída. Fiquei desanimada, mas também pensativa; será que cometi erros com Paul, Bert, Joy e Ginika? Será que dei conselhos ruins? Será que fiz mal a eles ou às suas famílias? Com certeza, a jornada não foi perfeita, mas acho que fiz um bom trabalho. Minha intenção também não poderia ter sido mais justa. Não quero um centavo de ninguém. Estou fazendo isso pelas pessoas que acho que podem se beneficiar, mas também, sem dúvida, estou fazendo isso por mim.

Um carro buzina alto quando estou saindo da ciclovia. Levo um susto tão grande que paro, desço da bicicleta e a largo no chão. Eu me afasto como se ela fosse uma bomba-relógio, meu coração disparado. Eu não estava prestando atenção e quase fui atropelada de novo.

— Você está bem, querida? — pergunta uma mulher que viu tudo do ponto de ônibus.

— Estou, obrigada, só recuperando o fôlego — respondo, me sentando em uma cadeira externa de um café, ainda abalada.

Posso ficar na defensiva sobre o meu papel no clube este ano e nunca mudar nada e me destruir totalmente, ou posso ser realista e ouvir bons conselhos. Maria Costas tem razão. Minha vida pessoal saiu dessa bem machucada, e não posso me permitir fazer isso de novo.

O fantasma de Gerry de volta à minha vida ou o Gabriel que existe de verdade?

Eu escolho Gabriel.

CAPÍTULO 37

— Aqui! — grita Gabriel quando entro em casa.

Nosso quarto é o primeiro à direita no corredor de entrada, com o de Ava à esquerda, os dois dando para o jardim minúsculo de cimento, sem plantas, de frente para uma rua principal movimentada. Eu me pergunto se Richard conseguiria dar um jeito no jardim, começar a fazê-lo florescer. A porta do quarto está aberta e Gabriel está caído na cama.

— Por que você está deitado?

— O volume da TV está muito alto — diz ele. — Trouxe os meus discos para cá, mas não tenho onde colocar, com todas as roupas, e os sapatos, e as maquiagens, e os perfumes, e os sutiãs, e os absorventes que você trouxe. — Ele finge chorar. — É como se eu nem soubesse quem eu sou mais.

— Pobrezinho — digo, subindo na cama e nele.

— Vou superar — responde, me dando um beijo. — Como foi com a terapeuta? Eu diria que a sua cabeça é tipo areia movediça. — Ele batuca na minha têmpora com a ponta do dedo e sussurra no meu ouvido: — Maria, você está aí? Quer que eu peça ajuda?

Eu rolo para o lado.

— Ela não ficou muito animada.

— Tudo bem, você pode tentar outras coisas — diz ele, otimista. — Entrar em contato com ONGs de tratamento de câncer. Diga que tem um bom serviço para oferecer.

— É — concordo sem emoção. — Ou posso simplesmente não fazer nada. Não *tenho* que fazer isso.

— Holly, pare com isso. Você não precisou da terapeuta para começar e não precisa dela para continuar. Sabe, nesses momentos, acho que seria útil para você fechar os olhos e pensar... — Gabriel fecha os olhos com força, um sorriso ameaçando escapar dos lábios.

— O que Gerry faria?

Dou uma risada.

— Eu faço isso às vezes — diz ele com um tom irônico. — Você deveria tentar. — Ele fecha os olhos e sussurra: — O que Gerry faria? O que Gerry faria?

Gabriel abre os olhos de repente.

— E aí, funcionou? — Dou uma risada, precisando daquele bom humor.

— Sim, obrigado — responde Gabriel, dando um tchauzinho para o céu. — Ele disse que faria... — Ele me vira de costas e deita em cima de mim. — Isso.

Dou um gritinho de susto e caio na risada. Sorrio e passo os dedos pelo rosto dele.

— Você só precisa fazer sempre o que o Gabriel faria. É o que eu quero.

— É?

Eu o observo. Embora estivesse falando de brincadeira, talvez Ginika tivesse razão sobre Gabriel ter ciúmes de Gerry.

— Você não está competindo com ele — digo.

— Estava, mas não dá para ganhar de um fantasma — explica Gabriel. — Então a gente teve uma conversinha, eu e ele, e falei que, com todo o respeito, nós dois temos um objetivo em comum, que é amar você, então ele precisa dar um tempo e confiar em mim. Muito cacique para pouco índio e coisa e tal.

— Parece estranho. Mas é bonito.

Ele ri e me dá um beijo delicado.

— Que nojo! — diz Ava, e paramos de nos beijar na hora, olhando para a porta, de onde ela está nos observando com o rosto em uma careta. Ava fecha a porta e aumenta o volume da TV no outro quarto.

Gabriel rola para o meu lado e finge chorar de novo.

A reunião com Maria Costas foi importante. Fui lá procurando novos membros para o Clube P.S. Eu te amo, mas saí com uma ideia maior, uma perspectiva mais ampla de como eu deveria lidar com aquilo. Ela estava certa: preciso impor limites a essa situação, por mim mesma, para que não permita que a história de cada pessoa viva no meu coração e afete a minha vida. Não posso receber cada membro na minha casa três vezes por semana, e não posso passar dias inteiros passeando pela cidade em caças ao tesouro. Não posso perder almoços de domingo nem tirar folga no trabalho toda hora. O ano da loucura, como Ciara chama, acabou.

Estou de pé no estoque da loja. Uma parede tem prateleiras até o teto, lotadas, com um cabideiro de roupas esperando para serem lavadas e passadas. Uma cesta de roupas e uma caixa com itens que não serão vendidos, e sim doados para instituições de caridade. Tem uma máquina de lavar e uma secadora, assim como um ferro de passar. É a sala de controle da loja, cheia, mas organizada ao mesmo tempo, mas se eu só... Pego uma cadeira e levo até os fundos do estoque, de frente para a porta. Eu me sento e imagino uma mesa à minha frente, com uma cadeira virada para mim. Imagino um sofá, talvez ao lado das máquinas. Fecho os olhos. Visualizo.

Ouço uma batida na porta e abro os olhos. Fazeel entra com o seu tapete enrolado debaixo do braço.

— Meio-dia — diz ele com um sorriso.

Dou uma risada e pulo da cadeira.

— Voluntários! É isso! — Eu me aproximo e o abraço.

— Ora, ora, você está contente hoje — comenta ele, me abraçando e rindo.

— Ciara! — grito. — Ciara, cadê você? — Eu volto para a área principal da loja.

— Aqui, aqui — diz ela, deitada de costas debaixo de um manequim, a cabeça escondida embaixo da saia.

Matthew está sentado em um banquinho de braços cruzados, observando.

— O que está fazendo?

— A perna dela caiu — responde Ciara com a voz abafada.

— É errado eu achar isso sensual? — pergunta Matthew.

Dou uma risada.

— Ciara, levanta daí! Tive uma ideia!

— Então — falo para a minha família, que está sentada em torno da mesa dos meus pais devorando o assado de domingo. Gabriel e Ava vieram esse fim de semana, e ela não para de rir das bobeiras de Declan e Jack, que estão exagerando ainda mais para agradá-la. — Vou transformar o estoque da Magpie em um escritório para o Clube P.S. Eu te amo.

— Isso! — exclama Ciara em uma voz aguda e animada, dando um soco no ar. — Mas talvez não o estoque inteiro! — diz no mesmo tom, o sorriso ficando tenso.

— Vou receber pessoas lá. *Clientes.*

— Isso!

— Então, como só tem uma de mim e com sorte teremos muitas pessoas precisando dos meus serviços, vou chamar *voluntários* para me ajudar com as tarefas físicas, e assim teremos o novo Clube P.S. Eu te amo!

— Isso! — grita Ciara, batendo palmas animada.

Ava dá risada.

— Espera aí. — Matthew interrompe a celebração de Ciara. — Você era totalmente contra isso no início do ano. Por que está toda "Isso!" agora? — pergunta ele, imitando o tom de voz dela.

— Porque — responde ela, arregalando os olhos para a família como se eu não pudesse vê-la ou ouvi-la — ninguém queria que ela fizesse isso da última vez, ela fez de qualquer forma e teve um colapso nervoso, então é melhor dar apoio.

— Ah, como assim, então vocês não acham uma boa ideia? — pergunto.

— É incrível — diz a minha mãe.

— Fico feliz por você — comenta o papai com a boca cheia de batata.

— Eu gostaria de ser voluntária — diz Ava de repente, e Gabriel olha para ela, surpreso. — Ué, você disse que eu preciso arrumar um emprego. Parece legal.

— Mas eu não posso pagar, querida — digo, triste mas honrada por ela ter se oferecido.

— Pode pagar se conseguir investimento — comenta Richard. — Se você registrar o Clube P.S. Eu te amo como uma fundação ou instituição de caridade, então pode fazer eventos para arrecadação de fundos. Também pode montar uma equipe, digamos, um contador e um assistente jurídico para ajudar com a papelada e as obrigações legais. Todo mundo teria que se envolver de maneira voluntária.

— Sério? Vocês acham mesmo? — Eu olho em volta da mesa.

— Eu poderia fazer a contabilidade para você — oferece Richard, que trabalhava como contador antes de começar a firma de paisagismo.

— Eu adoraria ajudar com arrecadação de fundos — comenta Abbey.

— Quem concorda levanta a mão — pede Ciara.

Todos erguem as mãos. Todos, menos Gabriel.

— É uma grande responsabilidade — diz ele.

— Ela consegue, pai — diz Ava, cutucando-o.

— É, pai! — diz Jack, imitando Ava.

— É, pai! — fala todo mundo em uníssono, caindo na risada.

Quando a conversa volta à bagunça de sempre, Gabriel me abraça e se aproxima.

— Eu sei que você consegue — sussurra ele com um beijo suave.

Sinto a animação crescer. Com apoio suficiente, podemos ajudar mais pessoas. Eu poderia dedicar mais tempo aos indivíduos que precisam de mim, observando as suas vidas e ajudando a construir e distribuir suas cartas. O Clube P.S. Eu te amo poderia se tornar uma fundação nacional, ajudando pacientes terminais a finalmente decidir como se despedirem dos seus entes queridos. E tudo por causa do Gerry.

Meu telefone toca, mas não reconheço o número.

— Alô?

— Oi, você é Holly Kennedy? — pergunta uma jovem voz masculina.

— Sim, é ela.

— Ah, consegui o seu telefone com a Maria, hum… Maria Costas? Ela me falou sobre o seu clube.

— Sim, você está falando com o Clube P.S. Eu te amo — digo, ficando de pé para sair enquanto todo mundo faz "Shhh" à mesa.

— Shhh — faz Jack, implicando com Declan.

— Shhh — retruca ele.

— Shhh — diz Matthew, cutucando Ciara, que está muito silenciosa.

Enfio um dedo no ouvido e saio da sala.

Quando desligo o telefone, vejo Gabriel parado à porta, me observando.

— Tenho um cliente — falo animada, então tiro o sorriso do rosto, sem saber se a minha felicidade é a resposta certa à situação de Philip. — Mas não comenta nada, você sabe como eles são.

— Pode deixar — responde ele em tom de conspiração.

Assim que voltamos para a mesa, Gabriel pega a minha mão e ergue bem alto.

— Ela tem um cliente!

Todos gritam, comemorando.

— Oi, Holly — diz Maria Costas, me recebendo na porta principal do Hospital St. Mary. — Obrigada por vir tão em cima da hora.

— Não tem problema, fico feliz que Philip tenha ligado.

— Ele me falou que queria deixar alguma coisa para os amigos, mas não sabia o quê. Aí comentei sobre você e o clube. Não tinha certeza se você ia continuar, depois da nossa conversa.

— Você me fez refletir bastante depois do nosso encontro, mas sempre foi no sentido de aumentar o projeto, não terminar. Desde que nos falamos, estou implementando planos para desenvolver o Clube P.S. Eu te amo com uma estrutura maior, uma equipe. Se tiver tempo depois daqui, podemos conversar?

— Eu adoraria. — A gente para. — Este é o quarto do Philip.

— Me conta um pouco sobre ele.

— Ele tem 17 anos e foi diagnosticado com osteossarcoma, um tipo de câncer ósseo. Ele já passou por muita coisa, teve que fazer uma cirurgia para substituir o fêmur esquerdo e fez três ciclos de quimioterapia, mas o câncer é agressivo.

A gente entra no quarto de Philip, que aparenta ser mais novo que 17 anos. É alto, de ombros largos, mas parece que encolheu no próprio corpo, a pele amarelada, os olhos castanhos fundos e imensos nas órbitas.

— Oi, Philip — diz Maria, animada, se aproximando com a mão erguida para um high five.

— Oi, Maria, deusa grega.

Ela ri.

— Na verdade eu sou de Chipre, e não tenho sangue real a não ser que você considere o azeite caseiro do meu avô. Trouxe um presente para você. Holly, esse é o Philip. Philip, Holly.

— Prefiro um soquinho — digo, estendendo o punho.

— Ah, ela é dessas — diz Maria, sorrindo enquanto Philip ergue o punho e toca no meu.

Eu me sento ao lado dele e percebo que o seu armário está cheio de fotos dos amigos. Meninos da mesma idade em grupos, brincando, rindo, fazendo poses em uniformes de rugby. Um grupo erguendo um troféu. Reconheço Philip na hora, um adolescente forte e alto antes do câncer.

Depois de passar uma hora trocando ideias com ele, nós nos despedimos e eu saio com Maria.

— E então? — pergunto, sentindo como se estivesse sendo testada por ela.

— Para que o seu clube funcione, você vai precisar de um terapeuta que pense nas necessidades psicológicas dos seus clientes, em especial alguém que entenda o desenrolar natural e o tratamento da doença, e que tenha uma abordagem flexível dependendo do status médico do paciente.

— E onde encontraria alguém assim? — pergunto a ela.

Ela olha pela janela da porta para Philip e para por um momento.

— Já encontrou.

CAPÍTULO 38

Dois meses depois, eu me sento no palco junto com os professores do colégio Belvedere, uma escola de ensino médio em Dublin, enquanto o diretor faz um discurso para os alunos do último ano que farão o exame final no verão. Ele está incentivando que eles estudem mais, acreditem em si mesmo e façam aquele último grande esforço, porque vai ter retorno. É pelo futuro deles. Vejo no rosto daqueles rapazes de 17 e 18 anos esperança, determinação, e também bocejos incontidos e piadinhas internas. De todo tipo.

— Mas tem outro motivo pelo qual nos reunimos aqui hoje.

Silêncio. Mistério. Os meninos cochicham entre si, tentando adivinhar, mas nunca vão acertar.

— Hoje seria o décimo oitavo aniversário de Philip O'Donnell. Queremos parar um momento e relembrar o nosso amigo e aluno, que, infelizmente, faleceu alguns meses atrás.

Todos começam a gritar e aplaudir, sobretudo no fundo. Os amigos de Philip.

— Temos uma convidada especial hoje conosco, Holly Kennedy, que vai se apresentar e nos contar por que está aqui. Por favor, uma salva de palmas.

Eles obedecem com educação.

— Oi, pessoal. Sinto muito por ter arrastado vocês para fora das aulas. Tenho certeza de que querem acabar com isso o mais rápido possível, então não vou tomar muito do seu tempo.

Os meninos dão risada, mais que contentes por estarem perdendo aula.

— Como o diretor Hanley disse, meu nome é Holly, e eu trabalho em uma fundação recém-criada chamada P.S. Eu te amo.

Nosso trabalho é ajudar pessoas com doenças terminais a deixar cartas para os seus entes queridos, a serem entregues depois da sua morte. É algo com que tenho uma experiência pessoal, e uma coisa que aprendi é que isso é muito importante e precioso para as pessoas que estão doentes, pois garante que quem ficou para trás saiba que não está sozinho, que será guiado, e também garante que elas serão lembradas. Agradeço demais ao diretor Hanley, que permitiu que Philip transformasse esse desejo em realidade e reuniu vocês aqui. Tenho uma carta do Philip. Ele pediu que eu lesse isso em voz alta para os seus amigos mais próximos, Conor ou Con-Man, David ou Big D, e Michael ou Tricky Mickey.

Apesar do contexto emocionante, os alunos caem na gargalhada com os apelidos.

— Philip queria que eu pedisse para vocês três se levantarem.

Eu olho para o mar de rostos, todos olhando em volta em busca dos três rapazes. Devagar, os melhores amigos de Philip ficam de pé, e um já está chorando. Com os braços por cima dos ombros um do outro, eles parecem estar no campo de rugby, esperando o hino nacional começar. Esses três adolescentes carregaram o caixão de Philip no enterro, e continuam lado a lado. Respiro fundo. Preciso me concentrar.

— "Meus amigos, Con-Man, Big D e Tricky Mickey" — falo, lendo em voz alta. — "Não vou escrever nada mórbido, porque sei que vocês já vão estar mortos de vergonha só de ficar em pé na frente de todo mundo."

Alguém solta um assobio alto.

— "Todo mundo que está aí sabe que vocês três são os meus melhores amigos. Vou sentir falta de vocês, mas a única coisa de que não me arrependo nisso tudo é que não vou ter que fazer a prova no fim do ano. Pelo menos não precisei fazer o trabalho de casa."

Todos começam a aplaudir e gritar.

— "Hoje é o meu aniversário de 18 anos. Eu sou o mais novo e vocês nunca me deixaram esquecer disso. Respeite os mais velhos, você sempre dizia, Tricky Mickey. Bom, é verdade. Eu queria estar com vocês para fazer isso, mas vocês podem terminar o que comecei. No dia 24 de dezembro, vocês vão passar pelos doze pubs do Natal."

Uma explosão de gritos e aplausos. Espero a confusão acabar, com a ajuda do diretor.

— "Doze pubs. Doze cervejas. Todas por minha conta, pessoal. Levem um balde para o Big D vomitar."

Os meninos começam a imitar sons de vômito, e o garoto no meio do trio leva uma cotovelada das pessoas atrás dele. Acho que esse é o Big D.

— "Comecem pelo O'Donoghue's, onde a primeira cerveja vai estar esperando por vocês. Quando terminarem, o barman vai dar um envelope com uma carta minha, dizendo para onde devem ir depois. Como o Hanley está ouvindo e ele não ia concordar que a Holly lesse isso em voz alta sem a recomendação a seguir, tenho que colocar a condição de que vocês bebam um copo d'água a cada cerveja."

Os alunos comemoram quando o diretor é mencionado, e eu me viro a tempo de vê-lo secar uma lágrima dos olhos.

— "Aproveitem a noite e tomem uma por mim. Se eu puder, vou ficar de olho em vocês. P.S. Eu amo vocês, caras."

Os três amigos se juntam em um abraço, enquanto o restante do auditório aplaude de pé, gritando o nome de Philip. Dois dos seus melhores amigos estão chorando, Big D no meio, e o terceiro está tendo dificuldade em se manter forte, o mais velho e mais sério do grupo, segurando as pontas.

Não dá para saber tudo, mas eu me pergunto se, caso Philip tivesse sobrevivido, eles teriam se afastado com o tempo. Agora, porém, com a morte dele, aqueles três rapazes ficarão unidos para sempre. A morte afasta as pessoas, mas também pode mantê-las unidas.

Abro o portão do jardim, que guincha nas dobradiças enferrujadas, e sigo pelo caminho estreito até a casa. Toco a campainha, e quando ouço passos se aproximando, assinto para Matthew, que está parado na porta de trás da van. Com o meu sinal, ele abre o porta-malas e tira meia dúzia de balões vermelhos em cada mão, seguido por Ciara e Ava, que também seguram uma dúzia de balões. Quando a porta da casa se abre, Matthew me entrega os balões e volta correndo para pegar o restante.

A mulher não é muito mais velha que eu.

— Sim? — diz ela, sorrindo, mas confusa.

— É do Peter — digo, entregando um cartão que diz:

Feliz aniversário, Alice,
Os balões vermelhos vão te levar.
Com amor, Peter
P.S. Eu te amo

Ela lê, chocada.

Aperto o *play* no celular e a música "99 Red Balloons" começa a tocar, a primeira música que eles dançaram juntos. Ela dá um passo para o lado e observa enquanto uma procissão de 99 balões vermelhos entra e enche a casa com a música.

Eu me sento à mesa da cozinha da viúva, que está segurando o seu presente, um bracelete, com lágrimas correndo pelo rosto.

— Cada pingente tem uma história — explico, entregando os oito envelopes com as mensagens da sua esposa. — Ela escolheu todos eles especialmente para você.

Estou com um homem e os três filhos pequenos na casa deles, que me encaram de olhos arregalados.

— A mamãe fez o quê?

— Ela criou um canal no YouTube — repito. — Não é legal?

— Muito legal! — exclama o menino de 8 anos, dando um soco no ar.

— Mas a mamãe *odiava* quando a gente ficava no YouTube — comenta o adolescente, sem entender.

— Não odeia mais — respondo com um sorriso.

Eu abro o laptop da mãe deles e viro a tela para os quatro. Eles se acotovelam e se apertam, lutando por espaço.

A música começa, e a voz da mãe surge, imitando o tom dos YouTubers que os filhos tanto adoram.

— "E aí, pessoal, aqui é a Sandra do Bam-It's-Mam! Bem-vindos ao meu canal! Eu tenho algumas coisas bem legais para mostrar a vocês, e espero que se divirtam aí de casa. P.S. Eu amo *tanto* vocês. Agora, vamos começar! Hoje a gente vai fazer *slimes*!"

— *Slimes!* — gritam as crianças.

O pai se reclina na cadeira, cobrindo a boca para esconder a onda de emoção repentina. Seus olhos se enchem de lágrimas, mas as crianças estão tão envolvidas no vídeo da mãe que não notam.

Eu acordo com um susto. Tem uma coisa que preciso fazer com urgência, e queria fazer ontem de noite, antes de me deitar, mas já estava tarde. Eu me sento na cama e pego o celular na mesa de cabeceira.

— Alô? — diz Joy.

— É dia 8 de dezembro.

O começo não oficial da temporada natalina. É um dia sagrado, parece, um banquete para a imaculada concepção. As pessoas do país todo iam para Dublin fazer as suas compras de Natal, antes que suas cidades aumentassem, antes das viagens ficarem mais fáceis, antes de a sociedade e a cultura mudarem. São antigas crenças tradicionais, não muito mais observadas, mas uma coisa não mudou: continua sendo o dia em que as pessoas mais tradicionais decoram suas casas para o Natal.

— Holly, é você?

— Sim — digo com uma risada. — Joy, é dia 8 de dezembro!

— Sim, eu sei, você falou. Mas e daí?

— O Joe vai comprar a árvore de Natal hoje? Ele vai decorar a casa?

— Ah. — Ela percebe do que estou falando e baixa a voz. — Vai, sim.

— Ele não pode ir até o sótão — digo, saindo da cama e correndo pelo quarto procurando as minhas roupas.

— Ah, meu Deus, o que vou fazer? Não consigo subir lá.

— Claro que não. É por isso que eu liguei. Eu coloquei os presentes lá, e vou tirá-los. — Eu paro de falar e sorrio. — Joy, você conseguiu.

— Sim — sussurra ela. — Eu consegui.

CAPÍTULO 39

O procurador que lidou com a compra da nossa casa dez anos antes se aposentou, entregando toda a papelada para uma nova firma com quem não tive que falar desde então. Enfim vou ao escritório deles para concluir a papelada e vender a casa.

— Que bom que você veio, Holly. Passei um tempo me familiarizando com a sua propriedade e com os contratos, e aí encontrei uma coisa incomum. Entrei em contato com o Tony, que me explicou que estava tudo certo.

— Por favor, me diga que não tem nada de errado, já faz tanto tempo que quero fazer isso. Eu só preciso assinar a papelada — imploro, exausta com a experiência.

— Não tem nada de errado, pode ficar tranquila. Só encontrei uma anotação pessoal nos arquivos, entregue a Tony Daly dizendo que a carta deveria ser entregue a você *caso Holly Kennedy venda a propriedade.*

Na mesma hora o meu coração dispara. Sinto uma onda de esperança, mas sei que é idiotice, depois de tanto tempo. Já faz oito anos que Gerry morreu, sete desde que li sua última carta. Foram dez cartas e eu li todas. Seria ganância querer mais uma.

Ela pega os arquivos e tira um envelope.

— Ai, meu Deus — digo, tapando a boca. — É a letra do meu falecido marido.

Ela me estende o envelope, mas não pego. Fico olhando o papel flutuando no ar, a letra dele. Por fim, a advogada pousa o envelope na mesa à minha frente.

— Vou dar um segundo para você — diz. — Quer um pouco de água?

Não respondo.

— Vou pegar água para você.

Sozinha com o envelope, leio as palavras na frente.

A saideira.

Já é o fim do sábado e início do domingo. As pessoas estão saindo do pub, expulsas pelos funcionários reclamões. As luzes estão ligadas, o cheiro de água sanitária está insuportável, a equipe fazendo de tudo para expulsar os últimos fregueses. Alguns estão indo para casa, outros vão continuar a noitada em alguma boate. Sharon e John estão praticamente engolindo a cara um do outro, como fizeram a noite toda, mas o que era ligeiramente desconfortável na penumbra é bem pior sob luzes fluorescentes.

— A saideira? — pergunta Gerry para mim, me observando com os olhos pesados e um sorriso charmoso. Seus olhos sempre sorriam, com travessura e vida.

— Eles estão expulsando a gente.

— Denise — diz ele. — Pode fazer a sua mágica, por favor?

— Deixa comigo. — Ela faz uma saudação e vai direto para o funcionário jovem e bonitão.

— Para de ficar prostituindo a minha amiga.

— Ela gosta! — responde ele com um sorriso.

Denise vira para a gente e dá uma piscadela; conseguiu a saideira.

— Sempre mais uma — digo, beijando-o.

— Sempre — sussurra ele.

Meu despertador toca. São sete horas. Eu viro de lado e desligo o alarme. Preciso me levantar, sair da cama, ir para casa, tomar um banho e ir trabalhar. Sinto Gerry despertando ao meu lado. Sua mão cruza a cama, quente como uma fornalha. Ele se mexe e encosta em mim, cheio de desejo. Seus lábios tocam a minha nuca. Seus dedos me encontram, o lugar certo para me convencer a ficar. Eu me encosto nele, respondendo.

— A saideira — diz ele, sonolento.

Sinto as suas palavras na minha pele. Ouço o sorriso na sua voz. Não vou a lugar algum sem ele.

— Sempre mais uma — sussurro.

— Sempre.

Eu encaro o envelope na mesa diante de mim, em choque. Como não imaginei que isso poderia acontecer, em todas as análises e todos os cálculos que fiz desde a sua morte? "A saideira", ele sempre dizia. Sempre mais uma. Sempre. Dez cartas, deveria ser o bastante, mas, sete anos depois de eu ter lido a última, aqui está ela, a saideira.

Querida Holly,

Sempre mais uma. Só que essa é a última.

São cinco minutos para mim, mas quem sabe quanto tempo para você. Talvez você nunca chegue a ler isso, talvez nunca venda a casa, talvez a carta se perca, talvez outra pessoa esteja lendo. Seu filho ou sua filha. Quem sabe? Mas estou escrevendo com a intenção de que você leia.

Eu posso ter morrido ontem ou décadas atrás. Você pode estar colocando a sua dentadura em um copo na mesa de cabeceira. Desculpe por não ter conseguido envelhecer com você. Não sei quem você é no seu mundo agora, mas aqui, no meu mundo, no momento em que escrevo, eu ainda sou eu, você ainda é você e nós ainda somos nós.

Deixe-me trazê-la de volta para cá.

Tenho certeza de que você ainda é linda. Tenho certeza de que ainda é gentil.

Você sempre será amada, por mim e por muitos, de perto e de longe.

Eu tenho experiência em te amar de longe, lembra? Levei quase um ano para chamar você para sair.

Não tenho dúvida de que isso nunca vai mudar, tudo que sei é que, quanto menos vida tenho em mim, mais eu te amo, como se o meu amor estivesse preenchendo os espaços.

Quando eu morrer, acho que vou ser preenchido de amor, feito só de amor por você.

Mas, caso eu comece a sair com alguém do outro lado, por favor, não fique chateada. Vou dar um chute na bunda dela assim que você chegar. Se você não estiver procurando ou esperando por outra pessoa.

Boa sorte com a sua nova aventura, seja ela qual for.

Eu te amo, linda, e ainda fico feliz que você tenha dito sim.

Gerry

P.S. Vejo você depois?

Dentro do envelope tem uma outra carta que, apesar de estar dentro de um envelope guardado há oito anos, está amassada e vincada. Eu estico o papel na mesa e, ao ver a letra, percebo que é a primeira carta que Gerry escreveu para mim, quando a gente tinha 14 anos.

Suas palavras me fazem voltar no tempo e me fazem seguir em frente com esperança renovada no meu futuro; elas me plantam na terra, me prendendo à realidade, e me fazem voar como se estivesse flutuando.

A carta dele me dá raízes e asas.

Terça-feira de manhã. Odeio terças, são piores que segundas. Já passei pela segunda e a semana ainda nem chegou na metade. Meu dia começa com dois tempos de matemática com o sr. Murphy, que me odeia tanto quanto eu odeio matemática, o que é bastante ódio em uma sala só para uma terça-feira. O sr. Murphy me fez sentar na primeira fileira, bem na frente da mesa dele, para poder ficar de olho em mim. Eu fico quieta, mas, mesmo assim, não consigo acompanhar.

Está chovendo à beça lá fora, minhas meias ainda molhadas da caminhada do ponto do ônibus até a escola. Estou congelando, e, para completar, o sr. Murphy abriu todas as janelas para acordar a gente porque uma pessoa bocejou. Os meninos têm sorte, podem usar calça comprida, mas as minhas pernas estão todas arrepiadas, estou sentindo os pelinhos em pé. Eu raspei até o joelho, mas acabei fazendo um corte na canela, e o machucado está ardendo embaixo das minhas meias de lã cinza. Eu não devia ter usado o barbeador do Richard, mas, da última vez que pedi, minha mãe falou que eu era nova demais para raspar as pernas e não aguento ter que pedir de novo.

Odeio terças-feiras. Odeio o colégio. Odeio matemática. Odeio as minhas pernas cabeludas.

O sinal do primeiro tempo toca, e eu deveria ficar aliviada quando os corredores são tomados pelos alunos indo para a próxima aula, mas sei que ainda temos que aguentar quarenta minutos disso. Sharon está doente, então não tem ninguém sentado do meu lado. Odeio quando ela não está do meu lado, porque significa que não posso copiar as respostas dela. Colocaram ela do meu lado porque ela ficava rindo na aula, mas é boa em matemática, então posso colar dela. Vejo o corredor pela janela ao lado da porta. Denise espera até o sr. Murphy não estar olhando e enfia a cara no vidro, abrindo a boca e amassando o nariz que nem um porquinho. Dou um sorriso e desvio o olhar. Algumas pessoas da turma riem, mas até o sr. Murphy olhar, ela já deu no pé.

O professor sai da sala por dez minutos. Enquanto isso, a gente devia tentar resolver um problema que ele deixou no quadro. Sei que não vou chegar a lugar nenhum porque nem entendi a pergunta. X e Y podem ir se danar. Ele vai voltar para a sala fedendo a cigarro como sempre, aí vai se sentar na minha frente com uma faca e uma banana, encarando a turma com um olhar ameaçador, como se fosse o fodão. Alguém se senta do meu lado. John. Sinto o meu rosto ficar vermelho de vergonha. Confusa, olho por cima do ombro direito, para a parede em que ele em geral se senta com Gerry, que baixa os olhos para o caderno.

— O que você está fazendo? — sussurro, embora todo mundo esteja conversando, provavelmente já tendo terminado o problema. Mesmo se não terminaram, não importa: o sr. Murphy sempre pergunta para mim.

— Meu colega quer saber se você quer ficar com ele — diz John.

Meu coração dispara e sinto a boca seca.

— Que colega?

— Gerry. O que você acha?

Tundum. Tundum.

— Você está me zoando? — pergunto, ao mesmo tempo irritada e envergonhada.

— Tô falando sério. Sim ou não?

Eu reviro os olhos. Gerry é o menino mais bonito da turma — ou melhor, da série. Ele pode ficar com quem quiser, então isso só pode ser uma piada.

— John, não é engraçado.

— Tô falando sério!

Estou com medo de virar e olhar para Gerry de novo. Meu rosto está pegando fogo. Eu preferia bem mais quando me sentava no fundão e podia ficar olhando para o Gerry sempre que queria. Todo mundo gosta dele. Ele é tão gato, mesmo de aparelho, e sempre cheira bem. É claro que eu gosto dele, a maioria das meninas (e o Peter) gostam. Mas eu e o Gerry? Eu achava que ele nem sabia da minha existência.

— Holly, tô falando sério — repete John. — O professor vai voltar daqui a pouco. Sim ou não?

Eu engulo em seco. Se eu disser que sim e for uma piada, vou morrer de vergonha. Mas se disser não e não for uma piada, nunca vou me perdoar.

— Tá bom — digo, e a minha voz sai toda esquisita.

— Maneiro.

John sorri e corre de volta para o lugar.

Espero ouvir as risadas, todo mundo me zoando e dizendo que é uma piada. Espero ser humilhada, tenho medo de me virar, com a certeza de que todo mundo está rindo de mim. A porta bate com força e eu dou um pulo de susto. O sr. Murphy voltou, com a faca e a banana, fedendo a cigarro.

Todo mundo fica em silêncio.

— Acabaram?

Um coro de "sim".

Ele olha para mim.

— E você, Holly?

— Não.

— Então vamos repassar a questão, certo?

Estou com tanta vergonha, sabendo que todo mundo está me olhando, que nem consigo pensar. Gerry deve achar que sou uma idiota completa.

— Certo, vamos começar — diz sr. Murphy, descascando a banana e cortando a ponta. Ele nunca come a pontinha, odeia a parte preta. Ele corta uma fatia fina da banana e come da ponta da faca. — John tinha 32 barras de chocolate — diz ele bem devagar, com um tom de voz condescendente, e algumas pessoas riem. — Ele comeu 28. Com que ele ficou agora?

— Diabetes, senhor! — grita Gerry, e todo mundo cai na gargalhada.

Até o sr. Murphy ri.

— Obrigado, Gerry.

— De nada, senhor.

— Já que você se acha tão esperto, pode terminar para a gente.

E ele faz isso. Fácil assim. Fui salva. Fico grata, mas envergonhada demais para me virar. Algo bate na minha perna e cai aos meus pés. Olho para baixo e vejo uma folha de papel amassada. Finjo estar me abaixando para pegar alguma coisa na mochila e, enquanto o sr. Murphy está virado para o quadro, escrevendo, abro a bolinha de papel e estico no colo.

Não era zoeira. Eu juro. Já queria pedir faz um tempão. Que bom que você disse sim.
Gerry
P.S. Vejo você depois?

Abro um sorriso, meu coração disparado, com um frio tremendo na barriga. Guardo a carta na bolsa e, quando faço isso, dou uma olhadinha para trás. Gerry está me observando com aqueles olhos azuis dele, meio nervoso. Eu sorrio, e ele também. Como se fosse uma piada interna que só nós dois conhecemos.

EPÍLOGO

Estou na Magpie, na minha parte favorita da loja, com as pequenezas na cômoda, limpando e separando, meio que me divertindo, quando Ciara interrompe os meus pensamentos. Ela está na vitrine, vestindo os manequins.

— Acho que vou batizar os manequins. Quanto mais tempo passo com eles, mais acho que cada um tem uma personalidade.

Dou risada.

— Se eu prestar atenção, posso utilizá-los melhor, talvez até vender mais. Por exemplo, essa aqui é a Naomi. — Ela vira a modelo e acena com a mão de plástico para mim. — Ela é uma garota das vitrines. Gosta de ser o centro das atenções. A estrela. Diferente... da Mags, aqui, que odeia que prestem atenção nela. — Ela pula da plataforma mais alta e vai até o manequim que fica na área dos acessórios. — Mags gosta de se esconder. Gosta de perucas, óculos, chapéus, luvas, bolsas, echarpes, o que for.

— É porque Mags está fugindo — digo.

— Isso! — Ciara arregala os olhos e observa o manequim. — Você não é nem um pouco tímida, não é mesmo? Você é uma *fugitiva*.

O sino da porta toca.

— De quem você está fugindo, Mags? É de algo que viu ou de algo que fez? Deixe-me olhar você nos olhos. — Ciara baixa os óculos e encara o manequim. Então solta um arfado surpreso. — O que foi que você fez, sua danada?

O cliente solta um pigarro e nós nos viramos para a porta, onde um rapaz está parado com um saco de lixo preto, cheio até a metade, na mão.

Meu coração dispara. Eu me apoio na cômoda. Ciara olha para mim, surpresa, e de volta para o homem. Percebo pela sua reação que ela também notou: ele é a cara de Gerry.

— Olá — diz ela. — Desculpa... Você nos pegou... A gente estava falando com... Caramba, você parece muito com alguém que a gente conhece. Conhecia. Conhece. — Ciara inclina a cabeça e o examina. — Posso ajudar?

— Estou procurando a Holly Kennedy. Do Clube P.S. Eu te amo.

— Eu sou a Ciara. Essa é a Mags. Se é que esse é o nome verdadeiro dela — diz a minha irmã, sorrindo. — Ela tem um passado sombrio. Aquela ali é a Holly.

Tento me controlar. Não é o Gerry. Definitivamente não é o Gerry. Só um cara jovem, bonito e incrivelmente parecido com o meu falecido marido, tanto que conseguiu tirar o meu fôlego e o de Ciara. Cabelo preto, olhos azuis, um visual irlandês típico, mas, porra, como são parecidos.

— Eu sou a Holly.

— Oi, meu nome é Jack.

— Prazer em conhecê-lo, Jack — digo, apertando a mão dele. O rapaz é tão jovem, imagino que uns dez anos mais novo que eu, mas da idade de Gerry antes de morrer. — Venha comigo.

Eu levo o rapaz até o estoque que reformei para ter um cantinho receptivo para o clube, e nos sentamos no sofá. Ele olha em volta. Pendurei fotografias dos cinco membros originais do Clube P.S. Eu te amo: Angela, Joy, Bert, Paul e Ginika. Coloquei Gerry no grupo também, porque parecia correto, já que ele foi o fundador. Os olhos de Jack param na fotografia dele. Eu me pergunto se ele também vê a semelhança. Entrego uma garrafinha de água, que Jack bebe até a metade na mesma hora.

— Como posso ajudá-lo?

— Eu li sobre o Clube P.S. Eu te amo em uma revista... ironicamente, enquanto estava esperando no hospital.

Sei de que revista ele está falando; somos uma fundação nova, não saímos em tantas publicações assim. Foi em uma revista de saúde, com direito a uma foto minha com Gerry. Talvez tenha sido Gerry que trouxe Jack para cá.

— Eu tenho câncer — diz ele, os olhos enchendo de lágrimas. Jack limpa a garganta e olha para baixo. — Quero fazer alguma coisa para a minha esposa. A gente se casou no ano passado. Eu li sobre a sua história. Quero fazer uma coisa legal para ela, uma vez por mês por um ano, como o seu marido fez.

Dou um sorriso.

— Vai ser uma honra poder ajudar.

— Você... Ele... Foi... — Jack tem dificuldade para fazer a pergunta e suspira. — Você obviamente acha que é uma boa ideia, certo, ou não teria começado tudo isso. Será que ela vai gostar? — pergunta ele, por fim.

Existe tanta coisa nessa experiência, tantas camadas para explicar. A esposa dele vai sentir tantos sentimentos diferentes em relação a essas cartas e tarefas, essa surpresa do marido, que é até difícil colocar em palavras. Ela vai sentir a perda e o luto, mas também vai sentir a conexão e o amor, força e escuridão, tristeza e raiva, felicidade e esperança, alegria e medo. Tudo misturado, um caleidoscópio de emoções que brilham e desaparecem de um momento para o outro.

— Jack, muito do que está para acontecer vai mudar a vida dela para sempre — respondo por fim. — Essas cartas, planejadas do jeito certo, vão garantir que você esteja do lado dela o tempo todo. Você acha que ela vai gostar disso?

— Sim, com certeza. — Ele sorri, convencido. — Ótimo. Vamos fazer isso. Olha, eu falei que só ia ficar aqui um segundo, que só ia deixar umas coisas para a minha mãe. — Ele olha para o saco de lixo aos seus pés. — São só jornais velhos, desculpa.

— Bom, melhor não deixarmos ela esperando. — Eu fico de pé e levo ele de volta para a loja. — A gente pode se falar de novo em breve, e aí você me conta mais sobre a sua esposa. Qual o nome dela?

— Molly — responde ele com um sorriso.

— Molly.

— Tchau, Jack — diz Ciara.

— Tchau, Ciara, tchau, Mags — responde ele com um sorriso.

A porta fecha e Ciara me olha como se tivesse visto um fantasma. Corro para a vitrine e observo ele entrar no carro ao lado de uma moça bonita. Molly. Estão conversando enquanto ele pega as chaves.

Molly me vê e sorri. Naquele olhar, naquela conexão rápida, ela me faz voltar no tempo, tanto que sinto que estou mergulhando em um buraco negro e o meu coração mal consegue suportar a viagem. Sinto um instinto de proteção em relação a ela, como se fosse a mãe ou uma amiga dela. Quero cuidar daquela mulher, abraçá-la. Quero dizer a ela para apertá-lo, abraçá-lo com força, sentir o seu cheiro e aproveitar cada momento. Quero deixá-la em paz e dar a ela o espaço que ela tanto deseja, deixar que construa os muros em volta de si enquanto escuto pacientemente do lado de fora. Quero ajudá-la a construir aqueles muros e quero ajudá-la a derrubá-los. Quero avisar a ela, quero lhe dar esperança. Quero dizer a ela para seguir em frente, quero dizer a ela para dar a volta e mudar de caminho. Sinto que a conheço também. Sei quem ela é e onde está agora, a jornada em que está prestes a embarcar, o quão longe vai viajar. Ainda assim, sei que tenho que me afastar e deixar que ela chegue lá por si mesma.

Talvez eu a inveje um pouco neste momento, observando os dois juntos, mas não invejo a jornada que a espera. Eu consegui, passei por isso, e vou estar torcendo e esperando por ela do outro lado.

Sorrio de volta.

E então eles vão embora.

AGRADECIMENTOS

Obrigada a Lynne Drew, Martha Ashby, Karen Kostolynik, Kate El-ton, Charlie Redmayne, Elizabeth Dawson, Anna Derkacz, Hannah O'Brien, Abbie Salter, Damon Greeney, Claire Ward, Holly Mac-Donald, Eoin McHugh, Mary Byrne, Tony Purdue, Ciara Swift, Jacq Murphy e as equipes incríveis e revolucionárias da HarperCollins UK e da Grand Central Publishing US. Andy Dodds, Chris Maher, Dee Delaney, Howie Sanders, Willie Ryan, Sarah Kelly. Obrigada a todos na Park and Fine Literary and Media, em especial Theresa Park, Abigail Koons, Emily Sweet, Andrea Mai, Ema Barnes e Marie Michels. Obrigada a todos os livreiros pelo mundo. Gráficos. Leitores. Às minhas fontes de inspiração: o divino e o cotidiano.

Meus pais, minha irmã, minha família, meus amigos, meu David, minha Robin, meu Sonny.

Este livro foi impresso pela Arcàngel Maggio, em
2024, para a HarperCollins Brasil. O papel do miolo é
Bookcel 65g/m^2, e o da capa é cartão 250g/m^2.